MOEWIG

Zum Buch

Der eingefleischte Junggeselle Florian kennt nur eine Passion: seinen Garten. In jeder freien Minute kümmert er sich liebevoll um seine Blumen, Sträucher und Bäume, leidet, wenn die Pflanzen nicht gedeihen, und freut sich, wenn alles blüht und wächst. Doch eines Tages schneit eine junge hübsche Frau in sein Haus – und Florian sieht sich plötzlich vor völlig neue Probleme gestellt.
Mit diesem heiteren Garten- und Liebesroman hat Jo Hanns Rösler, selbst ein leidenschaftlicher Hobby-Gärtner, allen Gartenfreunden eine besinnlich-vergnügte Lektüre beschert.

Zum Autor

Jo Hanns Rösler kam am 7. April 1899 in Königstein im Taunus zur Welt. Nach dem Ersten Weltkrieg veröffentlichte er seine ersten schriftstellerischen Arbeiten in den bekannten Zeitschriften *Simplicissimus* und *Jugend* sowie der Zeitung *Berliner Tageblatt*. Lange Jahre lebte er abwechselnd in Berlin, Wien, Paris und auf Mallorca, bis er sich schließlich auf seinem Berghof in Bayern niederließ. Neben seinen humorvollen Erzählungen und Romanen verfaßte er auch Komödien und Filmdrehbücher; außerdem arbeitete er für den Rundfunk. Rösler starb am 25. Dezember 1966 in München.

Jo Hanns Rösler

Der unvollkommene Gärtner

Heiterer Roman

MOEWIG Band Nr. 4420
Verlagsunion Erich Pabel-Arthur Moewig KG, Rastatt

Lizenzausgabe mit Genehmigung
Umschlagentwurf: Bernhard Zerwann
Auslieferung in Österreich:
Pressegroßvertrieb Salzburg Gesellschaft m. b. H.,
Niederalm 300, A-5081 Anif
Printed in Germany 1991
Druck und Bindung: Ebner Ulm
ISBN 3-8118-4420-4

REZEPT:

Man nehme gegen nervöse Störungen, seelische Depressionen, Angstzustände, Lebensüberdruß, mangelnde Ars amandi und ihre Folgeerscheinungen einen kleinen Garten und beschäftige sich, wenn vom Arzt nicht anders verordnet, täglich 3x4 Stunden darin: früh zwischen 7–11 Uhr, mittags zwischen 11–3 Uhr, nachmittags zwischen 3–7 Uhr.

Erstes Kapitel

Die Reifen heulen.

Die Bremsen quietschen.

Der Wagen hält mit einem Ruck.

Komische Art, so zu fahren! Pure Angabe! Soll was bedeuten. Die lange, kerzengerade Straße, allein auf weiter Flur und dann vorm Eingang der Gärtnerei dieses Manöver. Nicht etwa so, wie geradeaus gefahren, an alles andere gedacht und dann in letzter Minute „Ich wollte doch noch hier –" auf die Bremse getreten und stehen. Nein, direkt darauf angelegt, so mit Angabe zu halten, auf der kurzen Ausweiche, dem verbreiterten Straßenrand der Gärtnerei. Und das mit einem kleinen Sportwagen. Natürlich kann man mit einem Sportwagen Kapriolen riskieren, wenn es einem Spaß macht. Aber wem macht so etwas Spaß? Noch dazu, wenn kein Mensch auf der Straße ist, dem man damit imponiert. Seinen Reifen imponiert man damit bestimmt nicht. Mein Gott, mir kann es gleichgültig sein. Jeder macht aus seinem Leben und mit seinem Wagen, was er will. Seine Sache, absolut seine Sache. Geht mich nichts an. Solange ich nicht zur Seite springen muß, um nicht überfahren zu werden.

Eine junge Dame springt aus dem Wagen. Rotes Haar. Ein smaragdgrünes Kordkostüm. Von einer teuren Schneiderin. Das sieht man auf den ersten Blick. Diese Farbe gibt es nicht bei der Konfektion. Die Konfektion verarbeitet in Kord Grasgrün, Resedagrün, Birkengrün, auch Flaschengrün, aber dieses helle, heikle Smaragdgrün, wo man jeden Fleck darauf sieht – richtig, das junge Frauenzimmer hat einen Fleck auf dem Rock. Genau dort, wo sie darauf sitzt. Der Körperteil hat seinen bestimmten, ein wenig genierlichen Namen. Sie hat gerade den Fleck entdeckt, steht mit schiefgehaltenem Kopf und betrachtet ihren Cul. Ich betrachte ihn auch. Der schwarze Fleck darauf stört. Die junge Dame schaut in den Wagen zurück, auf den Sitz. Der Sitz ist sauber. Sie fährt mit dem Handschuh darüber hinweg, betrachtet den Handschuh. Der Handschuh ist sauber. Sie steht sichtlich vor einem Rätsel, woher der Fleck kommt. Sie hat das Kleid erst heute von der Schneiderin geliefert bekommen, sie trägt es noch keine zwei Stunden, die Schneiderin zählt gerade daheim das Geld nach, das sie bekommen hat, und nun schon diese Schande auf der Sitzfläche. Ich könnte ihr sagen, woher der Fleck kommt. Das ist Wagenschmiere, ganz ordinäre Wagenschmiere. In der Garage hat man das Türschloß geölt, und sie hat es beim Aussteigen gestreift, so kam das Malheur. Schade um das schöne Kleid, schade um den schönen Tag, schade um ihre gute Laune, die zum Teufel ist!

Ich stapfe weiter. Was geht es mich an? Die Dame, sie ist gar nicht mehr so jung – jetzt, wo sie nicht mehr so forsch fährt und auch wegen des Flecks am Rock nicht mehr so unternehmungslustig schaut – sieht sie um ein paar Jahre älter aus. Dabei ein attraktives Frauenzimmer, aber wie gesagt, was geht das mich an? Sie verschwindet durch die niedere Zauntür der Gärtnerei. Die Gartentür quietscht. Das ist gut so. Dann hören sie drinnen, daß jemand draußen ist. Gartentüren soll man nie ölen. Das Quietschen der Gartentür erspart die Glocke.

„Hallo! Ist da jemand?“

Das attraktive Frauenzimmer steht noch am Gartentor und storcht jetzt auf den schmalen Brettern, die die Gartenwege bedecken, nach vorn.

„Hallo! Ist da keiner?“

Es ist keiner. Es kommt auch keiner.

Die Dame geht verärgert auf die Gewächshäuser zu. Es macht ihr Mühe. Mit Bleistiftabsätzen auf diesen ungleichmäßigen Brettern ist das so eine Sache.

„Hallo! Hallo!"

Sie blickt in die Tür. Kein Mensch. Sie sieht nur Gurkenpflanzen. Große, schöne, gesunde Gurkenpflanzen. Reihe an Reihe, ungefähr zwanzig Zentimeter hoch. Bei den Gurken ist niemand. Sie geht zum nächsten Glashaus. Hier stehen Tomaten. Nichts anderes. Bis hinunter zum Ende der langen Halle nichts als Tomaten. Die Tomaten sind gestengelt und blühen zum Teil schon. Tomaten blühen nicht schön, unscheinbar, wie Kartoffeln. Eine Tomatenpflanze sieht erst dann schön aus, wenn Trauben roter runder Tomaten an ihr hängen. Dann gleicht sie einem Zierstrauch. In der Blüte sagt sie dem Beschauer nichts. Da die Tomaten höher wachsen als die Gurken, bei denen sie vorher war, sieht die Dame an der Tür nicht, ob ein Mensch im Gewächshaus ist.

„Hallo!" ruft sie. „Ist da jemand?"

Die Tomaten drehen ihr verwundert ihre Blütengesichter zu.

„Zum Donnerwetter! Ist denn kein Gärtner da?"

Die Tomaten drehen ihre Blütengesichter beleidigt wieder weg. Eine Kundin. Sie haben für Kundinnen nicht viel übrig. Hier geht es ihnen besser. Hier haben sie alles, was sie brauchen.

Die Besucherin geht auf das dritte Glashaus zu. Die Tür ist geschlossen. Sie drückt die Klinke nieder. Ein süßer, warmer Duft schlägt ihr entgegen. Es riecht wie die Sommerluft in Wiesbaden, wenn man aus dem Nassauer Hof heraustritt. Eine bunte Palette bedeckt den Boden, ein langer, breiter Teppich von Riesenbegonien in allen Farben. Das Rot herrscht vor. Blüte neben Blüte. So viel Schönheit verschlägt einem meist die Rede. Der Besucherin verschlägt es die Rede nicht.

„So schöne Blumen und dann derartig verschmutzte Fenster!“

Sie versteht den Gärtner nicht, daß er die milchigtrüben Fenster nicht wenigstens einmal in der Woche putzt. Daß der Gärtner eigens Kalkwasser über die Fenster geschüttet hat, um von den Blumen die harten Sonnenstrahlen fernzuhalten, davon hat sie keine Ahnung. Sie sieht nur die milchtrüben Fenster und ärgert sich über die Verwahrlosung. Sie hat daheim auch ein Glashaus, neben der Villa. Das Glashaus steht noch nicht lange. Vor acht Tagen wurde es erst fertig.

„Das sollte sich mein Mädchen einmal unterstehen, die Fenster im Glashaus nicht zu putzen! Die Leute würden denken, hier wohnen Säue!“

Man sieht, die Dame in Smaragdgrün hat ein Hausmädchen. So jung und schon ein Hausmädchen! Jetzt wissen wir schon vier Dinge von ihr: Sie hat einen Sportwagen, ein Hausmädchen, eine Villa und ein Glashaus. Eine reiche Smaragdgrüne also. Jetzt formt sie die Hände um den Mund und ruft nach allen Himmelsrichtungen:

„Hallo! Hallo! Kundschaft!“

Ihr Vater hatte es besser. Da war an der Tür zum Metzgerladen eine Ladenglocke. Wenn Kundschaft in den Laden kam, läutete es. Dann kam der Vater aus dem Schlachthaus herein oder vom Pökelfaß und fragte:

„Was soll es denn sein?“

Früher, ganz früher, als er anfing, fragte er noch:

„Bitte, was soll es denn sein?“

Aber jetzt ist seine Zeit gemessen. Wenn zehn Kunden im Laden stehen, kann er nicht zu jedem bitte sagen. Das wäre eine verlorene Minute. In dieser Minute hat man schon wieder einen Knochen dazugewogen.

Jetzt erblickt die Dame im smaragdgrünen Kostüm ganz hinten, am Ende des großen Gartens, in der äußersten Ecke neben dem Zaun, einen runden Rücken. Der Rücken bewegt sich gebückt vorwärts.

„Hallo! He! Sie! Da hinten!“

Der Rücken richtet sich nicht auf.

Sie stapft zornig in die Richtung. Jetzt erkennt sie schon mehrere Rücken. Die Rücken zupfen Unkraut. Fünf Rükken zupfen Unkraut. Da haben sie natürlich keine Zeit zum Fensterputzen. Trotzdem, die trüben Fenster sind ein Skandal.

„Ich brauche ein paar Pflanzen“, sagt die Dame.

Einer von den gebeugten Rücken nickt mit dem Kopf. Aber er zupft weiter Vogelmiere, Löwenzahn, Ackerwinde und Giersch, auch ein paar junge Brennesseln zwischen den Osterrettichen heraus. Er trägt dabei eine alte dunkle Hose, die vor zehn Jahren einmal zu einem Sonntagsanzug gehörte. Offenbar ist er auch kurzsichtig. Eine Stahlbrille auf seiner Nase, die beim Jäten immer wieder nach vorn rutscht, beweist es.

„Sind Sie der Gärtner?“

Der Rücken nickt wieder und rückt gebückt weiter.

„Ich möchte einiges kaufen.“

„Moment!“ sagt der Gärtner. „Ich hab's gleich.“

Jetzt hat er es. Er ist am Ende der Reihe angekommen, richtet sich auf, schlägt die Hände zusammen und klatscht sich so die Erde von den Fingern, dann erst blickt er in die Richtung der Kundin, erkennt die Besucherin und sagt:

„Ah, die junge Frau Doktor! Was soll es denn sein, Frau Doktor?“

Er hat bei dem Neubau der Villa den Garten angelegt. Es ist kein großer Garten, keine neunhundert Quadratmeter. Grund und Boden ist teuer. Das Bauen ist schon teuer genug und der Grund sündteuer. Da bleibt, wenn der Quadratmeter achtzig Mark kostet, nicht viel Platz für Blumenbeete übrig. Da kostet schon das Quartier einer Hochstammrose, die einen halben Quadratmeter einnimmt, vierzig Mark. Ohne Mist und ohne Arbeit. Er hat bei dem Garten des Industriekaufmanns Scheffler getan, was er konnte. Man muß die Wünsche immer auf ein richtiges

Maß zurückschrauben. Er hat am Zaunrand ein paar Fliedersträucher gesetzt, von der blauen gefüllten Sorte, gegen den weißen hat er sich gewehrt.

„Sie haben keine Freude daran, Frau Doktor. Er wächst zu stark in die Höhe, und unten wird er kahl. In vier Jahren brauchen sie eine Leiter, wenn sie Flieder schneiden wollen."

„Weißer Flieder ist so edel."

„Aber er verblüht unedel. Er wird mistig braun am Strauch, mitten in der Blüte."

Damit hat er recht. Weißer Flieder macht mehr Ärger als Freude. Jeder neue Gartenliebhaber beginnt mit weißem Flieder und ersetzt ihn bald durch den blauen, der jahrzehntelang ein guter Gartenkamerad bleibt. Selbst wenn man einen Garten vernachlässigt, jahrelang vernachlässigt, der blaue Flieder hält in seinem Revier Ordnung, schüttelt höchstens den Kopf und sagt zu uns: „Freund! Freund! Wo warst du so lange?" Aber er hat immer für uns zur Begrüßung ein paar Blüten bereit, blaue Dolden. Als Geschenk. Er ist ein nobler Freund.

Als der Gärtner den neuen Garten des Schnellkaufmanns Scheffler anlegte, hat er zwischen den Flieder noch zwei Jasminsträucher gesetzt, von der niedriggewachsenen kleinblütigen Sorte, der viel süßer riecht als der hochwachsende mit den großen Blüten. Auf der anderen Seite hat er ein Staudenbeet untergebracht. Pfingstrosen und Rittersporne, davor im gerechten Abstand eine dichte Reihe Akelei, die gespornten und die ungespornten in bunten Farben. Wie eine Familie von Schmetterlingen werden sich die Blüten eines Tages in der Luft wiegen, vor dem Hintergrund des blauen Doms der Rittersporne. Und dazwischen sitzen behäbig die dicken Madames der Pfingstrosen, üppig reich, in roten Farben und in den Neuzüchtungen der Rosafarbenen, dreimal so groß wie die alten und dreimal so lange blühend, wie Ballmütter sitzen sie auf der Estrade in kostbaren Gewändern.

Aber das ist alles Gärtnerpoesie, die die harte Arbeit zu einem musischen Beruf macht. Gärtner sind halbe Dichter und hören immer Musik, wenn sie einen Garten bauen. Leute, die sich von fremder Hand einen Garten anlegen lassen, wissen nichts vom wahren Glück des Gärtners aus Passion. Sie wollen Blumen haben, Blumen zum Schneiden, Blumen für die Vase und für den Tisch, Blumen zum Neiderregen über den Zaun. Eine Staude und ein Strauch ist für sie nichts anderes als ein Ladentisch, von dem sie einfach wegnehmen können, was sie brauchen. Sie haben keinen Respekt vor ihren Pflanzen, wissen nicht, daß die Blumen sich mit ihren Blüten wie zur Hochzeit schmücken, um Blütenfeste zu feiern nach dem langen kalten und nassen Winter. Nur einen Monat lang im Sommer dürfen sie zeigen, wer sie sind, keine Armitschkerln, sondern reiche Leute, mit bunten Glocken behangen und kostbaren Blütenketten und Blütenkelchen, so schön, daß kein Goldschmied sie vollendeter anfertigen könnte. Sie brauchen auch nicht nach Paris um Parfüm zu schreiben, sie riechen von Natur aus zärtlich, und ihr Atem ist auch am Morgen rein. Wir Menschen müssen uns mit fremden Dingen schmücken, denn nackt wären wir gar zu abscheulich, da möchte uns jede Ameise den Rang ablaufen, wir müssen uns bekleiden, behängen und mit wohlriechenden Dingen betupfen, ein Veilchen aber ist auch werktags schön. Ein Blumenfriseur hätte wenig zu tun, weder Färben noch Legen, bei ihm brauchte man sich nicht erst bittstellerisch ins Buch eintragen zu lassen und die Antwort bekommen: „Aber pünktlich, meine Dame!“ – ein Blumenfriseur müßte bald seinen Laden schließen und unter den Spottrufen des roten Mohns und der blauen Kugeldistel seiner Wege ziehen. Nur wir Menschen glauben, daß wir uns schöner machen müßten, als Gott uns schuf, mit Locken und Lacken und Färben, wir verschwenden von den wenigen Stunden unseres Lebens Hunderte für unseren Aufputz. Die Blumen indessen blühen aus innerer Schönheit.

Beraubt sie darum nicht ihres Schmuckes, kaum daß sie ihn angelegt haben. Laßt sie die Falter und Schmetterlinge zu Gast bitten, gönnt ihnen den Hummelflug und das Versprechen der Morgenröte, zupft nicht jede Blüte vom Stamm, kaum daß sie ihre Knospe öffnet. Erlaubt ihnen, ihre fröhlichen, fliegenden Gäste zu einem Tropfen Nektar zu Tisch zu bitten, die ihnen dafür ein wenig vom Himmel und den Sternen erzählen, zu denen sie sehnsüchtig aufschauen. Betrachten wir doch nicht die Blumen, die wir pflanzen, als eine Art Hauspersonal, das seine Pflicht zu tun hat, möglichst viele Blüten für Haus und Tisch hervorzubringen. Und sind sie saumselig im ersten Jahr, weil sie sich erst mit der Erde, mit dem Schatten und der Sonne und ihrer Nachbarschaft anfreunden müssen, werden sie von uns ungeduldig herausgerissen und gegen willigere Blüher ausgetauscht.

Für ihr Geld, das ein Garten kostet, verlangen die Menschen gute Dienste. Von der Arbeit, die ein Garten kostet, haben sie noch nichts gehört. Dafür bestellen sie jemanden, die Stunde zu vier oder fünf Mark. Sie wollen nur Blumen und Farben und Gartenpracht, sie wollen kein Leben mit den Pflanzen, mit den Wurzeln und Rhizomen, sie wollen einen Gartensommer, kein Gartenjahr. Sie wissen nichts von der Glückseligkeit des Pflanzens, das schon im Winter hinter dem warmen Ofen beim Bestellen beginnt. Sie wissen nichts von der beglückenden Dankbarkeit der Erde, die uns jeden Spatenstich dreifach vergilt, vom Glück des Unkrautzupfens sogar, wo die befreiten Pflanzen deutlich danke sagen und sich bemühen, unseren Eifer durch ihren doppelten Eifer zu vergelten – sie wollen nichts als Blumen, die sie mit der Schere abschneiden können, sie wollen Rosen, so edel geformt und langstielig, wie sie sie für Geld in den Geschäften kaufen können, das Dutzend von einer Sorte, in einer Farbe und einer Länge – sie erwarten von ihren Nelkenpolstern im Garten Rivieranelken wie aus den Treibhäusern von Grasse, kinderkopfgroße – sie haben bezahlt, den Gärtner und den Boden und die Pflanzen –, das Schönste im Sommer ist ihnen immer noch zuwenig für ihr Geld. Sie möchten von allem das Neuste, das Ausgefallene, Lavendel, der gelb blüht, Rittersporne, die rosa blühen, Rosen mit veilchenblauen Rosen – o ja, das gibt es heute alles, aber fragt nicht, wie die anderen Rosen über sie lästern und sich ihrer blauen Nachbarschaft genieren –, wenn man diesen Gartenbesitzern morgen Apfelbäume setzen würde, deren Äpfel wie Birnen schmecken, und Birnbäume, die Äpfel tragen, dann erst wären sie wahrhaft glücklich und zufrieden. Sie haben Swimmingpools, sie haben Forellenteiche mit gemauerten kleinen Brücken darüber, sie haben beleuchtete Springbrunnen und infrarotgeheizte Terrassen in ihrem Garten, einen Garten aber haben sie nicht.

Zweites Kapitel

„Was soll es denn sein, Frau Doktor?“ fragt der Gärtner.

„Warum nennen Sie mich Frau Doktor? Ich bin es nicht“, sagt die Dame in Grün unwillig.

„Das hat nichts zu sagen. Das ist eine Höflichkeit. Kunden, die zu den guten Kunden zählen, wie Sie beispielsweise, Frau Doktor, heißen generell Frau Doktor oder Frau Direktor. Das steigert sich bis zu Frau Baron oder Frau Konsul “

„Und wer sehr viel bei Ihnen einkauft?“

„Den nennen wir dann beim Namen. Da lohnt es sich, den Namen zu merken. Also, was soll es denn sein, Frau Doktor?“

Es ist das Prinzip aller Geschäftsleute. Gärtner machen da keine Ausnahme. Sie finden auch nichts Unehrerbietiges dabei, ein runder Titel tut niemandem weh.

„Unser Garten macht einen recht mageren Eindruck“,

sagt die Dame, „als Sie ihn anlegten, schilderten Sie ihn uns anders."

„Ein Garten verlangt Geduld. Stauden und Sträucher brauchen ihre Zeit zur Entwicklung."

„Jeder kann bei uns von der Straße aus hineinsehen. Unser Garten sieht aus wie bei armen Leuten."

„Und das sind Sie doch nicht", sagt der Gärtner trocken.

Die Dame findet die Antwort unbotmäßig.

„Wir müssen trotzdem sehr rechnen", sagt sie.

„Wohl dem, der was zu rechnen hat", sagt der Gärtner.

Gärtner sind nie reiche Leute. Sie könnten es sein, aber sie sind es nicht. Was ein Gärtner einnimmt, gibt er sofort wieder aus. Wenn er ein paar Mark übrig hat, baut er einen warmen Block oder einen kalten Block, das dauert dann wieder Jahre, ehe sich so ein Glashaus aus einzelnen Salatköpfen amortisiert. In Hundertmarkscheinen geht es hinaus, und in Pfennigen kommt es herein. Er brauchte ja keine neuen Glashäuser zu bauen und keine neuen Staudenbeete anzulegen, aber ein Gärtner ist ein Gärtner, ein Besessener. Bei ihm beißt sich die Katze in den Schwanz. Sie züchten neue Farben und neue Sorten. Aus purer Passion. Forsythien sollen noch reicher blühen, noch früher und noch großblütiger, der Flieder wird neuerdings gelb verlangt, die Clematis soll neben den blauen und weißen Farben auch noch rote zeigen wie die neue Sorte Ville de Lyon, vom Vergißmeinnicht verlangt man, daß es länger blüht, von den Himbeeren, daß sie zweimal tragen und madenlos von Natur sind, und von den Brombeeren züchtet man die Dornen weg, und nach einem Jahr kostet die dornenlose Brombeere nicht mehr als die alte dornenreiche, aber was für ein weiter Weg, wieviel Enttäuschung und Züchterarbeit bis dahin! Aber ein Gärtner ist ein Narr und bleibt ein Narr. Er lebt nach anderen Gesetzen. Es erfüllt ihn mit Freude und Stolz, wenn er als erster seinen Salat auf den Markt bringen kann, wenn er zur Pflanzzeit bereits blühende Löwenmäuler verkaufen kann. Wenn ihm noch die Zeit und ein freies Beet bleiben, die empfindliche weiße Hängeglockenblume für den Balkon zu züchten oder die so viel Arbeit verlangenden Hängelobelien, die später zwischen den roten Geranien die blauen Farbpolster an den Häusern bilden, er tut es. Ein Gärtner kennt im Frühjahr keinen Sonntag, ein Gärtner will immer etwas Besonderes hervorbringen, das ist sein Stolz, seine Lebensfreude. Da bleibt dann keine Zeit zum Geldverdienen. Dabei könnte er ein Herrenleben führen, in Saint Tropez spazierengehen, im Mittelmeer baden und auf Helgoland Hummer fangen. Aber er müßte zuvor aufhören, Gärtner zu sein. Er brauchte nur sein Gartenland als Baugrund zu verkaufen. Er schwämme im Geld, und die Zinsen könnte er allein nicht aufessen. Denn seine Gartengründe liegen günstig, jetzt zentral, was einmal am Rande der Stadt war. Inzwischen ist die Stadt gewachsen, um die Gärtnerei herum, über die Gärtnerei weit hinaus. Ganze Stadtviertel liegen jetzt hinter der Gärtnerei, Stadtviertel mit Schulen und Kinos und Villenstraßen, die Bodenpreise sind ins Gigantische gestiegen, je näher dem alten Zentrum, desto teurer der Quadratmeter. Die Salatköpfe, darauf gewachsen, bringen nicht einmal Sparkassenzinsen. Aber nein, der Gärtner baut auf dem teuren Grund weiter seinen Kohl und seine Radieschen. Man kann nur den Hut ziehen vor so viel herrenwürdiger Dämlichkeit. Verkaufte er seinen Grund, statt ihn mit krummem Rücken in täglicher Zwölfstundenfron zu bebauen, er könnte von den Zinsen wie ein Fürst leben, den lieben Gott, den er jetzt um Regen und Gedeihen anflehen muß, einen frommen Mann sein lassen. Er könnte weite Reisen machen, sich fremde Gärten ansehen, die ein anderer Gärtner angelegt hat, die Gärten der Mainau, die Gärten um Lugano, den Gottesgarten der Alpen, er könnte auch am Zaun stehen und einem Neuling manchen guten Rat zurufen, daß ein Steingarten nicht aussehen darf wie ein gespickter Hasenrücken, daß man also Steine nicht steil, sondern flach verlegt, wie sie in der Natur fallen, und daß man die Gladiolen nicht einzeln stengelt, also nicht wie einen Hund am Laternenpfahl anbindet, sondern sie weit genug auseinanderpflanzt, damit sie kräftig heranwachsen und kein Regen und kein Wind ihnen etwas anhaben kann. Er könnte auch den Rosenfreunden weisen, wie man Rosenbäume schneidet, wenn sie reich blühen sollen, und wie man sie schneidet, wenn sie eine schöne Krone bilden sollen. Alles das könnte er aus dem reichen Schatz seiner Erfahrung, aber er tut es nicht. Er geht nicht in fremden Gärten spazieren und gibt sich nicht dem süßen Nichtstun hin, der reiche Mann bleibt arm, er behält sein Gartenland, baut weiter Karotten und Bohnen, schleppt Gießkannen voll Wasser und liest Steine aus der Erde, von Sonnenaufgang bis Sonnenuntergang, jeden Tag, auch sonntags.

So einen Gärtner, an dem wir mit dem Hut in der Hand vorübergehen sollten, ärgert natürlich der Unverstand seiner Kunden, die Unvernunft, nicht mit dem Gartenjahr zu leben und nicht abwarten zu können, wie ein Garten sich erst allmählich aus der Natur heraus entwickelt.

„Mit einem Wort, mir fehlen die Blumen. Die Beete wirken leer."

„Die Stauden brauchen den Platz, um sich entwickeln zu können."

„Sollen sie sich im Winter entwickeln, wenn wir nicht im Garten sind! Ein Garten muß im Sommer bunt sein!"

„Der Garten muß bunt sein", wiederholt die Dame im grünen Kostüm und tritt ungeduldig auf dem schmalen Weg zwischen den Beeten der Gärtnerei hin und her, „ich habe daheim im Gartenbuch geblättert und mir alles notiert, was einen Garten bunt macht. Alles Sommerblumen, die man jetzt noch pflanzen kann und die den Garten in ein buntes Paradies verwandeln. Hier ist die Liste."

Sie liest vor:

„Ich brauche 100 Stiefmütterchen, 100 Löwenmaul Malmaison, 50 Tagetes nieder und 50 Tagetes hoch, 50 Zinnien nieder und 50 Zinnien hoch, 60 Kartäusernelken, 60 Federnelken, 60 Chabaunelken, 100 Lobelien, 100 Jumpfer im Grünen, 50 Ringelblumen, 100 Astern hoch und 100 Astern nieder, in gemischten Farben. Dahlien und Gladiolen habe ich bereits in der Erde."

Der Gärtner schnappt nach Luft.

Er ist von Anfängern viel gewöhnt. Aber dies überschreitet alles.

„Frau Doktor", fragt er entsetzt, „wissen Sie, wie groß Ihr Garten ist?"

„Wenn man alles eng genug setzt, wird es ein bunter Teppich."

„Wissen Sie, wie groß Ihr Garten ist?" wiederholt der Gärtner.

„Nach Metern nicht. Aber er hat viel Geld gekostet. Dann muß er auch dafür nach etwas ausschauen. Wollen Sie mir endlich die Pflanzen verkaufen, oder muß ich mich anderswo bemühen?"

Der Gärtner sagt nichts mehr. Er nimmt die Liste entgegen und verkauft. Er lebt vom Verkaufen. Aber als er zu den Beeten geht und mit der kleinen Stichschaufel Pflanze um Pflanze vorsichtig heraushebt und den Erdballen mit der Hand zusammendrückt, ehe er immer fünf Stück zusammen in altes Zeitungspapier einschlägt, sagt er zu jeder Blume:

„Verzeih, mein Schatz! Für dich wäre es besser, du verblühtest hier, unverkauft und auf freiem Felde. Aber was soll ich tun? Die Kundschaft verlangt es. Ich muß euch jede einzelne um Verzeihung bitten, denn ich bin euer Vater, habe euch gesät und in die Erde gedrückt, pikiert und begossen, ich habe das Unkraut von euch ferngehalten, den Boden um euch gelüftet, damit ihr gesund heranwachsen konntet bis zur Blüte, die euch jetzt bevorsteht – wieviel Freude habe ich an euch gehabt, als ich sah, wie ihr kräftig und gesund heranwuchst, jetzt gar, da ihr eure ersten Blüten öffnet, die eine rot, die andere gelb, die dritte blau – ich hätte euch gern Glück gewünscht für euer weiteres Leben. Im Garten eines Gartenfreundes hättet ihr den Sommer verleben sollen, mit Luft um euch und die Sonne über euch und in guter Erde, am Abend mit abgestandenem Wasser erfrischt, selbst auf dem Friedhof hätte ich euch lieber gewußt, zwanzig blaue Stiefmütterchen auf einem Grab. Ich weiß, Gräberblumen haben kein freudiges Leben, keine Kinderhand greift nach ihnen und pflückt der Mutter einen Strauß, und wenn sie Menschen sehen, sind es meist Menschen mit Tränen in den Augen, und wenn viele auf einmal kommen, läuten die Glocken, und ein Pfarrer schreitet an euch vorüber. Ihr dient so auf eure Weise auch den Menschen, den dunklen Hügel zu verbergen, aber schöner und mit mehr Freuden bedacht seid ihr in den Gärten aufgehoben, wo ihr fröhliche Musik hört, auch Liebesworte nahe eurem Ohr, und diese oder jene Blüte von euch hat das Glück, am jungen Busen eines Mädchens zu liegen, das sich mit euch schmückt. Ihr armen Kinder, die ich jetzt auspflanze, weil jemand einen bunten Garten will, ein Gartenbesitzer, der euch nur in der Menge sehen wird, der nicht zu jedem einzelnen von euch kommt, ein frühzeitig gewelktes Blatt abzuzupfen und die Last der verblühten Blume euch abzunehmen, damit für euch der Herbst hinausgeschoben wird und ihr immer wieder neue Blüten hervorbringen könnt – wie sehr muß ich mich bei euch entschuldigen. Ich komme mir vor wie ein armer Vater, der seine Tochter nicht mehr ernähren kann und sie einem geben muß, dessen Töpfe am Herd reich gefüllt sind. Dort, wo man euch einpflanzen wird, werdet ihr eng stehen, dichtgedrängt, im Baumschatten gar, was ihr so gar nicht mögt. Eure Wurzelspitzen werden sich mit denen eurer Brüder und Schwestern um jeden Tropfen Wasser streiten und um die Luft zum Atmen. Ihr werdet nur die Blüten öffnen, die ihr jetzt tragt. Ihr werdet keine neuen ansetzen, dann wachst ihr aus, in die Höhe, mager und dürr, ohne Kraft, denn man läßt euch ja keinen Platz, euch am Boden behaglich auszubreiten, den Tau zu schlürfen und euch im Licht zu strecken und zu recken. Wo zehn Nelken stehen könnten, werden dreißig stehen, die frechen Tagetes und die groben Ringelblumen werden euch zarte Zinnien zur Seite rempeln, und wenn ihr blauen Lobelien über den Rand eures Beetes zu wandern euch anschickt, auf den Plattenweg hinüber, wird euch eine ordnunghaltende Schere rücksichtslos die Köpfe abschneiden, die ihr in eurer Lebenslust zu weit nach vorn gestreckt habt. Nehmt Abschied von mir, eurem Gärtner, ich nehme Abschied von euch, tragt euer Schicksal mit Fassung, im Herbst komme ich und fahre euch als Kompost wieder in meinen Garten zurück, damit ihr im nächsten Jahr im anderen Gewande frohe Auferstehung feiert. –

„Das wäre es dann, Frau Doktor, alles zusammen dreiundneunzig Mark, Frau Doktor – vielen Dank und gutes Gedeihen!“

Drittes Kapitel

Am Sonntag holte ich Aenne früh aus dem Bett. Aenne ist neunzehn. Sie ist mir in meinem Garten zugewachsen. Wie uns mitunter eine Blume mit ihrem Blühen überrascht, die wir nie gesät haben – der Wind hat ein Samenkorn über den Zaun geweht, und plötzlich blüht ein roter Mohn in unserem Garten –, so kam Aenne vor einem Jahr zu mir, über den Zaun. Ich stand gebeugt über meiner Akelei, die ich mir selbst angesät hatte, eine Samentüte für 20 Pfennig und ein ganzes Beet voll bunter Farben. Ich hatte in diesem Jahr meinen 36. Geburtstag zu feiern, just heute auf den Tag. Ich hatte mir vorgenommen, es ganz allein zu tun, eigentlich zu zweit, nein, zu dritt: ich, das Geburtstagskind, eine gebratene Gans und eine Flasche Wein. Ich erinnere mich noch an meinen fünfunddreißigsten Geburtstag, da war mein Garten gerade ein Jahr alt, und ich glaubte, mit Gästen feiert man als Junggeselle seinen Geburtstag lustiger. Ich hatte ebenfalls eine Gans gebraten, und neun Menschen kamen, sie mitzuessen. Neun Menschen sind zuviel für eine einzige Gans. Die Gans würdigte mich keines Blickes und war so schnell vom Tisch verschwunden, daß ich nur noch dazu kam, mit einer Kartoffel die Soße zu kosten. Das tat ich an meinem nächsten Geburtstag meiner Gans nicht an. Ich erwies ihr diesmal die Ehre, allein mit ihr bei Tisch zu sitzen. Aber ehe es noch soweit war und während sie noch in der Pfanne brutzelte, mit Majoran und Beifuß besteckt und mit süßen Maronen gefüllt, war ich hinaus in meinen Garten gegangen, zu dem Beet mit der Akelei, um mir selbst einen Strauß zu pflücken. Ich stand dort, mit dem Rücken zum Zaun, tief gebückt, eine herrliche Zielscheibe für einen Bogenschützen, rund und einladend. Zum Glück stand kein Bogenschütze am Zaun, sondern ein junges Mädchen, das ich nicht bemerkt hatte.

„Guten Morgen!“ sagte sie.

Ohne mich aufzurichten – es interessierte mich auch nicht, denn es stehen bei mir oft Leute am Zaun, schaun herüber und wünschen mir sozusagen als Anfang eines Gespräches, das ich nicht herbeisehne, einen guten Morgen – brummte ich einen Gegengruß aus meiner gebückten Lage zurück und wußte, daß ich mich nicht aufrichten durfte, denn sonst hätte man mich mit einem Netz von Worten für ein Gespräch eingeholt:

„Morgen!“

Dann war es still. Ich hoffte, der Zaungast wäre weitergewandert, da aber sagte die Stimme:

„Schön haben Sie es hier!“

„Und viel Arbeit, die man ungestört verrichten muß!“ brummte ich unwillig.

„Können Sie jemanden dazu brauchen?“

„Wozu?“

„Im Garten.“

Ich richtete mich auf.

„Verstehen Sie denn etwas davon?“

„Ein wenig.“

Als ich jetzt aufrecht stand und mehr von dem jungen Mädchen sah als nur ihre Stirn und das rote Haar, fand ich es der Mühe wert, näher zum Zaun zu treten und mir die dargebotenen Herrlichkeiten in aller Muße zu betrachten. Es gab allerhand zu sehen. Das Mädchen trug ein kurzrokkiges blaues Kleid, einen Gürtel aus Leder, auf dem Rükken hatte sie einen übergroßen Rucksack, der ihre Schultern zurückzog und sie straffbusiger erscheinen ließ, als sie in Wirklichkeit vielleicht war. Aber im Freien, vor allem im Garten über den Zaun, sieht man ein junges Mädchen anders, als wenn man ihr im Theaterfoyer begegnet oder neben ihr vor der Kinokasse warten muß. Im Freien ist das Auge gewöhnt, alles eindringlicher zu betrachten, unser Blick gleitet den Linien nach, ein häßlicher Mensch wirkt im Freien noch häßlicher, und ein aufrecht gewachsener Mensch zieht unsere Blicke an sich. Ich will nicht sagen, daß das junge Mädchen über den Zaun gerade eine Schönheit war, die mir den Atem abschnürte, aber sie war von der langen Wanderung in der Sonne erhitzt, auf ihrer Stirn direkt unter dem Haaransatz standen ein paar Schweißperlen, sie strich sie mit ihrer Hand weg und hob dabei ihre sommerlich nackten Arme, und als sie jetzt so vor mir stand, eine Handbreit nur von mir getrennt, spürte ich meine Männlichkeit und wurde geradezu verlegen vor diesem jungen Ding. Sie sah nicht aus, als ob sie Philosophie studiert hätte und im nächsten Augenblick eine Brille aufsetzen würde, um im Lexikon nachzulesen, wer den Paradiesapfel nach Europa gebracht hat, wahrscheinlich war es ihr ganz gleichgültig, aber es roch plötzlich nach blühenden Linden, und ich bin nun einmal für Linden sehr anfällig.

„Woher kommen Sie?“ fragte ich.

„Ich bin auf der Wanderung."

„In Ferien also?"

„Nein", sagte sie, „ich bin eine Landstreicherin."

„Die jüngste im Land wahrscheinlich."

„Ich bin knapp neunzehn."

„Daheim davongelaufen?"

„Warum sollte ich?"

Da ich nichts sagte, fuhr sie fort:

„Ich wandere umher und nehme jede Arbeit an, wo es mir gefällt. Hier würde es mir gefallen. Ist die Herrschaft angenehm?"

Ich verstand nicht gleich, was sie meinte. Aber dann erriet ich, daß sie mich für den Hausmeister hielt. Ich sah auch nicht viel anders aus. Ich trug eine blaue Leinenhose, einen eingerissenen verbogenen Gartenhut auf dem Kopf und kein Hemd.

„Ich nehme an, es ist niemand im Haus?" fuhr sie fort.

„Warum nehmen Sie das an?"

„Sie würden bestimmt nicht so vor den Fenstern herumlaufen, wenn die Herrschaften daheim wären. Das würde man Ihnen nicht erlauben. Vor allem nicht die Dame des Hauses."

Ich spielte das Spiel mit.

„Der Herr, dem das kleine Haus und der große Garten gehören, ist Junggeselle", sagte ich.

„Nett?"

„Unterschiedlich. Aber meist sehr nett."

„Und wer kocht für ihn?"

„Ich", sagte ich, „im Moment brat' ich ihm gerade eine Gans. Er hat heute Geburtstag."

„Wie alt wird er?"

„Sechsunddreißig auf den Tag."

„Bei bester Gesundheit?"

„Bei bester Gesundheit."

Der Rucksack über ihren Schultern schien ihr Beschwerden zu machen. Die Riemen waren ein wenig zu kurz.

„Wenn wir länger plaudern, lege ich ihn ab. Ist es Ihnen recht?“

„Sie befinden sich auf der Straße“, sagte ich, „ich habe Ihnen nichts zu erlauben. Darf ich Ihnen helfen?“

Ohne ihre Antwort abzuwarten, faßte ich mit meinen Händen über den Zaun und streifte mit meinem Handrükken beim Abnehmen des schweren Rucksackes die heiße Haut ihres Armes.

„Wollen Sie nicht hereinkommen?“ fragte ich.

Ich hatte den Rucksack schon zu mir über den Zaun herübergehoben und neben meine Füße gestellt. Ich war nicht gewillt, ihn ohne Pfand wiederherzugeben, Geburtstagsüberraschungen nimmt man dankbar entgegen.

„Wollen Sie nicht hereinkommen?“ wiederholte ich.

Ich deutete dabei auf die Gartentür.

Sie ging langsam darauf zu, blieb stehen.

„Und er? Wenn er kommt?“

„Welcher er?“

„Der Junggeselle.“

„Wenn er bis jetzt noch nicht da ist, kommt er heute wahrscheinlich überhaupt nicht.“

„Und die Gans in der Röhre?“

„Ich werde sie fragen, ob sie etwas dagegen hat, wenn wir sie zusammen verzehren.“

Ich lief ins Haus, ohne ihre Antwort abzuwarten. Mir war eingefallen, daß ich die Gans begießen mußte. Den Rucksack nahm ich sicherheitshalber gleich mit. Drinnen streifte ich mir schnell eine blaue Leinenjacke über, zum Hemd reichte die Zeit nicht. Ich eilte wieder hinaus, das junge Mädchen stand noch am Zaun, wie ich es verlassen hatte.

„Die Gans ist einverstanden“, sagte ich, „sie hat nur eine Bitte: Sie möchte gern vorher wissen, wie Sie heißen.“

„Aenne.“

Ich trat hinaus, durch die Gartentür, und holte Aenne herein in den Garten.

„Ich heiße Florian“, sagte ich.

„Und wie heißt der Besitzer?“

„Herr Geiger.“

„Hat er einen Beruf?“

„Er ist Graphiker.“

„Geiger heißt er?“

Ich nickte.

„Ja. Florian Geiger.“

„Florian? Genau wie Sie?“

„Genau wie ich.“

„Und wie heißen Sie mit dem Nachnamen?“

„Geiger.“

Da wußte sie, was gespielt wurde.

„Sie haben heute Geburtstag?“

„Erraten.“

„Das war nicht schwer.“

Sie bückte sich und pflückte eine Wiesenglockenblume, die aus einem Stein herauswuchs. Sie machte einen Knicks und sagte:

„Zum Geburtstag! Ich komme nicht mit leeren Händen.“

Ich nahm die blaue Glockenblume wie einen kostbaren Rosenstrauß entgegen, verneigte mich tief und sagte:

„Sie verwöhnen mich über Gebühr, Eure Lieblichkeit!“

„Man weiß, was sich schickt und was man einem Mann von Ihrer Statur und einer gebratenen Gans schuldig ist . . .“

So begann es damals, vor einem Jahr. Seitdem ist sie bei mir geblieben. Ich habe es nicht bereut. Bis heute wenigstens. Was noch kommt, weiß ich nicht. Es gibt Frauen, mit denen man zusammenleben kann, ohne daß die Nachbarn sich dagegen empören. Aenne hatte vom ersten Tag an eine Art, sich überall Freunde zu schaffen, vor allem unter den Ehefrauen. Ich vermochte es nie, ihren Zauber zu ergründen, ihre Hexenkunststücke, wie sie es fertigbrachte, sich überall beliebt zu machen, daß man begann, uns zusammen einzuladen. Beim Arzt oder beim Apotheker, selbst die Wirte luden uns ein und setzten sich mit ihren Frauen zu uns an den Tisch, beim Metzger erhielt sie besseres Fleisch, als er bis dahin mir verkauft hatte, und sogar unser Herr Pfarrer erwiderte freundlich ihren Gruß. Natürlich lag ein guter Grund auch bei mir. Ich hatte im Ort immer gute Nachbarschaft gehalten, einem Junggesellen und einem Künstler noch dazu sieht man schon einiges nach und ist überrascht, wenn er sich wie ein gesitteter Mensch benimmt, nicht die anderen Männer im Wirtshaus zu Trinkgelagen verleitet, der Platz in seinem Kirchenstuhl am Sonntag nicht leer bleibt, wenn er nicht mit jeder Kellnerin scherzt und auch sonst sein Haus nicht mit bunten Fähnchen aufputzt, in jeder Beziehung. Auch mein Garten, der einmal eine ungenutzte Wiese beim Haus war und den ich ganz allein mit meiner Hände Arbeit und ein wenig Glück und Geschick in ein blühendes Paradies verwandelt hatte, tat das Seine dazu, mir die bürgerliche Anerkennung zu sichern. Als jetzt das junge Mädchen in mein Haus kam, sagten sie untereinander zueinander: „Jetzt hat er endlich jemanden, der ihm bei seiner Arbeit im Garten hilft!" Sie sagten nichts anderes, kein häßliches Wort, nun ja, Aenne war auch nicht so, daß man hinter ihr her lästern konnte und die zu dummen Reden Anlaß gegeben hätte. Trotzdem waren es in meinen Augen Hexenkunststücke, wie sie es fertiggebracht hatte, meine eigene Beliebtheit mit der ihren zugleich zu steigern und wir im ganzen Ort gern gesehen waren.

An diesem Sonntag, nach meiner Begegnung unten vor der Gärtnerei mit der Dame im grünen Kordkostüm, war ich zu Aenne hinaufgegangen und hatte sie geweckt. Ich brachte ihr eine Handvoll Erdbeeren ans Bett. Wieder blühten für uns die Linden, und am Nachmittag beschlossen wir, unseren Wagen daheim zu lassen und einen Spaziergang durch die Stadt zu machen. Häuser und Gärten anzuschauen und über den Zaun ein Gespräch zu führen, das taten wir am liebsten. Es wurde gerade viel gebaut in unserer Gegend. Die neuen Villen schossen wie Pilze aus der Erde. Eine Villa besonders, die ließen wir nie aus, so gut gefiel uns ihr Anblick. Wir wußten nicht, wer darin wohnte, den Sommer über, im Winter stand sie leer. Diese Herrschaftsvilla, zweistöckig, mit Rosen am Haus, lag in einem großen Garten.

„So leben sie, die Großen dieser Erde!" rief Aenne.

„Ein beneidenswerter Besitz!"

„Dieser Rasen! Diese Rosen!"

Wir standen am Zaun und schauten ein wenig neiderfüllt in den Garten. Es ist schon ein gewaltiger Unterschied, ob man einen Garten mit geschenkten Ablegern und selbst im Saatbeet herangezogenen Stauden allmählich aufbauen muß, nur ganz junge Bäume pflanzen kann, weil die großen, die man im Winter mit gefrorenen Wurzelballen in die Erde setzen muß, das normale Einkommen überschreiten. Wer Geld im Überfluß hat, kann heute bauen und morgen in einem Park mit alten Bäumen leben, für ihn blühen schon im ersten Jahr die Linden, und die Kastanien setzen schon im ersten Sommer ihre Kerzen auf. Wenn wir uns einen kleinen Rhododendron leisten, so betrachten wir glücklich jede Knospe, die er ansetzt. Hier aber blühte ein ganzer Hain, und manche Sträucher waren über zwei Meter hoch.

„Das lebt, Aenne!" sagte ich.

„Möchtest du leben wie er? Zwischen Geld?"

„Ein wenig dicker könnte es bei uns schon aus dem Hahn tropfen."

„Das liegt an dir. Du brauchst den Hahn nur weiter aufzudrehen."

„Nein, nein", sagte ich, „die Quelle ist zu klein. Für Graphiker baut man enge Leitungen, da nützt auch der Fleiß nichts."

„Beginne mit deinem Buch!"
„Am Sonntag?" rufe ich entsetzt.
„Dem Sonntag folgt der Montag."
„Montag macht jeder Arbeiter blau."
„Dann beginne am Dienstag."
„Dienstag kommen die neuen Sträucher für den Garten."
„Dann Mittwoch. Das Buch eilt. Sie haben dich schon zweimal gemahnt."
Ich schüttle den Kopf.
„Mittwoch müssen die neuen Sträucher in die Erde. Sie haben drei Tage Reise hinter sich."
„Dann fang mit deinen Zeichnungen für das Buch am Donnerstag an! Donnerstag ist dein Glückstag, wie du immer sagst."
„Weißt du auch, warum der Donnerstag mein Glückstag ist? Weil dann die Woche langsam zu Ende geht und der Sonntag naht. Donnerstag etwas Neues zu beginnen lohnt sich nicht. Ehe man recht in Schwung kommt, steht das Wochenende vor der Tür."
Komisch, im Garten kenne ich kein Wochenende. Da bin ich sehr lebendig mit Hacke und mit dem Spaten. Da bin ich früher auf als die Vögel. Aber am Zeichentisch, oben in meinem Zimmer, da fallen mir immer wieder alte Sprüche ein. „Du sollst den Feiertag heiligen" oder „Auf Sonntagsarbeit fällt kein Segen". Vielleicht habe ich meinen Beruf verfehlt. Ich hätte Gärtner werden sollen. Ein Beruf muß uns Freude machen, Arbeit darf niemals zur Arbeit werden. Im Garten sehe ich nie auf die Uhr, aber am Zeichentisch verfolge ich gequält den großen Zeiger und den kleinen Zeiger. Da habe ich alle Minuten andere Beschwerden. Da bekomme ich plötzlich bis zur Ohnmacht nahe Heißhunger, dann muß ich das Gegenteil, dann schmerzt mich der Rücken, dann schläft mir das Bein ein, dann juckt mich der Nacken, bald ist es mir zu heiß, bald zu kalt, dann flimmern die Augen – ich komme mir vor wie

Matthäi am letzten, ein armer, kranker, gequälter Mensch, der bald sterben wird. Nur im Garten bin ich ein gesunder Mensch. Da fehlt mir nichts. Da kann ich Bäume ausreißen, Steine von Zentnerschwere schleppen, singend Beete umgraben, auf die höchsten Bäume klettern, da wird mir nicht schwindlig, da habe ich keine Gleichgewichtsstörungen wie am Zeichentisch – und ich bin doch derselbe Mensch, Florian Geiger, 36 Jahre alt, 70 Kilo schwer, einszweiundachtzig groß.

„Warum bist du nicht Gärtner geworden, Florian?"

„Wäre ich es, würde ich mich sicher danach sehnen, zu zeichnen."

„Hast du einmal gern gezeichnet?"

„Leidenschaftlich. In der Schule. Immer während der Mathematikstunde oder im Lateinunterricht. Da durfte ich es eben nicht. Und deswegen zeichnete ich mit Lust und Freude."

„Ich bin froh, daß ich nicht deine Frau bin", sagt Aenne.

„Eben! So habe ich neben dir immer das Gefühl, ich sitze im Mathematikunterricht und zeichne – du und mein Garten, dafür lebe ich."

Wir stehen immer noch vor dem schmiedeeisernen Tor der Herrschaftsvilla und schauen in den Garten hinein. Aenne deutet auf zwei breite, bequeme Gartenstühle, das waren schon keine Stühle mehr zu nennen, das waren auch keine Sessel, das waren königliche Wiegebetten aus braunem Japanrohr, Edelbambus, mit dicken Polstern und Kissen belegt.

„Dort sitzt er, der glückliche Besitzer!"

„Wo?"

„Im Schatten der Rotbuche."

In der Tat, dort saß er. Behaglich in einem Sessel ausgestreckt, den Leib auf Kissen gebettet, die Füße hoch, daneben auf einem Tisch ein erfrischender Trunk, ein Teller mit Pfirsichen, im kragenweiten Hemd, eine dicke Zigarre zwischen den Fingern, einen Stapel von Illustrierten neben sich, genauso wie man sich den Besitzer einer solchen stolzen Herrschaftsvilla vorstellt. Und neben ihm, genauso königlich, auf einer buntgestreiften Gartencouch auf Rädern, im tollen Bikini nach Saint-Tropez-Art, sich in der Sonne sonnend, lässig in einem Modemagazin blätternd, die Madame, die Frau des Hauses. Sie streckt gerade ihre Hand nach einem saftigen Pfirsich aus.

Nun gut, es ist ein Sonntagnachmittag. Wer einen Garten besitzt, will auch etwas von seinem Garten haben. Wie aber reimt es sich zusammen, daß sich da einer breit im Sessel räkelt, liest und träumt, Zigarren raucht und Pfirsiche schlürft, wenn nur wenige Schritte von ihm entfernt, in der Gluthitze des Nachmittags, sich zwei Domestiken die Seele aus dem Leib schuften? Der Gärtner mit der blauen Gartenschürze, eine Schaufel und eine Schere in der Hand, schneidet Rosen zurück, gräbt Beete um, lockert ringsum Erde, sticht Rasenkanten ab, unermüdlich ist er am Werk, von Beet zu Beet, ohne abzusetzen und zu rasten, mit einem weißen Tuch wischt er sich gelegentlich den Schweiß von der Stirn und wirft ebenso gelegentlich einen grantigen, mißvergnügten Blick zu dem Paar, das sich faul und träge in den Sesseln räkelt. Aber ohne Unterlaß geht seine Arbeit weiter, mit einem Kleinspaten sticht er Distelwurzeln aus der Erde, schneidet einen Wassertrieb ab, gießt die Blumen, wässert die Sträucher und tut alles das, was es in einem gepflegten Garten ohne Pause zu tun gibt.

Aber nicht nur, daß man dem Gärtner zumutet, am Sonntagnachmittag zu arbeiten, auch die Köchin des Hauses ist am Werk. Sie hat eine andere, nicht weniger mühsame Aufgabe. Im abgelassenen Schwimmbassin der Herrschaftsvilla arbeitet eine Frau, die Kacheln blank zu scheuern und den Schwimmbeckenboden von allem Schmutz zu befreien. Auch sie gönnt sich keine ruhige Minute, und manchmal erhebt sich die Hausfrau, noch den Pfirsichkern im Mund, träge aus ihrer Liege, tritt an den Rand des

Beckens und schaut der Arbeit der anderen gelassen und ohne Ausdruck zu. Man weiß nicht, ist sie zufrieden mit der Arbeit oder nicht. Dann geht sie wortlos zu ihrer Couch zurück und sonnt sich weiter.

Verärgert über dieses asoziale Bild, das sich uns bietet, benütze ich die Gelegenheit, dem Gärtner, als er sich dem Tor nähert, einen guten Gruß zuzurufen.

„So ein großer Garten macht Arbeit“, sage ich, „sogar am Sonntag haben Sie keine Ruhe.“

„Was soll man tun? Ein Garten braucht seine Pflege.“

„Ein Schwimmbassin offenbar auch.“

„Meine Frau ist bald fertig damit. Das machen wir jeden Sonntag.“

Ich deute auf das faule Paar unter der Rotbuche.

„Kommen diese zwei nie auf die Idee, Ihnen beiden wenigstens ein wenig zu helfen?“

„Am Sonntagnachmittag?“ erwidert er erstaunt.

„Sie arbeiten doch auch am Sonntag“, sage ich.

„Ja, ich und meine Frau, das ist etwas anderes. Ich bin der Besitzer dieser Villa. Aber den zwei da drüben kann ich es wirklich nicht gut zumuten.“

„Aha! Ein lieber Besuch also?“

Der Mann mit dem Spaten schüttelt den Kopf und sagt bescheiden:

„O nein, kein Besuch. Das ist mein Gärtner und meine Köchin, die ihren freien Sonntag feiern . . .“

Als wir in der Dämmerung heimkommen, den Berg hinaufsteigen, auf dem mein Haus steht, liegt ein Brief im Gartenbriefkasten. Ich brauche nicht aufzuschließen. Den Schlüssel habe ich längst verloren. Ich habe auch den Schlüssel zum Gartentor verloren. Und den Schlüssel zur Garage. Besser, man verliert einen Schlüssel gleich am ersten Tag, als man verlegt ihn und sucht ihn dann zehnmal im Jahr. Was da für Zeit vergeht! Wie nervös man dabei wird! Ich lebe lieber schlüssellos.

„Da schau! Ein Brief im Kasten!“ sagt Aenne.

„Er hat Zeit bis morgen.“

„Nimm ihn wenigstens heraus!“

„Warum? Vielleicht ist es eine Mahnung, und sie verdirbt mir den Sonntagsfrieden.“

„Er kann auch an mich sein.“

„Dieser Brief? Er wäre der erste, der dich hier erreichte.“

„Ich habe meiner Tante geschrieben. Vielleicht antwortet sie mir.“

Ich bin überrascht.

„Du hast eine Tante?“

„Natürlich habe ich eine Tante.“

„Ich dachte immer, du wärst vogelfrei.“

„Wieso vogelfrei?“

„Vögel haben keine Verwandten. Oder hast du je etwas von der Tante der Lerche oder vom Onkel des Storches gehört?“

„Du überspitzt deinen Witz, Florian.“

Sie scheint verärgert. Um sie zu beruhigen, nehme ich den Brief aus dem Kasten. Er ist nicht von ihrer Tante. Ich schiebe den Brief in meine Tasche. Lesen mag ich ihn heute nicht. Zumal er mit Eilboten gekommen ist und „Dringend!“ darauf steht. Solche Briefe läßt man am besten ein paar Tage liegen, dann erledigen sie sich oft von selbst. Freudenbotschaften werden einem selten mit Eilboten zugestellt. Ärgern kann man sich am nächsten Morgen auch.

„Warum hast du das gesagt, Florian?“

„Was habe ich gesagt?“

„Das mit dem Vogelfrei–“

„Du bist mir ins Haus zugeflogen wie ein fremder Vogel.“

„Ich brauchte ein Nest.“

„Nur ein Nest?“

„Auch Nestwärme, wenn du es lieber hörst.“

„Weiß deine Tante, wo du jetzt bist?“
„Ich habe es ihr geschrieben.“
„Was hat sie geantwortet?“
„Darauf warte ich noch.“
„Und wenn sie dich holt?“
„Kommt Zeit, kommt Rat.“
„Hat sie – ich meine deine Tante –, hat sie bürgerliche Vorurteile?“
„Nicht mehr als andere Menschen.“
„Also doch?“
„Natürlich!“
„Du bist jetzt über ein Jahr bei mir. Ich habe dich noch nie etwas gefragt, woher du kommst, was du erlebt hast in der Zeit vor mir –“
„Auch nicht über die Zukunft, Florian.“
„Hattest du es erwartet?“
„Seit einem halben Jahr nicht mehr.“
„Wir sollten einmal darüber reden.“
„Nur wegen des Briefes an meine Tante?“
„Bitte, bleib ernst!“
„Du hast mit der Komik angefangen. Die Tante der Lerche. Der Onkel des Storches. Wie denkst du über die Mutter der Amsel?“
„Ich habe nicht gesagt, daß Vögel keine Eltern haben. Natürlich haben sie Eltern und Schwestern und Brüder –“
„Offensichtlich.“
„Aber sie unterhalten keine Familienbeziehungen.“
„Sie schreiben sich keine Briefe, willst du sagen.“
Ich rede lauter, als ich es vorhabe.
„Nein! Sie erkennen sich nicht, will ich sagen! Zwei Amseln aus demselben Nest grüßen sich im nächsten Sommer nicht.“
„Und der Amselmutter ist es völlig gleichgültig, mit wem ihr Kind, ihre junge Amsel, das nächste Frühjahr verbringt und in wessen Nest sie sitzt. So hast du es dir doch bei mir gewünscht?“

Ich lasse schnell das Thema fallen. Was soll man auch dazu sagen? Da beginnt man ein Gespräch, das gar keines werden soll, mit einem dummen, belanglosen Satz, und plötzlich baut sich eine Mausefalle vor uns auf, innen Speck und von außen die Katze, und schon sitzt man in den eigenen Worten gefangen. Ich habe das schon einmal hinter mir. Damals habe ich viele Federn lassen müssen, die Flügel wurden mir kräftig gestutzt. Das war kurz vor der Zeit, als ich das kleine Haus auf dem Berg mit der großen Wiese kaufte. Keiner wollte es haben, so verwahrlost war es. Vor mir hatte es ein Gefängnisaufseher als Ruhesitz für sein Alter gekauft, um hier seine Pension zu verzehren. Aber er konnte nicht aus seiner Haut, er mußte immer ihrer Freiheit Beraubte um sich sehen, Eingesperrte, denen er früh das Essen bringen konnte, ihnen mittags mit dem Gunstbeweis eines Gefängnisaufsehers einen kleinen Auslauf gönnen und die er abends wieder einschließen konnte. So hielt er sich Hühner in einer Voliere, Kaninchen in Einzelställen, auch einen Hund an der Kette hatte er und Singvögel im Käfig. Aber die Tiere waren ihm auf die Dauer nicht subaltern genug, und da er auch sonst keinen in der Gegend fand, der vor ihm zitterte, verkaufte er das Haus wieder, und ich bekam es auf diese Weise billig, weit unter dem Preis.

Ich ließ zunächst alle Vögel frei, verspeiste die Kaninchen und verschenkte den Hund. Denn ein Hund, der einmal an der Kette lag, wird nie wieder zum Freund eines Menschen, selbst nicht des Menschen, der ihm die Kette abnahm. Das sind sehr schöne und liebe Geschichten, die man darüber liest, vom Mann, der dem Löwen den Dorn auszieht und der ihm seitdem treu folgt, oder vom Zirkuselefanten, den ein Tierfreund aus den Händen seines Peinigers befreit hatte, der hinter seinem Schwanz Feuer angelegt hatte. Nach Jahren soll dieser Elefant, als er den Tierfreund im Zirkus auf einem schlechten Platz sitzen sah, ihn mit dem Rüssel hochgehoben und vorn in eine teure

Loge gesetzt haben, aus Dankbarkeit. Ich bin den beiden Fällen nachgegangen, die Geschichten entbehren der Wahrheit. In Wirklichkeit hat damals der Löwe dem Dornauszieher den Arm abgebissen, und der Elefant scherte sich einen Dreck um den Tierfreund auf dem billigen Zirkusplatz, den er schon deswegen nicht wiedererkannte, nicht einmal wiedererkennen konnte, da er ihn nie gesehen hatte, denn die Befreiung hatte sich ja damals hinter seinem Rücken abgespielt. Aber wir Menschen legen gern Menschliches in eine Tierseele, so tat ich es im zweiten Sommer meines Hierseins auch und befreundete mich mit einem Schwalbenpaar, das seit Jahren an meinem alten Haus nistete. Es war immer dasselbe Paar und baute sein Nest auf einem kleinen schmalen Brett unter dem Dach, genau über der Haustür. Jedes Jahr im Juni kehrte es zurück, umflog das Haus in jubelnden Flügen, als wollte es mir zurufen: „Da sind wir wieder, Florian! Wie war der Winter? Einen frohen, sonnigen Sommer!", dann zog es auf seinen gewohnten Platz ein, auf das kleine schmale Brett unter dem Dach. Hatte ich sie einmal nicht anfliegen gesehen, meine zwei Hausschwalben, dann merkte ich es am nächsten Morgen an ihrem aufgeregten Zwitschern und ihrem glücklichen Ums-Haus-Fliegen und an ihren schwarzweißen Grüßen von oben auf die rote Steinplatte vor meiner Haustür. Jetzt sind sie schon viele Sommer bei mir, Philemon und Baucis, wie ich sie getauft habe. Jeden Sommer brütet die Schwalbenmutter ihre vier, fünf Eier aus, und den Juli und August hindurch fliegen junge Schwalben ums Haus fröhlich über unsere Köpfe hinweg. An ihrem Flug erkenne ich das Wetter für den nächsten Tag. Fliegen sie tief, so regnet es bald. Finden sie ihre Mücken hoch in der Luft, so bleibt das Wetter noch Tage schön. Sie sind zuverlässiger in ihren Prognosen als jeder Laubfrosch oder gar die amtliche Wettervorhersagen. Im September dann, um Maria Namen herum, wenn sich die Schwalben aus allen Orten ringsum bei mir auf den Telefondrähten versammeln, zum großen Herbstflug, oft zweihundert, dreihundert auf einmal, meine Drähte und Dachrinnen sind dicht bestückt mit ihnen, sind auch unsere sieben Hausschwalben unter ihnen, Philemon und Baucis und ihre fünf hier im Haus zur Welt gekommenen jungen Schwälbchen. Wir winken ihnen am Tag des Abflugs nach – an diesem Tag gehe ich keinen Schritt ins Haus, es ist mein Abschied vom Sommer, später kreisen nur noch die Bussarde über meinem Dach – wenn die Schwalben erst einmal weggeflogen sind, heißt es, sich auf den Abschied vorbereiten, Abschied von den Gartenplänen und den Freuden eines langen Sommers.

Im zweiten Sommer meines Hierseins, als ich noch allein war, dachte ich eines Tages darüber nach, wie es um das Herz eines Schwalbenelternpaares bestellt sein muß, wenn es sein altes Nest am Haus, das einmal mit dem fröhlichen Gezwitscher der Schwalbenkinderstube bis zum Rand gefüllt war, im nächsten Sommer verlassen und einsam wiederfindet. Wecken diese Erinnerungen – und wer sagt, daß eine Schwalbe nicht auch einen Schatz von Erinnerungen in seinem Schwalbenherz hegt? – nicht die Sehnsucht in ihnen nach ihren Kindern vom vorigen Sommer? Wenn es wahr ist, wie es den Anschein hat, daß Schwalben im nächsten Jahr immer wieder zu ihrem alten Platz zurückkehren und dasselbe Nest befliegen, so müßten doch auch die jungen Schwalben, die vorigen Sommer hier ausgebrütet wurden und ihre fröhlichen Kindertage hier verlebten, ebenfalls zurückkommen. Aber sie finden keinen Platz, wo sie nisten können. Die alten, überdachten Nistbretter sind besetzt, und es ist kein Platz für die jungen Schwalben. Wie wäre es, dachte ich bei mir damals, wenigstens versuchsweise den Schwalbeneltern einmal die Freude zu machen, beim Ankommen Nistbretter für ihren Nachwuchs am Haus vorzufinden, damit die Vogelfamilie auch den zweiten Sommer zusammensein kann und Philemon und Baucis Großelternfreuden erleben? Zugegeben, ich werde die große Steinplatte vor meiner Haustür öfter scheuern müssen. Aber es ist eine kleine Mühe, gemessen an der Freude meines alten Schwalbenelternpaares, das Glück ihrer eigenen Kinder einen Sommer lang aus nächster Nähe mitzuerleben.

Ich tat, wie ich dachte, und nagelte noch drei kurze schmale Bretter unter den Dachfirst. Im nächsten Sommer nisteten tatsächlich vier Schwalbenpaare am Haus, Philemon und Baucis in ihrem alten Nest und rechts und links daneben, ein wenig unterhalb, die Kinder der beiden, wie ich mir einbildete. Es können auch ganz andere Schwalben gewesen sein, die sich auf den neuen Nistbrettern ihr Nest gebaut hatten, ich streite deswegen mit keinem, der es besser weiß, für mich waren es einfach die Kinder meines alten Schwalbenpaares, und der Gedanke machte mich glücklich. Ich hatte deutlich das Gefühl, daß mein altes Schwalbenpaar in diesem Sommer glücklicher dreinschaute. Und wenn es nur in meiner Einbildung lag, ich hatte einen frohen Sommer. Denn wie man sich die Welt zurechtlegt, so sitzt man in ihr.

Der Eilbrief im Briefkasten am Gartentor war tatsächlich ein Mahnbrief. Er kam von einem Verleger.

„Sehr verehrter Herr Geiger!" las ich. „Wir vermissen leider noch immer Ihre Zeichnungen zu unserem neuen Verlagswerk *Der unvollkommene Gärtner*. Wir schrieben Ihnen in dieser Sache bereits viermal, ohne von Ihnen eine andere Antwort zu erhalten, als daß Sie am Werke seien, die Arbeit prächtig gedeihe und wir uns schon jetzt auf etwas Besonderes freuen könnten. Wir gaben uns viermal der Vorfreude hin, jedesmal einen Monat lang nach Ihrem verheißungsvollen, vielversprechenden Brief. Dann aber ging unsere Freude zunächst in Erstaunen, dann in Verwunderung und später in Ärger und einen echten Verdruß über, auch über unsere eigene Dummheit, Ihnen den bei unserer ersten Begegnung voreilig zugebilligten Vorschuß auf Ihre Arbeit ausgezahlt zu haben. Wir gestehen Ihnen heute das Recht zu, uns Dummköpfe zu heißen, Ihnen ein zweites Mal aufgesessen zu sein, als sie vor einem Jahr abermals zu uns kamen und mit Ihrer Beredsamkeit und wahrhaft bewunderungswerten Überzeugungsgabe uns veranlaßten, Ihnen zur Beflügelung Ihrer Muse das Resthonorar auszuzahlen, ohne mehr damit zu erreichen, als daß wir heute immer noch dort stehen, wo wir vor zwei Jahren standen, nämlich noch keine Zeichnungen für unser Buch von Ihnen gesehen zu haben. Sie werden verstehen, daß auch die Geduld zweier Esel, als die mein Kompagnon und ich uns fühlen, einmal zu Ende geht. Wir stellen Ihnen daher eine letzte Frist von sechs Wochen, um das Buch noch rechtzeitig zur Frankfurter Buchmesser herauszubringen. Sollten Sie unsere berechtigten Erwartungen abermals enttäuschen, wären wir leider gezwungen . . .“

Ich knüllte den Brief zusammen. Warum sollte ich ihn zu Ende lesen? Unfreundlichkeiten belasten unnötig mein Gemüt.

„Wer schreibt?“ fragte Aenne.

„Ein Verleger.“

„Schreibt er Angenehmes?“

„Er interessiert sich brennend für meine Arbeit.“

„Bravo!“ Aenne klatschte vor Begeisterung in die Hände. „Du wirst eines Tages reich sein.“

„Der Reichtum liegt bereits hinter uns, ist verbraucht und vertan“, sagte ich und erzählte Aenne die ganze Geschichte.

Aenne macht ein Gesicht wie ein Kaninchen, wenn es den Bau besetzt findet.

„Das Geld, das du vor einem Jahr heimbrachtest –“

„Um das Geld handelt es sich.“

„Du hast doch gesagt, wir haben in der Lotterie gewonnen!“

„Mein Beruf ist immer eine Lotterie.“

„Verstehe ich nicht."

„Entweder erwischt man einen Verleger, der zahlt, oder eine Niete von Verleger, der nicht zahlt."

Aenne schüttelt den Kopf.

„Warum hast du die Zeichnungen nicht gemacht?"

„Umsonst?" frage ich.

„Wieso umsonst? Du hast doch dein Geld schon bekommen!"

Ich versuche, es ihr zu erklären.

„Ja", sage ich, „aber es ist doch längst ausgegeben. Wenn ich jetzt arbeite, bekomme ich doch keinen Pfennig mehr. Das ist also eine Arbeit quasi umsonst, ohne jeden Sinn. Ja, wenn heute ein Verleger mit einem neuen Buch daherkäme und sagte: ‚Wollen Sie es illustrieren, Meister?', ich würde mit Freuden zugreifen. Da solltest du mich einmal arbeiten sehen, Aenne! Denn für diese Arbeit bekomme ich ja dann Geld, wenn ich sie abliefere. Aber bei so zwei Dummhüten von Verlegern, die vorher zahlen, wo soll denn dann die Freude an meiner Arbeit herkommen?"

Das ist nicht meine Logik allein. Sie ist vielen Menschen zu eigen. Aenne will etwas darauf erwidern.

Ich höre gar nicht hin. Ich verschließe ihr schnell den Mund mit einem Kuß.

„Komm! Gehen wir schlafen!" sage ich.

„Jetzt schon? Es ist kaum acht!"

Ich sage:

„Ich will ja nicht schlafen. Ich habe jetzt die Wahl, mich entweder über den Brief zu ärgern oder mich an dir zu erfreuen und auch sonst mein Vergnügen zu haben – kannst du nicht erraten, was ich bevorzuge?"

Viertes Kapitel

Am nächsten Morgen mache ich mich an die Arbeit. Das heißt, ich habe es vor. Ich stehe zeitig am Morgen auf, lege Papier und Zeichenstifte zurecht – Aenne hat mir in der Nacht das Versprechen abgenommen, entweder ich dinge meinen Vorschuß beim Verleger ab oder ich müsse auf weitere Vorschüsse bei ihr verzichten, eine grausame Art, einen Mann zur Arbeit zu treiben – ich lege also Papier und Zeichenstifte zurecht. Das ist in diesem Falle ein besonders schweres Stück Arbeit, denn ich muß mir erst einen Weg zum Zeichentisch bahnen, da liegen Bücher, Kataloge, Zeitschriften, Dahlien, Gladiolen, Gartenhosen, Gartenscheren, Baumsägen auf dem Boden herum, sperren Leitern und die neuen Wickenwände den Weg, stehen zerbrochene Spaten und Stäbe für Stangenbohnen herum, und erst hinten, ganz hinten wartet der große Tisch, an dem ich mir meinen Lebensunterhalt verdiene.

Der Leser könnte mit Recht einwenden, alle diese Dinge gehörten in den Schuppen und nicht ins Arbeitszimmer. Sie stehen ja im Schuppen, das einzige, was nicht hierher gehört, ist mein Arbeitstisch. Ich habe ihn in diese Gelumpkammer geräumt, damit ich ihn nicht täglich vor Augen habe, denn wer will durch den Anblick eines Tisches immer an seine Knechtschaft, Geld verdienen zu müssen, erinnert werden – wenn er frühstückt, wenn er seinen Tee trinkt, wenn er seine Suppe löffelt und sich abends am Braten delektiert? Lenkt er mich nicht vom frohen Leben ab und bringt mich auf ungute Gedanken, wenn ich kose, plaudere, küsse, Schach spiele, lese, mich meinen Träumen hingebe oder den Becher fülle? Er erinnert mich zu sehr an mein Mißgeschick, nicht als Baum geboren zu sein. Ein Baum hat es gut. Er hat nichts zu tun als dazustehen und ein wenig zu wachsen und in den Himmel hinein zu träumen. Von ihm verlangt keiner was, und der himmlische Vater ernährt ihn doch. Er muß sich nicht bücken, muß sich nicht plagen, nicht Stiegen steigen oder nach rechts und links gehen. Er braucht sich abends nicht auszuziehen, morgens nicht anzuziehen, kein Hemd zu wechseln, keine Krawatten zu binden. Von ihm verlangt man keine politischen Bekenntnisse, blüht er einen Mai rot, wirft ihm das keiner vor. Er wird getränkt und ernährt, er muß sich nicht einmal selbst waschen, man putzt seine Rinde, schneidet ihm die dürren Äste aus, und ist er einmal voll Staub, gleich regnet es von oben auf ihn herab, ohne daß er erst wie unsereiner die Seife naß machen muß.

Ich könnte jede Minute vor Neid erblassen, sehe ich meinen alten Nußbaum vorm Haus. Er ist sogar zu faul, Nüsse zu tragen. Ich habe noch keine von ihm zu sehen bekommen. Wenn einer von Vorschüssen lebt, so ist es ein Nußbaum. Er hat jedes Jahr eine andere Ausrede, warum er keine Nüsse trägt.

Was allein habe ich an Mühe verschwendet für meinen zweiten Nußbaum, den jungen, den ich an dem Tag pflanzte, als Aenne zu mir kam! Das ist eine schöne Sitte der Gartenbesitzer, und man sollte sich ihrer wieder mehr erinnern: An dem Tag, an dem ein Mensch zu uns kommt oder ein Kind geboren wird, einen Baum zu pflanzen. Ich pflanzte also an jenem Tag, da ich Aenne über den Zaun holte, einen jungen Nußbaum in meinen Garten, und Aenne und ich standen lange davor und bauten Luftschlösser, wie es mit uns bestellt sein würde, wenn wir erst in seinem Schatten sitzen können und er uns seine erste Nuß in den Schoß wirft.

„Wann trägt ein Nußbaum?“ fragte Aenne.

„In zehn Jahren. Frühestens.“

„Wo werde ich in zehn Jahren sein?“

„Vielleicht bei mir, vielleicht anderswo.“

„Bestimmt anderswo. Sie sehen nicht so aus, als ob man in Ihrer Nähe Wurzeln schlagen könnte.“

„Die Sträucher können es.“

„Bei einem Strauch genügt es, ihm von Zeit zu Zeit genügend Wasser zu geben."

„Das genügt nicht. Soll er gedeihen, muß man ihn lieben."

„Lieben Sie alle Pflanzen in Ihrem Garten?"

„Das ist doch der Sinn des Gärtners. Man muß jeder Pflanze mit seiner Liebe nachlaufen wie einem jungen Mädchen."

„Pflegen Sie Mädchen nachzulaufen?"

„Das tut jeder Mann, wenn er die Richtige sieht."

„Ist Ihnen schon die Richtige begegnet?"

Ich lachte:

„Ach schon oft!"

„Und dann?"

„Was dann?"

„Wo ist sie, die Richtige?"

„Es war eben doch nie die Richtige."

„Also auch eine Art Landstreicher?"

Ich bin ärgerlich. Was soll das Ganze? Gab ich ihr Veranlassung, sich in meine privaten Dinge zu mischen? Ein Spaß am Zaun, nun gut, das war ein Spaß, mehr nicht, aber jetzt sind wir schon sechs Stunden innerhalb des Zauns, haben eine Gans zusammen gegessen, einen Baum gepflanzt, einen Rundgang durchs Haus gemacht, ich habe ihr einen Bademantel gebracht und meinen Kamm geborgt, der Rucksack steht noch da, wie ich ihn hereingetragen habe.

Ich sage nichts und trete die Erde um den neugepflanzten Nußbaum ein zweites Mal fest, daß sie fest um die Wurzeln schließt. Ich tue sehr beschäftigt, um nicht antworten zu müssen.

„Hören Sie mir eigentlich zu?" fragt Aenne.

„Ich fände es jetzt an der Zeit, Ihren Rucksack auszupacken."

„Warum?"

„Warum nicht?"

„Ich weiß noch nicht, ob ich bleibe."
„Wovon hängt das ab?"
„Ob Sie mich auch wirklich brauchen können."

Acht Tage später, als wir den Nußbaum wie jeden Morgen und Abend mit zehn Kannen Wasser tränken –

„Haben Sie sich schon überlegt, daß vielleicht ein anderer die Nüsse von diesem Baum essen wird?" frage ich.

„Dafür esse ich die Nüsse und die Kirschen und die Äpfel, für die vor Jahren ein anderer das Wasser trug", sagte sie, „das gleicht sich in der Welt alles aus. Sonst möchte keiner in hohen Jahren noch einen Baum pflanzen, und es tun viele."

„Von wem ist das Kleid, das Sie heute tragen?"

„Gefällt es Ihnen?"

„Wenn wir allein sind – ja."

„Ich ziehe es auch nur an, wenn wir allein sind. Außerdem gehört dazu noch ein Unterkleid."

„Sie haben es sich gekauft?"

„Woher hätte ich das Geld dafür genommen? Es ist ein Geschenk von meinem letzten Dienstherrn."

Ich gieße den Rest Wasser aus der Kanne.

„Dann wird es höchste Zeit, daß ich Ihnen auch ein Kleid schenke, damit Sie das nächste Mal nicht sagen müssen: von meinem vorletzten Dienstherrn."

„Warum sagen Sie das?"

„Was sage ich?"

„Daß Sie mir ein Kleid schenken wollen."

„Beleidigt es Ihren weiblichen Stolz?"

„Nein. Aber die Reihenfolge stimmt nicht. Wir haben noch nicht einmal vereinbart, was ich für meine Arbeit bekomme."

Mein Gott, ja! Das habe ich völlig vergessen.

„Was erwarten Sie?"

„Etwas mehr als das Übliche."

„Das Übliche zahle ich gern. Was ist das Mehr?"

„Sie haben es mir bereits zugestanden. Daß ich nicht in der Dienstbotenkammer schlafe, abends mit Ihnen zusammensitze und Sie mir schon zweimal ein Modemagazin mitbrachten."

„Lieben Sie diese Zeitschriften?"

„Nein. Aber daß Sie sie für mich extra kauften, also unterwegs an mich dachten, finde ich nett."

Ich nehme die leeren Kannen und trage sie zurück zum Brunnen. Aenne geht hinter mir her und pumpt das Gießwasser für den nächsten Tag in das Faß.

„Und noch etwas", sagte sie.

„Was noch?"

„In den acht Tagen, seitdem ich bei Ihnen bin, gab mir keine Frau ihr Kleid zum Bügeln und ihre Wäsche zum Waschen."

„Bügeln Sie nicht gern?"

„Herrenhemden bügle ich vorzüglich."

„Damenblusen sind leichter."

„Ich bin nicht gern die Magd einer Frau, ich bin gern die Magd eines Mannes."

Geliebte Magd! Was soll man dazu sagen? Am besten nichts. So halte ich es auch.

Der junge Nußbaum ist ein recht undankbarer Knochen. Steht da, läßt sich von uns verwöhnen und rührt sich nicht. Noch heute, nach einem Jahr, seitdem wir ihn gepflanzt haben, Aenne und ich, gönnt er uns nicht für fünf Pfennig Schatten. Er wächst langsam, überaus langsam, sozusagen gar nicht, ich kann immer noch die Blätter an seinen Zweigen zählen. Ich hasse faule Bäume, die zu träge zum Wachsen sind, so etwas muß flott vonstatten gehen, eins, zwei, drei, und fertig ist der Baum. Er soll sich ein Beispiel an den Weiden nehmen, einen Monat Sommer, und schon sprießen meterlange Triebe, oder an den Himbeeren, die uns über den Kopf wachsen, man kann ihnen dabei zusehen; wenn unsereiner auch so faul wäre wie der Nußbaum . . . und da fällt mir wieder mein Verleger ein, der auf die Illustrationen wartet. Auf einmal steht mein Nußbaum in einem anderen Licht. Ich blicke zu ihm hinüber, von meinem Fenster aus, wie zu einem Kumpel, als ob wir zusammen etwas ausgefressen hätten, und entschuldige mich bei ihm. Man ist nicht jeden Tag aufgelegt, zu wachsen und Blätter zu produzieren. Hast schon recht, genieße nur dein Leben und das Herumstehen in der Sonne, wiege dich nur behaglich im Wind, du wirst früh genug gefällt, auch das Leben eines Nußbaums ist kurz, und eines Tages kommt die Säge und schneidet sechs Bretter aus dir oder gar Brennholz, und du endest im Aschekasten. Genieße deine Jugend, ich habe die meine hinter mir, ich bin jetzt ein Mann und muß mich beweisen. Ich seufze resigniert dreimal tief auf, dann gehe ich, mich zu beweisen, und bahne mir den Weg zu meinem Zeichentisch, und als ich ihn mir soweit zurechtgerückt habe, daß er im rechten Licht steht und Platz für meinen Stuhl ist, fällt mir ein, daß mir um nichts auf der Welt einfallen will, wohin ich das Gartenbuch gelegt habe, das ich illustrieren soll.

Ich habe es damals gut verwahrt, soweit erinnere ich mich. Aber wo ich es verwahrt habe, dessen erinnere ich mich nicht. Es kam per Einschreiben und versiegelt, bezeugte also dadurch seinen Wert, den sein Verleger auf das eine Exemplar legte – im Vertrauen, es ist ein altes Gartenbuch, das eine Neuauflage erleben soll, ein Comeback-Buch sozusagen, weil es damals, als es vor dreißig Jahren herauskam, von Erfolg begleitet war. Man hatte dem Verleger erzählt, daß mein Strich dem der Bele Bachem ähnelt, das hätte also den alten Schmöker aufgeputzt, die praktischen Gartenratschläge, wie man Salat pflanzt, Zwiebeln setzt und Radieschen stopft und Karotten sät. Es ist ein Gartenbuch von jener Art, nüchtern und ohne Überschwang, wo vom Himmel und der Sonne und dem Duft der Fliederhecken und dem Hummelflug keine Rede ist, nur auf den Nutzen bedacht, die Rentabilität, als ob es im Garten jemals eine Rentabilität gegeben hätte, ein

Lehrbuch ohne Anmut, ein Lehrmeister, der besserwissend seine Schüler sucht, den Zeigefinger aufhebt, sie zu belehren, und ohne die Absicht, den Menschen das Herz für das Glück eines Gartens zu öffnen. Wenn ich einmal ein Gartenbuch schriebe, vorausgesetzt, ich verstünde überhaupt zu schreiben, so müßte es ein Buch werden, das alle Welt verzaubert, daß man sich an den Kopf faßt und die verlorenen Jahre bedauert: „Wie habe ich nur leben können ohne dich, mein Garten?" Doch dazu gehört mehr als ein paar praktische Ratschläge.

Ich kenne das alte Buch, das man mir zur Illustration anvertraut hat. Es lag in meiner Kindheit auf allen Gartenbänken, gelb gebunden, man säte nach seinem Plan, man hielt die vorgeschriebenen Abstände von Pflanze zu Pflanze und setzte im Verband nach dem Zentimetermaß, den das Buch angab. Alle Gartenfreunde besaßen diesen gelben Lehrmeister, alle Schrebergärtner, alle Bauersfrauen und selbst die, die nur einen kleinen Vorgarten beim Haus hatten, erhofften sich mit diesem Buch ein Gartenparadies. Ja, es enthielt sogar ein ganzes Kapitel für die Bahnböschungssiedler, das sind jene an den Bahndamm gebauten Gärten, am Schienenstrang entlang, die heute leider immer mehr verschwinden. Aber damals, in meiner Kindheit, neben den Bahnwärterhäuschen auf der Strecke, erblühten dicht neben den Gleisen in reicher Verschwendung bunte Blumen und vor allem die roten Feuerbohnen an langen Stecken. Unten wuchsen Salat und Schnittlauch und Petersilie, auch die unverwüstliche palettenbunte Kartäusernelke, wohl der robustesten Blumen eine, die prächtige Farben hervorzaubert. Man kann sich nicht vorstellen, daß diese Farbenpracht eines Bartnelkenbeetes wohl eine Augenweide, aber keine Nasenweide ist. Diese Nelke riecht nach Kraut und Rüben, sie verschwendet ihren ganzen Zauber in die Farben. Da lobe ich mir die unscheinbare Federnelke mit den kleinen weißen und rosafarbenen Nelken, die Blütenköpfe oft nicht größer als eine Monatserdbeere. Hier stehen in großen grünen Polstern Hunderte von Blüten dicht nebeneinander, und ihr Geruch lockt nicht nur die Schmetterlinge und Bienen an, selbst die Vögel sitzen am Abend in ihrer Nähe und – ich bilde es mir ein – nehmen sich vor dem Schlafengehen noch einen Duftschluck von der Nelkensüße in ihr Nest für die Nacht mit.

Das Gartenbuch, das meiner flotten Feder harrt, kenne ich also, wüßte ich nur, wo ich es habe. Ich habe es sorgfältig aufbewahrt, so viel ist sicher.

„Ach, Aenne“, sage ich und gehe ins Wohnzimmer hinüber, „ich habe etwas verlegt und kann es nicht finden.“

„Deine Brille, Florian?“

„Nein. Das Buch zum Illustrieren.“

Aenne geht in Gedanken durch, wo überall bei uns Bücher liegen.

„Ist es das eingepackte Buch unter deinen Hemden?“

„Nein. Das ist Ovids Liebeskunst.“

„Zwischen deinen Taschentüchern liegt auch ein Buch.“

„Das ist der Praktische Ratgeber in allen Lebenslagen.“

„Sieh darin nach, vielleicht gibt es dir einen Rat. Du bist ja jetzt in einer Lebenslage, etwas zu suchen, was du nicht findest.“

Aenne sagt gern solche Sätze, die mich aufheitern sollen. Sie heitern mich nicht auf.

„Im Ernst, Aenne! Denk nach!“

„Denk selbst, Florian! Du bist zum Denken geboren.“

„Ich weiß genau, wohin ich es gelegt habe.“

„Wohin?“

„Unter meine Gartenbücher.“

„Da gehört es ja auch hin.“

„Eben! Da gehörte es hin. Und deswegen legte ich es hin. Es liegt auch noch dort. Nur liegen die Gartenbücher nicht mehr dort, wo sie lagen.“

Wir machten uns gemeinsam auf die Suche nach den

Gartenbüchern. Wir durchsuchten alle Zimmer, alle Schränke, alle Regale. Wir nahmen alle Bücher in die Hand, die wir fanden. Vergebliche Liebesmühe. Wir fanden viele Dinge, nur das Buch, das wir suchten, fanden wir nicht. Wir fanden sogar mein Abgangszeugnis von der Schule. Aenne entdeckte es zuerst. Betragen genügend, Fleiß mangelhaft, Zeichenkunst völlig ungenügend. Heute lebe ich davon.

Aenne las weiter aus dem Zeugnis:

„Ordnungsliebe lobenswert."

„Da siehst du es", sage ich.

Aennes Augen leuchten plötzlich auf. Sie hat etwas entdeckt.

„Da – da –, das wird es sein!"

Sie läuft auf das Sofa zu.

Unter dem Fuß des Möbels liegt ein Buch. Es liegt schon lange dort. Ich erinnere mich, dem Sofa eines Tages die Füße gekürzt zu haben, weil ich tiefer sitzen wollte. Ich hatte die Füße abgesägt. Aber ich hatte mit Inspiration gesägt, nach Augenmaß, nicht mit dem Zentimetermaß. Ein Fuß war dabei zu kurz geraten. Genau um die Dicke eines Buches zu kurz. Dem konnte abgeholfen werden, und ich tat es. Es war aber nicht das gesuchte Gartenbuch, wie wir sogleich enttäuscht feststellten. Es war ein Band von Schillers gesammelten Werken, der erste. Wir knien neben dem Sofa und suchen weiter. Aenne kommt mir dabei gefährlich nahe, daß ich fürchten muß, die Linden stehen vor der Blüte.

„Laß uns ein wenig rasten, Aenne", sage ich.

„Ich muß die Betten machen, Herr Geiger."

„Ich werde dir dabei helfen."

„Herr Geiger wird zeichnen."

„Wenn du Herr Geiger sagst –"

„Dann weiß Herr Geiger, daß Herr Geiger sich heute vormittag am Zeichentisch für weiße Blätter zu interessieren hat und nicht für weißes Linnen."

„Ich brauche aber meine Inspiration durch dich!“

„Herr Geiger hat monatelang mit mir Inspiration in jedem gewünschten Ausmaß gehabt, Inspirationen früh und Inspirationen am Abend.“

„Wann sagt die Dame wieder Florian zu mir?“

„Wenn die Produktion läuft.“

„Tyrannei!“

„Tyrannei gegen Faulheit!“

„Wie schön du im Augenblick bist!“

Ich versuche, sie zu umfassen. Sie reißt sich los, läuft mir davon. Ins Schlafzimmer. Ich laufe ihr nach.

„Mir ist so schöpferisch zumute!“

„Beweise es am Zeichentisch!“

„Führ mich hinüber!“

„Ich muß jetzt die Betten machen.“

„Ich sehe dir zu. Du gleichst Juno, wenn du dich so über das Bett beugst.“

„Juno hat keine Betten gemacht.“

„Armer Zeus! Was ist ihm da an reizenden Anblicken entgangen!“

„Zeichne es!“

„In einem Gartenbuch?“

„Junge Gärtnerin beugt sich über das Blumenbeet.“

So leicht ist das alles gar nicht in einem freien Beruf. Da wacht der Mensch auf, die Sonne scheint, der Wind weht, weiße Wolken ziehen, draußen blüht alles so üppig, die Luft ist zum Verrücktwerden süß, man hat keinen Chef, der auf die Uhr sieht und die Arbeitskarte abstempelt – da soll man sich freiwillig vor den Karren spannen, während draußen die Stare pfeifen? Bin ich weniger als ein Vogel, der in der Sonne sitzt, seine Flügel spreizt und ein fröhliches Lied singt? Hat mich Gott weniger lieb als einen Regenwurm, der jede Stunde am Tag machen kann, was er will, graben oder nicht graben?

„Ich mag nicht!“ sage ich.

„Du magst schon!“ sagt Aenne.

„Nein. Wetten?"
„Ich sperre dir das Brot weg."
„Das Brot?"
„Das Brot. Die Butter. Die Liebe."
„Auch nicht das Existenzminimum?"
„Verdien es dir erst!"
„Kein Mensch kann ohne Essen leben. Nach drei Tagen ist er tot."
„Für das Brot mag es stimmen."
„Für die Liebe auch."
„Da ist noch keiner verhungert, nur weil er einmal acht Tage –"
„Dein letztes Wort?"
„Mein letztes Wort."

Natürlich findet sich das Buch, das ich suche. Ein Haus verliert nichts. Es liegt dort, wo es hingehört: auf meinem Arbeitstisch. Aber wer schaut schon dahin? Offenbar ist es eine natürliche Reaktion, die Arbeitsunlust, die ein Buch, das brettbreit obenauf liegt, einfach nicht sieht. Jetzt entsinne ich mich auch, das Buch vor einem halben Jahr, damals, als wieder einmal eine Mahnung meines Verlegers eintraf, herausgesucht und auf den Tisch gelegt zu haben. Aber ich kam nicht zur Arbeit, und dann war über die Sache wieder Gras gewachsen. Damals kam noch etwas dazu. Ich pflege vor Beginn meines Tagwerks ein wenig in der Zeitung zu lesen. Das tat ich auch an diesem Tag, und da fand ich eine Notiz, daß man sich in New York neuerdings seinen Garten meterweise von der Rolle kaufen kann. Wie einen Treppenläufer. Von einer Rolle, von der man sich fünf, sechs Meter mit einer Schere herunterschneiden und ins Haus schicken lassen kann. Man legt diese Blumenmeter dann daheim auf den Balkon oder neben die Haustür, begießt sie fleißig, und schon nach wenigen Wochen blüht die Meterware in voller Pracht. Unkrautfrei blühen Phlox, Rittersporn, Nelken, Primeln,

Tulpen, Iris, Sommerastern und Verbenen und andere Blumen jeder Art aus der Matte empor, früher sogar als im ehrlichen Gartenbeet, denn diese Matte besteht aus künstlicher Erde, zahlreichen Chemikalien, Impfstoffen und besonders präpariertem Pflanzengut. Soweit las ich es in der Zeitung.

„Da haben wir den Fortschritt!" rief ich. Sogar den Gärtnern, den Dienern ihres Gartens, wird es heute so bequem gemacht, daß sie Fertiggärten heimtragen können. Aber wo bleibt dann die Lust am Garten, die Gartenfreude? Denn Freude an blühenden Blumen ist etwas ganz anderes als die Freude am Garten. Wenn ich nicht Freund meiner Erde bin, nicht Freund mit den Wurzeln meiner Pflanzen, nicht Freundschaft pflege mit den Zwiebeln und den Samenkörnern, die ich in die Erde lege, wozu dann überhaupt noch einen Garten? Obst und Blumen kann ich im Sommer für billiges Geld kaufen, ganze Spankörbe mit süßen Beeren für wenige Pfennige. Aber sie sind nicht meine Kinder. Selbst das Fallobst im eigenen Garten schmeckt besser als ein Cavilleapfel aus Meran. Gerade der Tropfen Schweiß von meiner Stirn, den ich über ihren Wurzeln vergieße, der Rücken, der vom Jäten schmerzt, daß ich mich nur stöhnend aufrichten kann, die dreißig, vierzig Gießkannen am Abend, sie sind es, für die mir meine Blumen mit ihrem Duft danken und die Erdbeeren mit ihrer zärtlichen Süße.

Blumen aus der Matte, welch kurze Freude! Der Gärtner nach meinem Herzen lebt mit seinen Blumen von dem Tag an, an dem er das Saatkorn in die Erde senkt. Er ist schon beim Säen umgeben von ihrem Duft, sieht schon beim Säen ihre Knospen und Blüten. Wenn ihr es nicht spürt, am glattgerechten Beet, die Samentüte in der Hand, ich beschwöre euch, verschenkt euren Garten. Nie blühen die Blumen schöner, nie duften sie süßer als an dem Tag, wo ihr das dunkle Korn in die schwarze Erde gebt. Und sie blühen für euch nicht erst an diesem Tage, sie blühen schon im Winter, wenn ihr sie aus den bunten Katalogen bestellt, wenn ihr die Namen der Levkojen, der Astern, der Gladiolen und Dahlien auf den Bestellzettel schreibt. Da ist euer Garten so reich, so bunt und so angefüllt mit Blumen, während der Fremde, der draußen im Januar an meinem Zaun vorübergeht, nur dunkle Erdschollen und Schneehügel sieht. Für mich aber blüht schon im Januar der Garten, knospen die Rosen, recken sich die Fliederdolden. Das ist ja das unsagbare Glück des Säens, daß wir dabei schon mittendrin sind im Ernten, das ist das Glück des Pflanzens, daß wir in unserem Herzen bereits Körbe von Früchten ins Haus tragen. So schön wird die Ernte nie wie am Tage des Pflanzens. Wenn ich Himbeeren setze und die Rute, die dieses Jahr Früchte tragen könnte, freiwillig kurz über dem Boden abschneide und auf die erste Ernte bewußt bis zum zweiten Jahr warten muß, um unseren Pflanzen eine gute Entwicklung und ein gesundes Wachstum zu ermöglichen, so spüre ich den Geschmack der köstlichen großen Früchte schon jetzt auf meiner Zunge. Glaubt nicht, daß ich euch etwas vorlüge, mit der Phantasie des Dichters und um etwas Außergewöhnliches zu sagen, nie schmecken die Himbeeren süßer und aromatischer als an dem Tage, da ihr die langen rötlichen Ruten mit den verzweigten Wurzeln in die Erde setzt und festdrückt. Das ist ja die wahre Gartenfreude, das Pflanzen, das Setzen, das Schöpferische . . . und nun gibt es plötzlich Matten mit Blumen, bald werden es Matten mit Schalotten und Salaten und Radieschen sein, morgen schon Matten mit Bohnen und Tomaten, Matten mit Erdbeeren, garantiert unkrautfrei, wie schön das klingt! Ohne umzugraben und ohne zu rigolen, ohne Mist und Torfmull, ohne Spatenstich und ohne Pflanzholz, man braucht sich nur einmal zu bücken, nämlich am Tag der Ernte . . . Freunde, wie bequem! Freunde, wie abscheulich!

Ein bequemer und ein fauler Gärtner war noch nie ein

glücklicher Gärtner. Der Garten verlangt einen fleißigen Knecht und bezahlt ihn schlecht. Aber er schenkt ihm Glück bis zum Einschlafen hinein und ein frohes Herz beim Erwachen. Im Leben kann man so faul sein, wie man will, Kompliment allen, die es sich im Leben bequem machen. Sie haben wenigstens von ihren knapp 19000 Tagen etwas, denn mehr sind es ja nicht, die uns an Lebenszeit geschenkt sind. Und nur an jedem vierten Tag davon scheint die Sonne. Laßt sie euch getrost auf den Buckel brennen, streckt euch im Gras, und laßt die Füße von der Mauer baumeln, glaubt mir, die Faulen hat Gott lieb, sie verschandeln ihm wenigstens nicht mit ihren Erfindungen die Welt. Auch ist es ganz unwichtig, ob einer ein Buch schreibt und ein zweiter, wie man es gerade von mir verlangt, das Buch illustriert. In zehn Jahren ist es sowieso Makulatur. Und da ruft mich Aenne, gerade in diesem Moment:

„Was ist, Florian? Geht die Arbeit vorwärts?"

„Ich spanne gerade den Bogen", sage ich.

Und das – genau betrachtet – tue ich auch.

Fünftes Kapitel

Die Arbeit, einmal begonnen, geht gut voran. Das alte Gartenbuch ist gar nicht so veraltet, viele Regeln gelten heute noch. Das Kapitel vom Umgraben und Rigolen beispielsweise. Der Ratschlag, daß man beim Umgraben die gute humusreiche Erde oben und die unfruchtbare Tonerde unten lassen soll, ist nicht oft genug zu wiederholen. Das ist das A und das O jeder Gartenarbeit. Auch dies zählt zum Garten-ABC, daß man das Unkraut und die Queckenwurzeln ausklauben muß und sie nicht einfach in der Erde läßt in der trügerischen Hoffnung, sie würden unter der Erde verfaulen. Sie verfaulen niemals, und einmal durchschnitten, werden aus zwei Quecken vier und acht. Graswurzeln faulen, wenn man sie tief genug unter die Erde bringt, Disteln und Löwenzahn und Brennesseln faulen nicht. Wer sich jetzt also einmal bückt, braucht sich später nicht achtmal zu bücken. Welch hohe Verzinsung des eingebrachten Arbeitskapitals, sich einmal nach einer Unkrautwurzel zu bücken und sie herauszuziehen!

Daß die Steine aus der Erde von unten nach oben wachsen, steht nicht in dem Buch. Aber es ist so. Jedes Frühjahr lese ich karrenweise Steine aus meinen Saatbeeten, die Erde ist fein gesiebt, und im nächsten Frühjahr sind wieder Steine darin, daß ein neuer Karren voll wird. Ich glaube, sie schiebt der Teufel persönlich von unten hinauf, den Gärtnern zum Schabernack, damit sie das gotteslästerliche Fluchen lernen, das dem Teufel Musik im Ohr ist. Denn daß die Steine in den warmen Sommernächten vom Himmel auf die Beete herunterregnen oder daß Vögel sie im Schnabel in unsere Gärten einfliegen, erscheint mir nicht sehr wahrscheinlich. Da glaube ich schon eher an den Teufel, der ja auch die Rosenläuse, die Werren und die Wühlmäuse in unsere Gärten trägt.

Ich bin gerade dabei, einen Gärtner mit einem Spaten zu zeichnen, wie er im Frühjahr ein Gemüsebeet umgräbt, den Karren mit dem dampfenden frischen Mist neben sich, und wie er Schicht um Schicht den Mist flach in die Erde einbringt.

Im Text, den zu illustrieren ich mich anschicke, steht natürlich genau das Gegenteil: Frischer Mist ist Gift für jede Pflanze, und im Frühjahr umzugraben, gehört zu den sieben Todsünden eines Gärtners. Man gräbt im Herbst um und recht nur die durch den Winterfrost bröselig und feinmehlig gewordene Oberschicht glatt, denn der Spaten im Frühjahr zerstört alles, was der Winter gut gemacht hat. Er zerstört die feinen Kanäle, die die Feuchtigkeit aus der Tiefe zu den Wurzeln hinauftragen, und die mit so viel Unverstand behandelten Setzlinge müssen elend verhungern. Ich weiß, daß dies in allen Gartenbüchern steht, es mag auch für Lehranstalten und Seminare stimmen, die vollkommene Gärtner heranbilden, die dann ihrerseits wieder vollkommene Gärtner heranbilden müssen. Ich aber bin für Gartenfreuden und Gartenlust. Und es ist ein Vergnügen ganz besonderer Art, das frohe, handfeste Umgraben im Frühjahr, die erste Wiederbegegnung mit dem Garten, den Spaten tief in die frühlingssonnenwarme Erde einzustechen, wie das duftet und dunkel leuchtet, welch ein Glücksgefühl, nie sind unsere Beziehungen zu unserem Garten persönlicher als in diesen ersten Monaten des Jahres, wenn uns die Erde nach der Schneedecke wiedergeschenkt wird. Es ist ein Wiedersehen wie mit einem alten Freund, die Erde erzählt uns, und wir erzählen ihr, was wir im Winter erlebt haben, vom November an, als sie ins Bett kroch und die Schneebettdecke über den Kopf zog. Wir haben uns gegenseitig so viel zu berichten, daß der kurze Tag nicht ausreicht, morgen früh komme ich wieder, und dann wird fröhlich weiter umgestochen, im Frühjahr, was man nicht darf.

Ach, geht mir doch weg mit den Lehrbüchern, ich will keinen vollkommenen Garten, ich will das vollkommene Glück in meinem Garten. Ich bin so wenig gartenbuchgläubig, daß ich trockenen Torfmull in die Erde gebe, eine dritte Todsünde im Garten, denn welcher Gärtner von nur einigermaßen Gartenverstand weiß nicht, daß Torfmull nur naß in die Erde gebracht werden darf, das Zwanzigfache des eigenen Gewichts mit Wasser aufgefüllt? Ich passe auf, daß mir kein Fachmann über den Zaun bei meinem Tun zusieht, dann brösele ich heimlich den staubtrockenen braunen Torfmull auf die Erde und reche ihn unter. Die Erde hat in diesen Monaten noch viel Feuchtigkeit in sich, der nächste Regen tut ein übriges, und ein so behandeltes Beet, frisch angesät vielleicht gar, ist auf jeden Fall eine Augenweide, sauber und dunkel und glatt, daß man die Freunde hinführen kann und sagen: „Schaut her! Wie schön!“ Ein frisch umgebrochenes, sorgsam geharktes Beet ist so schön, wie es nie wieder sein wird, schöner als ein mit Salatköpfen und Osterrettichen bestandenes. Denn später kommen bald die ersten Gartenärger ans Licht, es ist wie mit den Menschen. Als Kinder sind alle anmutig, die Fehler entwickeln sich erst später. Die ersten zarten vierblättrigen Salatpflänzchen in die frische Erde gesetzt, da kann man nach getaner Arbeit stundenlang davorsitzen und sich freuen, wie gleichmäßig im Verband das erste Gartengrün sauber und gesund dasteht. Drei Wochen später beginnt schon die Schönheit des Beetes zu schwinden, einige Pflanzen sind eingegangen, zwei hat die Wühlmaus zum Gabelfrühstück in die Erde gezogen, drei haben die Schnecken gefressen, vier die Katzen ausgewühlt, einige Salate köpfen nicht und schießen himmelwärts, der eine zeigt ein braunes Blatt, weil er zuwenig Wasser bekam, und der zwcite zeigt ein faules braunes Blatt, weil er zuviel Wasser bekam, und noch dazu von oben. Es gibt immer noch unvernünftige Gärtner – sie sind in der Mehrzahl –, die gießen mit der Brause ihre Salatbeete, möglichst noch bei Sonnenschein. Ein Salat, von oben begossen, gedeiht nie. Hier stimmt einmal die Lehre des Gartenbuches mit meiner Erfahrung überein. Trocknen Kopf und feuchte Füße, das ist das Salateinmaleins.

Ein Salatbeet ist nur am Tag des Anpflanzens schön: Frisch gepflanzt wird es zum Symbol aller menschlichen Hoffnung. Er wächst heran, und wir nehmen manchen Ärger in Kauf. Wenn später die Ernte kommt – wie wir uns den Salat geträumt haben und wie er in den Samenkatalogen aussieht, so wird er in den Hausgärten nie. Aber wann gehen sonst im Leben uns schon unsere Hoffnungen bücherschön in Erfüllung? Den ausgewachsenen Salat kann man immer noch in der Küche als Spinat verwenden, im Leben kann man seine Enttäuschungen nur auf den Mist werfen.

Macht es mit dem Salat darum so wie ich: Pflanzt ihn auf unkrautfreie Beete, und kümmert euch nicht mehr um ihn. Er hat nur zwei Möglichkeiten: Er gedeiht oder er gedeiht nicht, er bildet Köpfe oder er wächst aus – das ist von hundert verschiedenen Zufällen abhängig, nur nicht von euerm Tun. Wollt ihr vollkommenen Salat, so pflanzt ihn im Mistbeet oder im Glashaus, oder noch besser: Kauft ihn euch am Markt. Im Freiland ist Salat immer eine Lotterie mit vielen Nieten, bei manchen Köpfen kann man sagen, man ist gerade mit dem Einsatz herausgekommen. Viel könnt ihr trotz aller Mühe nicht für den Salat tun, sät wenigstens noch ein paar Dillsamen auf das Beet. Bekommt ihr wider Erwarten später Salat, der die Ernte lohnt, habt ihr gleich das würzige Dillkraut dazu. Bekommt ihr keinen Salat von euern Beeten, habt ihr wenigstens die köstliche Dillsoße zum gekochten Rindfleisch. Außerdem ist zu dieser Jahreszeit, wenn der Salat in unseren Gärten endlich schnittreif wird, der grüne Kopf so billig auf dem Markt, daß sie ihn uns geradezu nachwerfen, und zwar schönere und festere Häuptel nachwerfen als die lockeren, schneckendurchsetzten Gebilde, die wir aus unserem Garten hereintragen. Vom Salat aus dem eigenen Garten braucht man immer drei Stück zu einer Mahlzeit, vom gekauften reicht ein Kopf. Ich erzähle dies aus meiner Erfahrung und bitte euch, es mir zu glauben. Trotzdem baue ich jedes Jahr meinen Salat, gegen die Unvernunft ist kein Kraut gewachsen. Man sagt, daß der Genuß von grünem Salat klug macht. Aber so klug macht er wieder nicht, daß man einsieht, welche Dummheit es ist, für einen Stundenlohn von fünf Pfennig am Salatbeet zu arbeiten, wenn nicht gar nur für drei.

Und dann der Salatärger, selbst wenn er im Garten gedeiht! Salat pflegt Familieneintrachten zu vernichten. Nicht nur wegen der Zubereitungen am Tisch. Der eine will Öl hinein, der andere Essig, der dritte Zitrone, der vierte Zucker, der fünfte Senf, der sechste Schnittlauch – wenn eine Hausfrau allen recht tun wollte, müßte sie bei einer sechsköpfigen Familie sechs verschiedene Salate aus einem Häuptel zubereiten und dann noch das Glück haben, daß jeder bei Tisch den richtigen, für ihn bestimmten Salatteller erwischt.

Von diesem Ärger rede ich nicht. Mein Ärger beginnt schon im Garten, beim Hereinholen des Salates von den Beeten. Die meisten Hausfrauen schneiden den Salatkopf einfach über dem Boden ab und lassen die Wurzeln in der Erde. Sie wird verfaulen, glauben sie. Sie verfault auch, die Wurzel mit dem Strunk, aber sie steckt sofort die um sie herumstehenden gesunden Salate mit ihrer braunen Soße an.

„Du mußt den Salat ganz herausreißen und ihn dann erst abschneiden."

„Das tue ich ja, meistens jedenfalls."

„Meistens ist nicht immer."

„Manchmal pressiert's eben."

„Laß es dir nicht pressieren!"

„In der letzten Zeit habe ich den Salat immer mit der Wurzel herausgerissen."

„Stimmt. Aber nach dem Abschneiden hast du den Strunk wieder in das Beet zurückgeworfen."

„Ihn auf den Weg zu werfen, fand ich unschön."

Da sammelt man dann als mißvergnügter Ehemann die bereits zu faulen beginnenden abgeschnittenen Strünke mühsam aus dem Beet und trägt sie auf den Komposthaufen.

Bei Aenne war es nicht anders. Als ich das erste Mal die abgeschnittenen Strünke auf dem Beet fand, das war im ersten Frühjahr, kurz nachdem Aenne zu mir gekommen war, mit dem Rucksack auf der Hemdbluse –

„Aenne! Wären Sie so liebenswürdig, einmal zum Salatbeet herunterzukommen?"

„Ich ziehe mich gerade um, Herr Geiger."

Sie stand am offenen Fenster und rief es mir zu.

Ich rief zurück:

„Kommen Sie, wie Sie sind!"

Sie kam, wie sie war. Sie war nicht sehr weit mit dem Anziehen gekommen.

„Was gibt es, Herr Geiger?"

Ich sah sie an. Was bedeuteten mir jetzt die Strünke?

„Hätten Sie Lust, Aenne, das Petersilienbeet mit mir auszujäten?"

„Jetzt? Ich muß kochen."

„Nützen wir die Sonne aus! Essen wir heute mittag kalt!"

„Das mögen Sie doch sonst nicht."

„Heute mag ich es. Man muß die Gelegenheiten ausnützen."

„Welche Gelegenheiten, Herr Geiger?"

„Das schöne Wetter. Die Sonne scheint. Riechen Sie die Linden?"

Das war damals. Im ersten Sommer.

Dieses Jahr hatten wir eine Rekordernte in Salat.

Wir erstickten geradezu in Salat. Wir konnten keinen Salat mehr sehen. Als er zu Ende war, atmeten wir auf.

Seitdem ist eine Woche vergangen.

Heute mittag gibt es bei uns Schweinebraten.

„Wieso ohne Salat?" frage ich.

„Der Salat ist zu Ende."

„Erst war er zuviel, jetzt ist er zuwenig."

„Pflanz neuen Salat!"

„Gern. Aber wohin?"

„Das alte Salatbeet ist frei. Ich habe es umgegraben."

„Darauf setzen wir Buschbohnen."

„Nein, Salat", sagt Aenne.

Sie entwickelt sich zur Ehefrau. Sie widerspricht.

„Du redest, wie du es verstehst", sage ich.

„Was rede ich?"

„Auf ein Salatbeet, auf dem Salat stand, kann man hinterher nicht wieder Salat pflanzen."

„Das ist Aberglaube."
„Nein. Das ist pflanzenbiologisch begründet!"
„Sprich nicht in Fremdwörtern! Sag es klar und deutlich."
Ich versuche es. Es geht natürlich schief.
„Stell dir vor: Ein Mann liebt eine Frau", sage ich.
„Sehr?"
„Über alle Maßen. Eines Tages ist es nun zu Ende."
„Was ist zu Ende?"
„Die Liebe."
„Wahre Liebe währet ewig."
„Nein. Die Liebe ist wie eine Blume. Sie erblüht und verblüht."
„Das sind Männerausreden."
„Nichts Irdisches ist ewig."
„Was hat das mit dem Salat zu tun?"
„Das ist genau wie mit dem Salat", doziere ich, „der Salat ist abgeerntet, die Liebe ist gestorben. Nun kann man nicht in ein Herz, das gerade geliebt hat und bis zum Rand mit Liebe angefüllt war, vier Wochen später eine neue Liebe einpflanzen. Die neue Liebe würde unter den im Herzen zurückgebliebenen Resten der alten Liebe verkümmern. Erinnerungen vergiften. Das Herz muß sich erst wieder erholen, neue Eindrücke sammeln. Genauso ist das mit dem Salat. Hast du das verstanden?"
„Nein", sagte Aenne, „jetzt weniger als vorher. Da sind mir schon die biologischen Gründe verständlicher . . ."
Das war im späten Frühjahr, so um Ende Mai herum. Jetzt sitze ich also bei meiner Arbeit und versehe das Kapitel vom Umgraben mit Zeichnungen. Aenne schaut öfter zu mir herein.
„Hübsch!" sagt sie und deutet auf den Gärtner mit dem Spaten. „Ist er verheiratet?"
„Wer?"
„Der Gärtner auf deinem Bild."
„Warum soll er verheiratet sein?"

„Er hat einen so zufriedenen und glücklichen Gesichtsausdruck."

Das ist in dieser Woche schon das zweite Mal, daß Aenne so dumme Anspielungen macht. Das hat sie früher nie getan. Man muß diesen Dingen rechtzeitig einen Riegel vorschieben.

„Was soll das?" frage ich.

„Nur so dahingesprochen."

„Gut, dann nimm an, das ist nur so dahingezeichnet."

„Ohne Bedeutung?"

„Ohne jede Bedeutung."

Ich drehe das Blatt um, so daß die Zeichnung nach unten liegt.

„Der Gärtner ist deswegen glücklich und zufrieden", sage ich, „weil er allein im Garten ist und ihm keiner bei seiner Arbeit hineinredet. Geh kochen!"

Aenne geht.

Schon tut es mir leid.

Das war sehr ehemännlich gesprochen. Gerade das will ich vermeiden. Deswegen heirate ich ja nicht, ich hätte leicht das Zeug in mir zu einem Haustyrannen. Wenn ein Mann weiß, er hat eine Frau sicher, sie muß bei ihm bleiben, läßt er sich gern gehen und spielt den Kapitän auf der Brücke. Ich finde das abscheulich. Aber ich kenne mich. Ich bin aus lauter Fehlern zusammengesetzt, ein wahres Puzzlespiel von menschlichen Schwächen, wie garantiere ich mir selbst, nicht ebenfalls eines Tages in den rüden Ehemannston zu fallen, von dem manche Ehemänner glauben, sie wären ihn ihrer Männlichkeit schuldig? Ich war schon einmal verliebt, vor Jahren, nicht so wie in Aenne, mit Aenne ist das anders, vielleicht liegt es am Garten, damals ging es wesentlich sachlicher zu, sozusagen mit gebügelten Hemden und sorgfältig gebundener Krawatte. Meine damalige Braut hieß Inge, ihr Vater war der Oberbürgermeister in dem Ort, in dem zu wohnen ich den Vorzug hatte.

Als die Sache mit Inge sich zuspitzte und ich bald nicht umhin konnte, zu ihrem Vater zu treten und zu fragen: „Herr Oberbürgermeister, hätten Sie etwas dagegen, mein Schwiegervater zu werden?“ – ich hätte bestimmt in der Aufregung und ungewohnten Situation gestottert: „Herr Bürgermeister, hätten Sie etwas dagegen, mein Oberschwiegervater zu werden?“ –, als also die Sache so weit gediehen war und ich nur noch die Wahl hatte, zu heiraten oder mein Bündel zu schnüren, schnürte ich mein Bündel. Ich habe nun einmal nicht die Absicht, mich zu binden. Ich weiß, daß die Liebe nicht gleich deswegen stirbt, weil man sich geheiratet hat, aber sie läßt auf der ganzen Welt während der Hochzeitsvorbereitungen wesentlich nach. Der Zweifel, ob man recht gewählt hat, die Bosheiten, die uns die Nachbarn über unsere Braut zutragen, und die Bosheiten wiederum, die ihre Nachbarn ihr über mich zutragen, diese hundert Mücken, die vom Elefanten, zu denen man sie gemacht hat, wieder in Mücken zurückverwandelt werden müssen . . . die Debatten mit den Schwiegereltern, ob unsere Frau unter gestreifter oder reinweißer Bettwäsche schlafen soll, ob sie das Bett am Fenster bekommt oder das Bett neben dem Frisiertisch, ja man bespricht ja bereits, geht man eine Ehe ein, wie man die gemeinsamen Sonntage und die kommenden Feiertage mit den Eltern verbringen wird, kurz, ich werde nie sehenden Auges in so eine Mausefalle gehen, in der der nackte Speck der Tochter als Köder liegt und in die uns von draußen das Katzenelternpaar hineintreibt. Man braucht sich als Junggeselle nur ein paar Sonntage lang der Schönheit der Tochter zu bedienen, so wie man sich bei Freunden ein Buch ausleiht, man liest darin, behandelt es aber sorgfältig, damit man es später unbeschädigt zurückstellen kann, nachdem man von dem Inhalt einigermaßen enttäuscht ist – das wollen die Eltern einer heiratsfähigen Tochter nie einsehen. Sie soll sozusagen zellophanverpackt aus dem Laden gehen, ein Beutel Eheglück in der Tüte.

Ich erinnere mich noch mit Schaudern an einen Sonntagvormittag, wo mich der Oberbürgermeister, Inges Vater, zu einem Frühschoppen in der Ratsweinstube einlud. Ich fand es schon sehr sonderbar, daß er einen kleinen Umweg zur Schoppenstube vorschlug, so als wollte er den Sonntagsfrieden und die leeren Straßen zu einem Gespräch unter Männern ausnützen. Ich wappnete mich daher mit Vorsicht. Er führte mich durch die Altstadt, an den Resten der alten Stadtmauer vorüber, wir gingen durch eine enge Gasse, der einzigen dieser Stadt, in der noch nachts die letzten Gaslaternen brennen, eine romantische Gasse also, die auch im Stadtführer erwähnt ist. Der Schritt des Oberbürgermeisters neben mir wurde immer langsamer, so als ob er über etwas nachdächte. Als wir dann am Ende der Gasse an einem hinter einem Vorgarten gelegenen kleinen Palais vorbeikamen, auf dem neben der Einfahrt ein recht aufdringliches Schild „Standesamt Mitte. Parteienverkehr nur nachmittags“ zu lesen stand, blieb Inges Vater stehen, deutete auf das Schild und fragte:

„Erweckt dies in Ihnen keinen guten Gedanken, Herr Geiger?“

Diese direkte Frage hatte ich nicht erwartet. Was sollte ich darauf antworten? Ich lief puterrot an, verhaspelte mich erst ein paarmal, aber dann kam doch meine Antwort, wenn auch durch die Umstände etwas verschachtelt:

„Verstehe ich Sie recht, Herr Oberbürgermeister, wenn ich annehme, daß Sie als Oberhaupt dieser Stadt der Meinung sind, hierher gehöre ein weniger sachliches und dafür mehr romantisches Schild und ich sollte mich der Mühe unterziehen, unverbindlich einen Entwurf zu machen, und Sie wollen jetzt so unter der Hand heraushören, welches Honorar ich dann dafür verlange?“

Sehr wohl war mir in meiner Haut bei dieser Antwort nicht, und der Wein in der Ratsweinstube schmeckte mir an diesem Vormittag auch nicht recht, zumal der Oberbürgermeister recht einsilbig geworden war. Auch der fetten

Ente, zu der man mich an diesem Sonntag ins Haus des Bürgermeisters eingeladen hatte, merkte man an, daß sie tiefgekühlt war. Wir kamen zusammen gegen ein Uhr mittags vom Morgenschoppen nach Hause, der Herr Oberbürgermeister und ich, sein Gast. Mutter und Tochter standen in für diesen Tag und Anlaß ausgewählten schönen Kleidern in der Tür und blickten ihrem Vater erwartungsvoll entgegen, aber der Oberbürgermeister brummte nur:

„Nischt!“

Was er damit sagen wollte, entzog sich meiner Kenntnis, aber offenbar waren hier im Familienkreis geschmiedete Pläne ins Wasser gefallen, zu deren Feier eine Ente gebraten worden war, abgesehen von den hohen Ausgaben für die neuen Kleider der Damen. Nun, ich entfernte mich an diesem Sonntag, der ein Sonntag des Mißvergnügens im oberbürgermeisterlichen Haus geworden war, bald nach dem Essen und ward von dieser Stunde an nicht mehr allzu oft im Hause des Oberbürgermeisters gesehen, ja, zweimal fand ich eine verschlossene Tür vor, was mir gar nicht so unangenehm war. Denn ich war in den folgenden Tagen, mein Entschluß kam völlig spontan, mit den Vorbereitungen für meinen Umzug beschäftigt.

Sechs Jahre war ich in der Stadt des Oberbürgermeisters mit der schönen Tochter gewesen. Als ich herzog, hatte ich gerade eine kleine Erbschaft gemacht, nicht genug, um von ihr zu leben, aber groß genug, mir ein kleines Stück Gartenland zu kaufen und ein Fertighäuschen mit einem Blechdach dort aufzustellen. Ganze zweiundzwanzig Jahre war ich damals, mein Kauf war kaum verständlich, aber ich hatte schon immer den Gartenfimmel.

Schon als Kind im Elternhaus hatte ich mir eine Gartenecke am Zaun erbettelt und baute dort aus Zigarrenkisten, über die ich eine Glasscheibe legte, mein erstes Treibhaus von allerdings winzigem Ausmaß. In die Erde gab ich Sonnenblumensamen und Maiskörner. Mein Vater hatte mir den Rat gegeben. Maiskörner, wenn man sie vorher ins Wasser legt, keimen über Nacht und wachsen so flott aus der Erde, daß man ihnen geradezu zusehen kann. Sonnenblumen haben das gleiche Wachswunder. Ich stellte eine Zigarrenkiste neben die andere, schnitt den Boden und den Deckel heraus, baute auch oft zwei, drei Kistchen übereinander, versah sie mit einer dünnen Randleiste, um sie zusammenzuhalten, und so trieben meine Pflanzen unter dem Glas fröhlich zum Himmel empor. Für einen siebenjährigen Jungen eine aufregende Angelegenheit, viel aufregender als Indianerspielen oder heimlich ins Kino an der Ecke zu laufen. Kein Western war so nervenaufreibend wie meine kleinen Kindergartenbeete, in denen es grün wucherte und die Erde dampfte.

Um meine Zigarrenkistchen herum pflanzte ich einen Kranz Stiefmütterchen. Ich kaufte sie mir von meinem Taschengeld, fünf Pfennig kam damals das Stück, und zehn Pfennig bekam ich wöchentlich von meinem Vater. Das bedeutete also im Frühling jeden Sonntag zwei neue Stiefmütterchen. Ich suchte mir in der Gärtnerei unterhalb der Festung die größten Pflänzchen mit den meisten Knospen aus. Eine größere Aufregung und weit schwerere Entschlüsse kostete den Siebenjährigen damals der Kauf von zwei Stiefmütterchen für zusammen zehn Pfennig als später dem Erwachsenen die Wahl eines Anzugs. Ich konnte in der Nacht vor dem Sonntag vor Aufregung nicht einschlafen, welches Stiefmütterchen ich morgen wählen sollte, ein weißes und ein blaues hatte ich schon, morgen sollte es ein gelbes sein und vielleicht ein rotbraunes, ein fünffarbiges und ein himmelblaues am nächsten Sonntag, wer zählt alle die Farbschattierungen der bunten Stiefmütterchen auf, vor denen ich Sonntag für Sonntag mit meinem Zehnerl in der Hand stand? Der alte Gärtner, der wegen meiner zehn Pfennig, die ich jeden Sonntag von meinem Vater nach dem Kirchgang erhielt – keine Minute früher und auch keine Minute später –, mit mir in seine Gärtnerei hinuntergehen mußte, um lange dabeizustehen, bis ich mir meine beiden Pflanzen nach langem Suchen ausgewählt hatte, verlor nie die Geduld. Ich glaube noch heute, wenn ich an ihn zurückdenke, nie beriet er einen Kunden liebevoller, nie grub er vorsichtiger einen Wurzelballen aus als an diesen Sonntagen, an denen er für einen kleinen Jungen, der ihm nur zehn Pfennig brachte, in seinem Sonntagsanzug hinunter in die Gärtnerei ging. Ziegenhain hieß er, der alte Gärtner, in Königstein an der Elbe lag die Gärtnerei, und seine Frau handelte jeden Freitag mit Wildbret und Suppenhühnern, denn in einer kleinen Stadt hatte man damals nur sonntags sein Huhn im Topf oder einen Hasen in der Pfanne. Die alten Ziegenhains brauchten den kleinen Handel neben ihrer Gärtnerei, die nicht viel Gewinn abwarf.

Meine Kinderstiefmütterchen blühten am reichsten in der Zeit, in die Mutters Geburtstag fiel. Da ging ich zeitig am Morgen hinunter in meine Gartenecke und pflückte alle Stiefmütterchen ab, die aufgeblüht waren. Nicht eines ließ ich am Stock zurück und brachte meiner Mutter einen großen Strauß. Ich war sehr stolz darauf, meiner Mutter Blumen aus meinem Garten zu bringen, von mir gepflanzt und betreut, begossen und gejätet, vom eigenen Taschengeld gekauft und heimgetragen. Diese Stiefmütterchen sind zum Symbol geworden.

Noch heute, jedes Jahr am 5. Juni, bekommt meine Mutter eine Schale Stiefmütterchen von mir, keine anderen Blumen, nur Stiefmütterchen.

Aus dieser Zeit meiner Kindheit stammt meine Liebe zum Garten, aber auch alle meine Gartenfehler stammen aus diesen Tagen. Ich hatte gelernt: Man kann im Garten und mit den Pflanzen die unvernünftigsten Dinge anstellen, die Natur hilft jedem Leben weiter. Und noch eines habe ich aus meinem Zigarrenkistchengarten ins Leben mitgenommen: Das Glück liegt im Planen und im Beginn, nicht in der Ernte und im Erfolg. Der Beginn ist immer das schönste, der erste Schritt ist stets voll beglückender Hoffnung. Spätere Enttäuschungen vergißt man, an das vergangene Glück des Planens denkt man zurück.

Als ich meine Siebensachen packte, um dem Oberbürgermeister aus den Augen und der süßen Inge aus dem Sinn zu kommen, ging ich zu einem Spediteur.

„Übernehmen Sie einen Umzug?“ fragte ich ihn.

„Selbstverständlich. Innert der Stadt?“

„Nein. Nach auswärts“, sagte ich, „ich habe meinen kleinen Besitz hier verkauft und ziehe nach Dreikirchen, acht Bahnstunden von hier.“

„Um wieviel Zimmer Umzugsgut handelt es sich?“ fragte der Spediteur.

„Ich komme nicht wegen der Möbel“, sagte ich, „Möbel lohnen auf eine so weite Strecke den Transport nicht. Ich richte mich lieber neu ein.“

Der Spediteur schaute mich verständnislos an.

„Kamen Sie nicht zu mir wegen eines Umzugs?“

„So ist es.“

„Was soll ich Ihnen denn speditieren, wenn nicht Ihre Möbel?“

Ich sagte: „Meinen Garten.“

Hat man schon je so etwas Verrücktes gehört? Mit seinem Garten umziehen? Ihn von einer Landschaft in die andere zu verpflanzen, ihn zu speditieren mit allen Rosen, Sträuchern, Bäumen, Beeren und Blumen? Und vor allem mit seiner Erde, wie ich es vorhatte? Welch eine abenteuerliche Idee! Und doch hat es vor mir einer getan, ein Freund von mir. Er besaß in Wiesbaden einen großen Garten, an dem er mit viel Liebe hing. Als er sich jetzt am westlichen Ufer des Schliersees ein Haus baute, fuhr er jede Woche nach Wiesbaden hinüber und holte Baum für Baum, Strauch für Strauch aus seinem alten Garten. Die Bäume holte er im Winter mit ihren hartgefrorenen Wurzelballen, die Rosenbäume schlug er in feuchte Tücher, packte sein Staudenbeet in Kisten, und acht Lastwagen mit Anhängern führten ihm die alte Erde zu seinem neuen Haus. Zuerst lachten die Leute darüber, und ganz Schliersee spottete ihn aus, die Laune eines verrückten reichen Mannes, sagten sie. Ich selbst dachte nicht anders darüber, aber als ich seinen Garten im nächsten Frühjahr sah und gar im zweiten Sommer, fand ich dort, wo sich zuvor ein schotteriger Bauplatz befunden hatte, ein üppiges Blühen und williges Wachsen vor, ganz anders als sonst in den neuangelegten Gärten. Es beeindruckte mich tief, aber trotzdem fand ich: Das heißt die Liebe zu seinem Garten zu weit getrieben, ihn von einer Landschaft in die andere zu speditieren, der Umzug eines Gartens blieb für mich eine Marotte. Jetzt aber, wo ich selbst vor der Notwendigkeit stand, mir ein neues Zuhause zu suchen, in einer Gegend, die mir fremd war wie einem Sommerfrischler ein neuer Urlaubsort, vermochte ich nicht, mich von meinem vertrauten Garten zu trennen und wollte meine Bäume und Sträucher als alte Freunde mitnehmen. Ich ging daher zu dem Spediteur, ihm mein Anliegen vorzutragen. Er sah mich auf mein Anliegen hin an, als wollte ich mir einen guten Tag aus ihm machen, und fand, daß er schon viel zuviel Zeit für mich geopfert hatte.

„Ich habe so etwas Verrücktes bisher noch nie übernommen und denke auch diesmal nicht daran, es zu tun", sagte er, „ich machte mich damit zum Gespött der ganzen Innung. Einen Garten speditieren – wer hat je so etwas gehört? Wenn ich Ihnen die Kosten ausrechne, Herr Geiger, werden Sie selbst davon absehen . . ."

Ich sah nicht davon ab und ging zu einem anderen Spediteur. Von seinem Hausrat trennt man sich leicht, Möbel werden mit den Jahren vom täglichen Gebrauch immer unansehnlicher. Ein Garten aber wird von Jahr zu Jahr schöner. Auch ist ein Garten kein Besitz, den man veräußern oder verlassen kann, ein Garten ist eine Freundschaft, die man sich erworben hat. Da sind die jungen Obstbäume, die ich vor ein paar Jahren gepflanzt hatte. Damals waren sie Kinder, wußten noch nichts von ihrer Aufgabe, die sie im Leben erwartete, schossen wild ins Kraut und trieben ihren Übermut mit Sonne, Wind und Regen. Ich hatte sie im Verdacht, sie trieben es sogar nachts mit den Sternen und neckten den Mond. Da ging ich zu ihnen hinunter und redete ihnen mit Schere und Bast gut zu, bis sie manierlich wurden, still stehen konnten und ihre ersten Fruchtknoten ansetzten, so wie sich die kleinen Brüste zu wölben beginnen bei den Vierzehnjährgen. Später dann, als sie ihre ersten Blütenkelche öffneten und dem Hummelflug darboten, als sie mit ihrem bittersüßen Duft die Bienen zu sich riefen und im Sommer dann die erste kleine Birne trugen, den ersten Apfel, fast erschrocken, was ihnen da am Stamm wüchse, und richtig froh waren, als eines Menschen Hand sie im Herbst von ihrer ersten Frucht befreite, die sie nicht abzuschütteln vermocht hatten, was sie am liebsten getan hätten – kann ich meine Bäume im Stich lassen? Ich stellte mir vor, wie es später mit ihnen sein wird, wenn sie hier zu ordentlichen Bürgern meines neuen Gartens geworden sind, Schatten spenden und Früchte tragen, körbeweise, von selbst ihren Stamm und ihre Äste in Ordnung halten, vor dem ersten Schnee rechtzeitig ihre Blätter abwerfen, damit der Schnee sich nicht in ihnen verfängt und oft einen Zweig bis ins Mark herunterreißt, da erst werden sie zu wahren Gefährten meines Lebens werden. Ich werde unter ihnen mit meinen trüben und heiteren Gedanken sitzen, auf einer Bank, vielleicht mit meiner Frau, sollte ich einmal heiraten, aber noch besser mit Besucherinnen für eine Woche, Sommerliebchen, mit denen ich im Schatten meiner Bäume liege, und ihre Blätter werden im Herbst rot werden über das, was sie im Sommer mit ansehen und anhören mußten, darum sind ja die Laubbäume in den öffentlichen Parks und im Stadtgarten im

Herbst so rotgetönt, weil unter ihnen Bänke stehen und weil sommersüber auf diesen Bänken die verliebten Pärchen sitzen – bei meinen eigenen Bäumen kehre ich dann im Herbst die herabgefallenen roten Blätter zusammen und erinnere mich und gelobe Besserung, die Jahreszeit ist ja auch zu guten Vorsätzen angetan.

Ich hatte in meinem alten Garten auch eine kleine Fliederhecke stehen und dazwischen ein paar der dankbaren Forsythien, die schon im ersten Jahre blühen. Ich hatte damals, als ich dieses Gartenland kaufte und das kleine Haus mit dem Blechdach baute, einen einzigen dunkelblauen Fliederbusch an den Zaun gesetzt, dem Haustor gegenüber. Es war ein vernünftiger Einfall, denn jeden Morgen, wenn ich aus dem Haus trat, grüßte er mich mit seinen blauen Dolden, und am Abend, wenn ich ins Haus zurückging, rief er mir einen Gutenachtkuß zu und warf mir eine Kußhand voll süßen Fliederdufts nach. Heute stand dort ein kleiner Fliederhain, er breitete sich aus und schlug von selbst neue Wurzeln, im letzten Jahr meines Dortseins konnte ich Arme voll Flieder ins Haus tragen und den Wagen meiner Gäste mit Flieder füllen, ohne daß man der Hecke ansah, daß ich sie geplündert hatte. Ich hatte das Glück mit dem Stammvater meiner Fliederfreuden gehabt, der unermüdlich jedes Jahr reich blühte und nicht mehr von mir verlangte, als daß ich ihn nach seiner hohen Zeit von den verblühten Dolden befreite. Das allerdings verlangt auch der gutmütigste Flieder, und er weigert sich ganz energisch, uns im nächsten Jahr wieder mit blauen dunklen Dolden zu beschenken, vergessen wir, ihm rechtzeitig die verblühten Stände aus den Zweigen zu schneiden. Das ist das ganze Flieder-ABC des blauen Flieders, des genügsamen; mit dem gelben mag es anders sein, auf den man heute so stolz ist. Soll er den Leuten getrost Ärger in Hülle und Fülle machen, die unbedingt gelben Flieder besitzen wollen, mir genügt der blaue, der dunkle, der warme Flieder, wie er schon im Garten Eden stand und von dem schon Adam ein Zweiglein brach, es küßte und mit diesem Kuß Eva zwischen die Brüste legte. Wie häßlich hätte sich dort gelber Flieder ausgenommen!

Mit dem weißen Flieder hat man oft auch seinen Ärger, da gibt es geradezu tückische Gesellen unter ihnen, blühfaule Brüder, die am liebsten nur einen Tag in der Woche wachsen möchten und ein verlängertes Wochenende vom Dienstag bis zum Sonntag begehren und in ihrer Freizeit die Zweige weit nach oben strecken, daß keine Leiter sie mehr erreicht. Seht euch doch den weißen Fleck in den Gärten an, unten dürr und oben kreuz und quer gewachsen, keine Spur von einer Krone, und die weißen Dolden wachsen im Innern, von Blättern versteckt. Aber wenn das der ganze Ärger wäre! Der weiße Flieder ist sogar zu faul, sich zu putzen und die kurze Zeit seines Blühens abzuwarten. Noch in der Blütezeit fault er braun in der Dolde, ein abscheulicher Anblick, diese weiße Fliedermadame so unsauber dastehen zu sehen! Kein Vogel nimmt auf seinen Ästen Platz, denn er gönnt ihnen keinen Platz, ein Nest zu bauen, er ist offenbar kinderfeindlich gesinnt und hat kein Vergnügen an dem Gezwitscher der gelben, immer hungrig aufgerissenen kleinen Schnäbel, wenn die Amsel mit einem Wurm oder Käfer sich dem Nistnest nähert – mein blauer Flieder war anders, ganz anders. Er steckte voll Lebensfreude, so wie ich selbst, er war ein wahres Vogelkinderparadies, in ihm pfiff es und zwitscherte und trällerte es, schon im Vorfrühling saßen die gelbbrüstigen Meisen zu Hunderten auf seinen schwarzen Zweigen, wie Früchte – allerdings darf ich nicht vergessen hinzuzufügen, daß ich vor ihm immer das Futter für die Vögel im Winter streute. Aber ich sah meinem Flieder an, daß er Spaß daran hatte.

Wenn ich nun nach Dreikirchen übersiedelte, wie ich es damals vorhatte und auch tat, sollte ich meinem Flieder nicht die Treue halten, die er mir hielt? Aber wer hätte mir dann zugerufen, wie er es jedes Jahr tat, wenn er schon im

März dunkelfarbig aus den noch geschlossenen Doldentrieben herausschaute: „Den Winter gut überstanden, Florian? Wollen wir wieder zusammen ein neues Gartenjahr beginnen, einen Sommer voll Lachen, Lust und Fröhlichkeit? Wird der Postbote wieder an mir vorbei dicke Honorare ins Haus tragen und die dünnen Briefe, die du so liebst?“ Mein Flieder weiß, warum ich die dünnen Briefe liebe und nicht die dicken, die meine Zeichnungen ungedruckt ins Haus zurückbringen. Die dünnen Briefe enthalten Annahmen und neue Aufträge, auch einen Scheck auf feinstem Papier, die dicken Briefe mache ich meist gar nicht erst auf, ich könnte sie genausogut dem Briefträger wieder mitgeben, und seine Kinder würden sich daheim meine Männlein und Weiblein ausschneiden. Mein Fliederbaum kennt meine Sorgen, er weiß so viel von mir. Wie oft habe ich den Inhalt meiner mageren Börse unter ihm gezählt, er hat betrübt hineingeschaut, vielleicht ist im anderen Fach noch ein Geldschein, aber da war keiner, und manchmal hat er sogar den Kopf geschüttelt aus Sorge, wie es weitergehen soll. Nun, es ist immer weitergegangen, und wenn ich einmal eine große Freude erlebte, bin ich mit diesem Brief hinaus zu ihm und habe gesagt: „Alle Not hat jetzt ein Ende! Für das nächste Jahr ist ausgesorgt!“ Am Anfang hat er es mir geglaubt, so wie ich es geglaubt habe, aber ausgesorgt war nie. Und trotzdem, jedesmal von neuem, einen mußte ich doch haben, zu dem ich von meinen Hoffnungen sprach. Nein, ich werde meinen Flieder hier nicht allein zurücklassen, er muß mit in mein neues Heim, wir sind alte Freunde, er wird mit mir nach Dreikirchen umziehen und die Forsythien und die drei Mandelbäumchen auch, denn mit wem soll er sich unterhalten und seine Gedanken im Wind austauschen, wenn ich seine vertrauten Gesprächspartner im alten Garten zurücklasse?

„Wie stellen Sie sich den Umzug Ihres Gartens eigentlich vor?“ fragte der zweite Spediteur.

„Haben Sie noch nie einen Garten speditiert?“

Er schüttelte den Kopf und kratzte sich am Nacken.

„Teile davon, als Zuwage sozusagen, wenn noch Platz war“, sagte er. „Balkonkästen mit Geranien, diese öfter sogar, auch einmal einen Oleanderkübel und zweimal einen Feigenbaum. Aber einen ganzen Garten, mit allem, was darin steht, Sträuchern, Bäumen, Blumen, wie Sie sagen –“

„Und mit der Erde, das ist das wichtigste“, warf ich ein.

„Wie denn? Verstehe ich recht? Die Erde soll auch mit? Erde gibt es überall. Da lohnt sich der teure Transport nicht.“

Man muß es ihm erklären, dachte ich. Ein Mann in seinem Beruf tut nicht gern etwas Unvernünftiges. Selbst ein Bühnenarbeiter hängt am Abend die Kulissen liederlich auf, wenn er nicht an das Stück glaubt.

„Gartenerde ist ihr Gewicht in Silber wert“, sagte ich, „ich meine es wörtlich. Erde, die den Ehrennamen Gartenerde verdient, hat viel Geld und noch mehr Arbeit gekostet. Angefangen vom Komposthaufen, den ich dreimal im Jahr umsetzen muß, bis aus seinen auf einem Haufen zusammengetragenen Grasnarben, Blättern, Zweigen, verwelkten Blumensträußen, aus den Eierschalen und kleinen Fleischresten, dem Fett vom Schweinebraten, der Knorpel von der Kalbsbrust, den Federn vom Huhn, dem Darm der Ente, dem Kragen der Gans, aus den Kartoffelschalen, dem Möhrenkraut, den Zwiebelhäuten, den Zitronenschalen, aus den leeren Erbsenschoten, dem Erbsenkraut und der Holzasche aus dem Herd und dem Ruß aus dem Kamin wieder Erde wird, ein winziges Häuflein Erde nur, kaum genug zur Nahrung für einen einzigen Rosenstrauch – wieviel Arbeit hängt an diesen zwanzig Handvoll Erde. Dazu kommt der Stalldünger, den ich beim Bauern kaufen muß, der sich nicht nur den kostbaren Stallmist teuer bezahlen läßt, sondern auch die Zufuhr und das Abladen. Ich muß den Mist dann noch kompostieren, muß ihn verrotten lassen, umsetzen, und nach einem Jahr erst ist er soweit, daß ich ihn auf meine Beete tragen kann, und auch er gibt mit der Zeit nicht mehr als wieder zwanzig Handvoll Erde. Dann brauch' ich Torfmull, man bekommt die Ballen nicht geschenkt, auch er bedingt wieder Arbeit und hundert Kannen Wasser, ehe man den Torfmull unter die Erde mischen darf, Sand und Kalk gehören ebenso in eine gute Gartenerde, Kali und Phosphor – und wenn ich dann nach Jahren für meinen Garten genug gute Erde habe, vermischt mit dem Lehm und dem Ton und dem Urboden, den ich an Ort und Stelle vorfand, dann muß ich die Erde weiter betreuen, lockern, lüften, im Sommer unkrautfrei halten und im Winter grobschollig umstechen, damit der Frost sie noch feiner und krümeliger reißt, so fein wie die Erde eines Maulwurfhügels, der eine Kostbarkeit an Gartenerde darstellt und die ich, wo immer ich sie finde, sorgsam sammle und auf mein Salatbeet obenauf streue – Gartenerde verlangt mehr Pflege als Baum und Strauch, daß sie nicht verkrustet und der Regen über sie hinwegläuft wie über einen Stein, daß sie atmen kann und kein Unkraut in ihr keimt und den Nutzpflanzen die besten Bissen wegfrißt. Diese Erde soll ich zurücklassen? Diese Erde, die durch nichts auf der Welt zu ersetzen ist und die man nicht für Geld kaufen kann, legte man selbst ihr Gewicht in purem Silber hin."

„Das wird ein teurer Spaß", sagte der Spediteur, der mich, ohne mir zuzuhören, angehört hatte, „bedenken Sie die Kosten!"

„Ohne gute Erde gibt es keine Gartenfreuden", sagte ich, „und Gartenfreuden kann man nicht mit Münzen bezahlen. Was ist uns der Anblick einer einzigen Rose kurz vor dem Erblühen wert oder die Minuten kurz nach Sonnenuntergang, wenn der ganze Garten nach Veilchen riecht und nach dem warmen Duft der Linden? Wie hoch schätzt man das

Vergnügen, wenn man vor einem Baum mit dichten Bündeln pflückreifer roter Kirschen steht oder vor einem Beet mit dem roten Segen der Erdbeeren? Glück hat keine Preisliste. Küßt man ein Mädchen, fragt man auch nicht, was ist uns dieser Kuß wert, eine Million, gern, man hat sie sowieso nicht, aber wert ist sie uns der Kuß, und wenn man hinterher als Bettler davonschleicht, was uns beim Küssen leicht passieren kann, im Garten nie. Ein Garten beschenkt uns immer, gibt mehr, als er nimmt. Ein Mann, der einen Garten hat, ist seßhaft, ausgeglichen, beständig, geduldig und treu. Denn wie die Dinge liegen und wie sie uns die Morgenblätter berichten: Manch einer verläßt um eines Windspiels willen über Nacht seine Frau und sein Heim, er nimmt seinen Hut vom Haken und geht – seinen Garten verläßt selten einer."

Sechstes Kapitel

Ich habe das Kapitel vom Umgraben beendet, mein Tisch ist von vielen Zeichnungen bedeckt, und ich bin gerade dabei, im alten Gartenbuch weiterzublättern und mir ein neues Thema zu suchen. Da höre ich Stimmen aus dem offenen Küchenfenster herüber. Eine Männerstimme. Der Briefträger, denke ich. Aber das Gespräch dauert mir für ein Gespräch mit dem Briefträger zu lange. Außerdem gibt er seine Post direkt bei mir ab. Er liebt sein Trinkgeld. Dann fällt mir ein, daß heute Sonntag ist. Am Sonntag kommt kein Briefträger. Ich stehe auf und gehe hinüber.

Ein junger Mann sitzt am Fenster. Aenne hat den kleinen Tisch gedeckt. Kaffee und Kuchen, in der Serviette entdecke ich ein Ei. Der junge Mann sitzt behaglich. Er macht keineswegs den Eindruck, als ob er gleich wieder verschwinden würde.

„Ich wollte Sie nicht stören, Herr Geiger", sagt Aenne

auf meinen fragenden Blick. Warum sagt sie Sie zu mir? Die Sache wird immer komischer. Ich blicke auf den jungen Mann. Der junge Mann lächelt mir freundlich entgegen. Im Sitzen. Jetzt steht er auf. Er nimmt kein Ende, ist baumlang.

„Das ist Alfred", sagt Aenne.

Sie sagt es in einem Ton, als ob ich wissen müßte, wer Alfred ist. Ich weiß es nicht. Ich weiß nur, daß ich drüben schwer arbeiten muß, Brot zu verdienen, und inzwischen findet hier in der Küche eine Frühstücksparty statt. Mit Ei.

„Sehr angenehm", sage ich.

Es ist mir keineswegs angenehm. Was will der fremde Mann in meiner Küche?

„Aenne hat mich eingeladen", sagt der Fremde.

„Wie erfreulich für uns alle."

„Ich hatte Alfred geschrieben, wenn er einmal vorbeikommt, soll er nicht vorbeigehen."

„Aha! Und Sie sind vorbeigekommen?"

„Ja", sagt der Fremde.

„Ein Sonntagsausflug, wie ich vermute."

„Nein. Urlaubsanfang."

„Aha! Und bei der Hinreise an Ihren Urlaubsort sind Sie hier vorbeigekommen. Sehr lobenswert. Wo gedenken Sie Ihren Urlaub zu verbringen?"

Ich frage das sehr sachlich, sehr höflich, im Konversationsstil. Ich weiß immer noch nicht, wer Alfred ist. Nun, Aenne wird es mir schon sagen, später, wenn er gegangen ist und wir wieder allein sind.

„Darf ich mich jetzt von Ihnen verabschieden", sage ich schnell und reiche dem Besucher die Hand. „Ich habe drüben dringende Arbeit."

„Am Sonntag?"

„Ja. Ich arbeite auch sonntags."

Ein dümmerer Satz fällt mir nicht ein.

Es fehlt nur noch, daß er darauf antwortet:

„Sonntag ist der Tag des Herrn!"

Er sagt es tatsächlich. Wenn auch in anderer Form.

„Sonntagsarbeit bringt keinen Segen."

Ich werde wütend, bleibe aber höflich:

„Darauf gibt es ein Gegensprichwort: ‚Was du heute kannst besorgen . . .'"

„‚. . . das verschiebe nicht auf morgen'", ergänzt er.

Ein unangenehmer Patron. Vorlaut und vertraulich. Wer ist dieser Alfred?

„Jedenfalls wünsche ich Ihnen einen frohen Urlaub, falls ich Sie nicht mehr sehen sollte", sage ich und reiche ihm, durch meinen Ärger verwirrt, versehentlich ein zweites Mal die Hand. „Hoffentlich finden Sie jetzt mitten im Sommer noch ein gutes Quartier."

Damit will ich hinausgehen und den Zwischenfall beenden.

Aenne ist schneller als ich.

Sie steht vor mir in der Tür und sagt:

„Ich hatte gedacht, wenn Sie nichts dagegen hätten –"

Ich ahne, was kommt. Es kommt auch.

„Wir haben doch oben die leere Kammer, in der ein Bett steht."

„Die Apfelkammer?"

„Ja. Wo sonst die Äpfel liegen."

Ich stelle mich taub.

„Was hat die Apfelkammer mit Herrn Alfred zu tun?"

„Er könnte doch da oben wohnen."

„Einen Tag?"

„Nein. Während seines Urlaubs."

„Die kleine Kammer kann man keinem anbieten."

„Ich habe sie Alfred schon gezeigt. Sie gefällt ihm."

„Die Kammer ist ganz prima", sagt der baumlange Lulatsch.

„Ich will nicht unhöflich sein, aber wir sind nicht auf Gäste eingerichtet", sage ich, „ich fürchte auch, daß es für Aenne zuviel wird –" Ich blicke wütend auf Aenne, die mich in diese Bedrängnis gebracht hat. Hat ihm schon, ohne mich zu fragen, die Kammer unterm Dach gezeigt. „Das mache ich schon, laß mich das machen“, wird sie zu ihm gesagt haben. Soll sie doch gleich mit ihm weiterziehen, ihr Bündel schnüren, ich weine ihr keine Träne nach. Sie passen im Alter gut zusammen. Ich werde ihm doch in der Apfelkammer keinen Unterschlupf gewähren! Auch wenn im Augenblick keine Äpfel darin sind, sie werden schon welche finden und hinter meinem Rücken essen. Dazu sieht der Bursche viel zu gut aus. Ein Student offenbar oder einer, der Urlaub von den Soldaten hat. Ich fühle mich im Augenblick gar nicht wohl in meiner Haut, die beiden sehen mich an, und ich muß etwas sagen. Natürlich sage ich das Dümmste.

„Ich weiß noch nicht einmal Ihren Namen.“

„Sagen Sie ruhig Alfred zu mir.“

„Ich wüßte trotzdem gern Ihren vollen Namen, wenn Sie schon überraschenderweise beabsichtigen, unter meinem Dach bleiben zu wollen.“

Aenne mengt sich wieder ein.

„Alfred will sich seine Semesterferien verdienen und möchte gern über die Ferien eine Arbeit annehmen. Er studiert Medizin.“

„Bei uns ist niemand krank.“

„Ich dachte, im Garten –“

„Hier? Bei mir?“

„Warum nicht? Im Garten ist viel zu tun.“

Ich schüttle den Kopf.

„Hier ist kein Erwerbsgartenbau. Der Garten ist mein Hobby. Man kann doch für sein Hobby, für seinen Spaß keine Leute anstellen! Ein Philatelist klebt seine Briefmarken ja auch selber ein. Verstehen Sie überhaupt etwas vom Garten?“

„Nein. Absolut nichts.“

„Das ist wenigstens ehrlich geantwortet.“

„Er kann mir zur Hand gehen“, sagt Aenne.

„Eigentlich habe ich Sie aufgenommen, damit Sie mir

zur Hand gehen“, brumme ich, „wenn er Ihnen zur Hand geht, während Sie mir zur Hand gehen, braucht er vielleicht einen, der wieder ihm zur Hand geht, dann sind wir eine ganze Mannschaft im Garten. Wie lange soll denn der Spaß dauern?“

„Sechs Wochen“, sagt er.

Am liebsten würde ich ihm antworten, das sind mir genau 42 Tage zuviel. Aber ich sehe Aenne an, daß sie ihn nicht wegschicken läßt. Wenn ich nur wenigstens wüßte, wer der Kerl ist! Ein Verwandter? Ein Schulfreund? Ein früherer Liebhaber? Ein neuer Liebhaber? Wenn man erst weiß, woran man ist, dann kann man sich darauf einstellen. Irgend etwas stimmt bei der Geschichte nicht, sonst würde mich Aenne wie immer Florian nennen, so wie sie Alfred zu ihm sagt. Aber plötzlich bin ich Herr Geiger. Soll ich sechs Wochen Herr Geiger bleiben? Was soll ich tun? Wie soll ich mich entscheiden? Ach, entscheiden! Ich fürchte, da wird es für mich nicht viel zu entscheiden geben. Das ist zwischen den beiden schon ein abgekartetes Spiel. Das spürt man. Was geht das mich eigentlich an? Die Apfelkammer geht mich etwas an, aber sonst? Bin ich etwa eifersüchtig? Im Gegenteil, die neue Situation löst die alte ab, sie entbindet mich jeder Verpflichtung. Vielleicht heiratet er sie, und ich gewinne meine Freiheit zurück. In den letzten Monaten gab es oft genug peinliche Situationen. Erst vor zwei Tagen wieder. „Der Gärtner sieht glücklich aus, weil er verheiratet ist.“ Ich mag solche Andeutungen nicht. Gar nicht so unwillkommen, der junge Mann mit der ansehnlichen Länge. Zum Kirschenbrocken im Garten wird er gut sein.

„Kennen Sie Aenne schon lange?“ frage ich ihn.

„Ich habe sie zum letzten Mal voriges Jahr gesehen.“

„Voriges Jahr?“

„Wir waren acht Tage zusammen in Italien.“

Das ist ausgeschlossen. Das ist völlig ausgeschlossen. Ich müßte es wissen. Aenne ist in der Zeit, seitdem sie bei mir ist, nie in Iatlien gewesen. Sie war überhaupt nicht aus dem Haus. Doch einmal, im August, jetzt erinnere ich mich. Da war ihre Tante krank. Aenne hatte ein Telegramm bekommen, Anfang August vorigen Jahres. Dringend kommen, Tante krank. Sie war hingefahren und hatte ihre Tante gesundgepflegt. Zehn Tage war sie weggeblieben, genau zehn Tage. War sie nicht ein wenig verändert, als sie zurückkam?

„Wann waren Sie denn mit ihr in Italien?"

„Voriges Jahr. Im August."

Aenne sieht mich trotzig an.

Als wollte sie sagen: „Na und, mein Herr?"

Sie ist eine völlig veränderte Aenne.

„Wie geht es eigentlich Ihrer Tante?" frage ich sie wütend.

„Danke! Sie ist wieder recht rüstig."

„Vielleicht könnte sie uns dann auch noch im Garten zur Hand gehen?" sage ich und werfe die Tür unbeherrscht hinter mir zu.

Ich höre dadurch nicht, daß Aenne sagt:

„Das wäre vielleicht gar keine schlechte Idee!"

Das hat man davon. Nimmt man sich eine vom Zaun ins Haus und ist dann überrascht. Was weiß ich eigentlich von Aenne? Nichts, absolut nichts. Ich habe sie auch nie gefragt, was früher in ihrem Leben war. Sie ist mir ins Haus zugelaufen wie eine Katze, und ich habe sie im Haus behalten. Ich habe mir auch nie überlegt, was einmal daraus werden soll. Sie kam ins Haus wie der Frühling ins Jahr. Gegen den Frühling gibt es keine Verpflichtung. Er kommt, er geht. Genau wie der Sommer. Er kommt, er geht. Er schenkt Wärme, glückliche Geborgenheit, man liegt in der Sonne, schwimmt im Meer, segelt im Wind, unsere Haut wird braun, unsere Augen werden hell, und keiner fragt den Sommer: „Was bin ich Ihnen dafür schuldig?" Höchstens, daß man sich später an ihn erinnert: „Das war ein schöner Sommer, der Sommer im vorigen Jahr."

Ich gehe wieder hinüber in die Küche. Türzuschlagen ist kein Argument. Ich habe mich miserabel benommen, deswegen bin ich ja auf Aenne so wütend. Man ist immer wütend auf einen, gegen den man sich schlecht benimmt. Ich bin wütend auf Aenne, weil ich mich hinreißen ließ, die Tür zuzuschlagen. Ich gehe also hinüber, mich zu entschuldigen. Ich will auch nicht, daß jener Alfred, der Italienfahrer, einen falschen Eindruck von mir bekommt.

„Die Tür ist mir vorhin aus der Hand gefallen“, sage ich, „es ist immer eine entsetzliche Zugluft im Haus, wenn das Küchenfenster offensteht.“

„Schon fertig mit der Sonntagsarbeit?“ fragt Alfred.

Das ist eine Vertraulichkeit, die mich auf die Palme bringt.

„Nein“, antworte ich, „ich wollte Ihnen nur sagen –“

„Nicht nötig, Herr Geiger. Ich habe es schon mit Aenne besprochen. Ich suche mir anderswo etwas, in der Nähe – ich kann ja Aenne immer noch am Abend treffen, wenn sie hier mit der Arbeit fertig ist. Und sonntags, nehme ich an, hat sie ja ihren freien Tag.“

„Sie scheinen mich für den Arbeitgeber von Fräulein Aenne zu halten“, sage ich freundlich, „ich weiß nicht, ob Ihre Bekannte Ihnen schon gesagt hat, daß sie nicht bei mir angestellt ist.“

„Nein?“ fragt er überrascht.

„Sie ist bei mir zu Besuch und kann gehen und kommen, wann sie will. Sie braucht also keinen freien Tag abzuwarten, wenn sie mit ihrer Zeit etwas Besseres anzufangen weiß.“

Das scheint ihm neu zu sein. Jetzt ist er in der Verlegenheit, in der ich vorhin war, als ich hinter gewisse Heimlichkeiten kam.

„Jetzt entschuldigen Sie mich bitte“, sage ich und gebe ihm zum dritten Mal die Hand, „ich sehe Sie ja sicher in der nächsten Zeit noch häufiger . . .“

Ich sitze wieder an meinem Zeichentisch. Aber ich male nur Pärchen auf das Papier. Liebespärchen, streitende Pärchen, sich prügelnde Pärchen und Pärchen, die auseinandergehen, der eine nach rechts, der andere nach links. Über die Pärchen zeichne ich dunkle Wolken und lasse auf sie herunterregnen, was nur immer vom Himmel herunter will. Ich könnte ihnen ja schnell einen Schirm zeichnen, aber ich denke nicht daran. Warum soll ich immer der freundliche Helfer sein? Auf mich regnet es ja jetzt auch, und keiner ist da, der sagt: „Nimm es nicht so ernst, Florian! Auch das geht vorüber!“ Natürlich geht es vorüber, ich hätte mich vorsorglich wärmer anziehen sollen, dann dränge mir jetzt der Regen nicht bis auf die nackte Haut.

Ich habe das Ganze satt. Ich habe offenbar zuviel angesät in dem Garten meines Herzens. Wo ein freier Platz war, stopfte ich ihn mit Gefühlen voll. Jetzt ist alles hochgesprossen, und ich komme nicht nach, Ordnung zu schaffen. Wie wird man der großen Gefühle wieder Herr, wenn sie festgewurzelt sind? Da ist der Moment gekommen, wo man alles stehen- und liegenläßt und davonlaufen möchte. In meinem Herzen sieht es in dieser Minute so aus wie in jenem Garten, den man mir eines Tages billig zum Kauf anbot.

„Dieser Garten ist zu verkaufen. Näheres gegenüber!“ las ich eines Tages an einem Gartenzaun. Es war ein sonderbarer Garten. Er war bis zum Rand angefüllt mit Rosen, Nelken, Löwenmaul, Zinnien, Gladiolen, Dahlien, Iris, Tagetes und Astern, blauen Wicken und gelben Sonnenrosen, wie eine Bonbontüte sah der Garten aus, wie eine Dose Fruchtsalat, wenn man den Deckel aufschneidet und von oben hineinschaut. Als ob einer nach einem Samenkatalog, keine Zeile auslassend, alles angesät hatte, was darin angeboten wurde.

Es gibt solche Gartennarren. Sie sitzen im Winter hinterm warmen Ofen und lassen sich von den farbenfrohen Fünffarbendrucken der Kataloge verführen. Wie die

Standfotos vor dem Eingang der Revuetheater sind diese Bilder, „die einmalige Schöne“, „die Herrliche im Wuchs“, „die Zarthäutige“, „der Superstar“, „die verwirrend Wohlriechende“, so werden die Rosen und Nelken in den Katalogen angepriesen. Wir unterliegen der Versuchung dieser Fünffarbendrucke, wahre Juwele der Buchdruckerkunst, und füllen, aufgeregt und den Verstand völlig verlierend, bar jeglicher Vernunft die beigefügten Bestellblätter aus. Je höher draußen vor dem Fenster der Schnee, desto tiefer sitzen wir in der Tinte. Diese neue Erdbeersorte muß es noch sein und die andere, die bewährte, natürlich auch. Warum sollen die neuen Spaliererdbeeren nicht auch an unserer Hauswand bis zum ersten Stock hochranken, über und über mit köstlichen roten Beeren bedeckt? Da ist eine neue Pflaume, ein neuer Apfel, ein Pfirsich, der auch im rauhen Klima reift – hier eine Rose, schön wie eine Filmschauspielerin und auch nach ihr benannt, da eine Rose in Kognakbraun, die Schönheit der ägyptischen Königin Kleopatra in unserem Garten, eine Rose mit dem Duft der großen Welt – nur her damit! Zwei Hochstamm, zwei Halbstamm, zwei Büsche, damit man ihre Schönheit von unten, von oben und im Profil betrachten kann! Im Winter, hinter dem warmen Ofen, erscheint uns unser Garten viermal so groß und erscheinen uns die Beete doppelt so breit, als sie in Wirklichkeit sind. Man schreibt und bestellt und bestellt und schreibt, möglichst immer zwei Stück von jeder Sorte, dann hat man die Freude doppelt. Es wird schon ein Wunder geschehen, alles unterzubringen. So tun wir es alle.

Nein, der Garten, den ich sah und der zum Verkauf stand, war kein Garten nach meinem Sinn. Er war übervoll wie ein Rummelplatz am Sonntagnachmittag. Die wüchsigen Wicken umrankten die Rosen, die ihrerseits wieder an einem Baum hochkletterten, um wenigstens mit ihren Köpfen an die frische Luft zu kommen, aus dem Gedränge des Volksfestes da unten heraus, wo Krethi und Plethi, Tagetes, Ringelblumen, roter Mohn und blaue Lobelien,

Aubretien und Hahnenfuß sich gegenseitig auf die Füße stiegen, wo Nelken ihre Köpfe auf ängstlich hochgezogenen Schultern trugen, von der rücksichtslosen Üppigkeit der Löwenmäuler bedrängt, von den kräftigen Stengeln der Gladiolen beiseite gestoßen – in so einem Garten hören die Blumen auf, Boten des Himmels zu sein.

Aber es war ein angelegter Garten, Blumenbeet neben Blumenbeet, Blumenbeet neben Gemüsebeet, Gemüsebeet neben Erdbeerbeet, Erbeerbeet neben Himbeerbeet, Himbeerbeet neben Zwiebelbeet, Zwiebelbeet neben Rosenbeet – ich weiß nur nicht, ob jetzt die Rosen nach Zwiebeln oder die Zwiebeln nach Rosen duften, wahrscheinlich beides.

Den Wegen zwischen den einzelnen Beeten war kein Fußbreit Boden gegönnt. Auf den Wegen wächst nichts, also so wenige und enge Wege wie nur irgend möglich – so muß er gedacht haben, der Mann, dem der Garten gehörte.

Ich sah ihn mit Schaufel und Spaten in seinem Garten werkeln.

„Guter Freund!“ rief ich ihm zu. „Ich höre, wie Ihr ächzt und stöhnt, wenn Ihr Euch vom Bücken aufrichtet, ich sehe Eurem Gesicht an, daß Euch das Kreuz schmerzt und Ihr mit der Hand immer wieder hintastet an die Stelle Eurer Schmerzen – macht ein so kleiner Garten so viel Arbeit?“

Der Mann in dem bunten Bonbongarten richtete sich mühsam auf.

„Man ist das ganze Jahr sein Sklave“, sagte er, „ich war ein rechter Narr, als ich dieses Stück Land kaufte. Was für Geld und Arbeit habe ich hineingesteckt! Er lohnt es mir schlecht.“

Ich deutete auf das Haus, das mitten im Garten stand. Es erschien mir recht geräumig.

„Sie wohnen dort drüben?“

„Ja“, sagte er.

„Sie sind eine große Familie?“

„Wir sind nur drei, meine Frau und ich und unsere Tochter."

„Welchen Stock bewohnen Sie?"

„Das ganze Haus selbstverständlich", sagte er, „der Mensch braucht Licht und Luft. Es ist nicht gut, so eingepfercht beieinander zu wohnen. Ich lege Wert darauf, daß man sich nicht gegenseitig auf die Füße steigt und jeder genug Luft zum Atmen hat. Eine geräumige Wohnung mit möglichst hohen Fenstern und viel Licht und Sonne ist die beste Garantie zum Gesundbleiben."

„Ihr Garten braucht auch Licht und Sonne und Luft", sagte ich. „Ihre Pflanzen haben keinen Platz zum Wohnen. Sie steigen sich gegenseitig auf die Füße. Sie können sich von selbst nicht unter diesen Umständen in Ordnung halten, sie streiten untereinander um jeden Strahl Sonnenschein, um jeden Tropfen Wasser, deswegen macht Ihnen Ihr Garten so viel Arbeit."

Er verstand mich nicht. Nach einer Weile fragte er:

„Wollen Sie ihn kaufen? Er ist mit allem bepflanzt, was gut und teuer ist. Ich gebe ihn billig her. Sie kommen preiswert dazu."

„Nein", sagte ich.

Er murrte vor sich hin:

„So eine Gelegenheit auszulassen! Ein so schöner Garten mit so vielen Blumen! Da ist kein Zentimeter unbepflanzt! Sie sind wohl kein Gartenfreund?"

Ich sagte:

„Eben, weil ich ein Gartenfreund bin –"

Siebentes Kapitel

Aenne kommt herein.

Ich tue, als ob ich arbeite.

Ich blicke von meinem Zeichenblock nicht auf.

„Er ist wieder gegangen“, sagt Aenne.

Ich spiele den Uninteressierten, den Zerstreuten.

„Wer ist gegangen?“ frage ich.

„Alfred“, sagt Aenne.

„Ja, richtig – so hieß der nette junge Mann in der Küche. Was wollte er eigentlich?“

„Mich besuchen.“

„Für länger?“

„Stell dich nicht so an, Florian! Ich habe ihn wieder weggeschickt, als ich sah, daß dir sein Anblick mißfiel.“

„Wer behauptet das? Im Gegenteil. Er mißfiel mir keineswegs. Er ist geradezu ein Adonis gegen mich und prächtig gebaut. Als ich euch zwei so nebeneinander stehen sah, dachte ich mir: „Welch ein schönes Paar!“

„Eben! Du hast sehr laut gedacht. Alfred fragte gleich: ‚Was ist zwischen euch?‘“

„Dann wiederhole ich Alfreds Frage: ‚Was ist zwischen euch?‘“

„Nichts“, sagt Aenne.

„Und was hast du ihm auf seine Frage geantwortet, was zwischen uns wäre?“

„Ebenfalls ‚nichts‘.“

„Du glaubst, beide Männer sind mit dieser Antwort zufrieden?“

„Alfred ist der Sohn meiner Tante.“

„Aha!“

„Wir kennen uns schon von Kindesbeinen an.“

„Blindekuh zusammen gespielt und Verstecken?“

Aenne spürt, wie gereizt ich bin.

„Sei nicht albern, Florian! Und das mit Italien ist auch nicht wahr. Als Alfred zu merken begann, wie es zwischen uns steht, lockte er dich mit dieser Geschichte aus dem Bau.“

„Ein wahrhaft begabter Knabe!“

Ich muß aufpassen. Ich will nicht, daß sich die Sache zwischen mir und Aenne kompliziert. Der junge Mann, wenn er wirklich der Sohn der Tante ist, paßt mir gar nicht. Wenn erst die Familie beginnt, ihre Nase in mein Leben hineinzustecken – wer beweist, daß er wirklich nur ein Verwandter von Aenne ist?

„Woher wußte er überhaupt, wo du wohnst?“

„Ich habe es meiner Tante geschrieben.“

„Was hast du deiner Tante geschrieben?“

Aenne begehrt auf.

„Ist das ein Verhör?“

„Nimm es, wie du willst.“

„Ich denke nicht daran, dir Rede und Antwort zu stehen.“

„Ich habe gewisse Rechte.“

„Du hast sie nicht. Du nimmst sie dir.“

„Jeder Mann, der ein Mädchen liebt –“

„Du liebst mich? Das ist neu.“

„Das muß ich dir ja nicht noch in Worten sagen!“

„Ein Mädchen hört es gern. Sag es! Sag es, daß du mich liebst!“

„Du siehst, ich arbeite.“

„Hält die Arbeit den Herrn ab, mich zu lieben?“

Sie kommt ganz dicht an mich heran. Ich spüre den Atem ihrer Haut, den Duft ihres Haares. Jetzt ist es wieder so wie damals am Zaun, als sie kam.

„Was war in der Küche? Hat er dich geküßt?“

„Wer?“

„Der angebliche Sohn deiner Tante.“

„Warum soll er mich küssen?“

„Warum soll er dich nicht küssen?“

„Genauso könntest du mich fragen, ob ich den Briefträger jeden Morgen küsse, wenn er die Post bringt.“

„Dein Cousin sieht gut aus.“

„Der Briefträger sieht auch gut aus. Ach, Florian, was bist du doch für ein Dummkopf! Ich wußte gar nicht, daß du eifersüchtig sein kannst. Komm, wir wollen jetzt essen!“

Das Essen schmeckt mir heute nicht.

Die Suppe scheint versalzen.
Ich löffle langsam.
„Was hast du Alfred erzählt?“
„Was soll ich ihm erzählt haben?“
„Von uns.“
„Das hat er gemerkt, als du die Tür zuschlugst. Willst du noch Suppe?“
„Nein. Danke!“
„Dann hole ich jetzt das andere herein.“
Sie geht. Ich habe Zeit nachzudenken. Aber nicht genug Zeit, auf alle Fragen eine Antwort zu finden.
„Also reden wir nicht mehr von ihm“, sage ich.
„Es ist das beste.“
Sie reicht mir einen Teller. Legt das Fleisch auf.
„Was ist das?“ frage ich.
„Hammelfleisch mit grünen Bohnen.“
„Am Sonntag?“
„Du ißt doch gern Hammel.“
„Aber nicht am Sonntag! Noch dazu gekocht. Sonntag muß es einen Braten geben. Wo ißt er übrigens?“
„Fort.“
„Ich frage nicht, wo er ist. Ich frage, wo er ißt. Mit scharfem S.“
„Auswärts. Im Wirtshaus.“
„Wahrscheinlich Hähnchen! Er ißt Hähnchen, und ich esse Hammel.“
„Er mag keine Hähnchen.“
„Was du alles von ihm weißt!“
„Er mag auch keinen Hammel.“
„Das weißt du auch?“
„Ich habe ihn gefragt, ob er mit uns essen will. Als er erfuhr, daß es Hammelfleisch mit grünen Bohnen gibt, hat er gesagt: ‚Nein, danke.‘“
„Ein verwöhntes Bürschchen! Was habt ihr denn in Italien gegessen?“
„Wir waren nicht in Italien.“

„Wo wart ihr dann?“

„Zu Hause. Bei der Tante.“

„Und die Tante war krank?“

„Sehr krank.“

„Hat sie mit am Tisch gesessen?“

„Sie hat nicht mit am Tisch gesessen.“

„Aha! Du warst also jeden Mittag allein mit ihm bei Tisch?“

„Wir waren es.“

„Famos! Jetzt kann ich verstehen, warum er dich besucht. Die Sehnsucht! Alte Erinnerungen! Vielleicht hat ihn auch deine Tante hergeschickt, wer kann das wissen?“

„Wozu hätte ihn die Tante herschicken sollen?“

„Zum Spionieren.“

„Du fährst zweigleisig, Florian. Entweder ist er mein Liebhaber oder Tantes Spion. Du mußt dich schon entscheiden, Florian, was dir von beiden lieber ist.“

So geht das weiter. Während des ganzen Mittagessens.

Als Nachtisch hat Aenne einen Apfelstrudel gebacken.

Das tut sie selten.

„Schmeckt er dir?“ fragt sie.

„War er für mich bestimmt?“

„Für wen sollte er sonst bestimmt sein?“

„Es schwirren noch mehrere Leute in der Gegend herum. Wann siehst du ihn wieder?“

„Er kommt vorbei, wenn er etwas gefunden hat.“

„Also gut“, sage ich und komme mir dabei sehr großzügig vor, „sag ihm, er kann bei uns wohnen.“

„Du bist verrückt, Florian!“

„Im Gegenteil. Ich will klarsehen. Du wirst zwischen uns zwei Männern leben und dich entscheiden müssen. Ich muß mich übrigens jetzt auch entscheiden.“

„Wozu?“

Ihre Stimme kippt über. Sie wiederholt es:

„Wozu?“

Aenne erhält nicht die Antwort, die sie erwartet.

Ich weiche aus und sage:
„Ob ich dich bei der Krankenkasse anmelden soll."
„In welcher Sparte? Als Geliebte?"
Mir verschlägt es die Reden. Ich springe auf.
„Manchmal verdienst du wirklich –"
„Brutto oder netto, Florian, wenn du mich jetzt anmelden willst?"
„Du bist die unverschämteste Person, die mir je begegnet ist."
„Sind dir viele begegnet, Florian?"
„Eine zuviel. Ganz bestimmt eine zuviel!"

Am Nachmittag arbeite ich an meinem Buch weiter. Aenne ist unterwegs, Alfred zu suchen. Wir haben uns geeinigt, daß er in der leeren Apfelkammer einzieht. So sehen sie sich hier, und ich bin in der Nähe. Aber das sage ich nicht. Kein Mann gibt solche Dinge gern zu. Ich spiele also den Großzügigen, den Mann, der seiner Sache sicher ist. Das ist oft der beste Weg.

Außerdem ist es vielleicht ganz gut, einen Mann zu haben, der mir im Garten zur Hand gehen kann, zumal jetzt, wo ich wenig Zeit für den Garten habe, weil ich mein Buch endlich zu Ende illustrieren muß. Zu Ende sage ich und denke erschrocken, daß ich gerade erst angefangen habe. Ich schlage das Kapital auf „Wie lege ich einen Garten an?". Ich beginne zu lesen. Veraltet, total veraltet! Nicht nur das Papier, auf dem es gedruckt steht, ist vergilbt. Wer so mit einem Garten beginnt, hat bald die Freude an ihm verloren. Ich habe selbst drei neue Gärten angelegt, mit Fehlern natürlich, das stellt sich immer erst hinterher heraus. Aber ein einziger Fehler bei einer neuen Anlage kostet hinterher viel Mühe und Schweiß, ihn wieder zu beseitigen. Das Ideale wäre, man kauft einen fertigen Garten. Aber gute, gepflegte Gärten sind nicht zu kaufen. Wer einen guten Garten kaufen will, muß weit laufen, bis ans Ende der Welt. Was man sonst so angeboten bekommt – du lieber Himmel! Was ist das meist für ein struppiger Geselle, Gestrüpp und Wildnis, im wahrsten Sinne des Wortes: Kraut und Rüben! Der Zaun hängt schief, die Wege sind zugewachsen, die Bäume stehen mit heruntergebrochenen Ästen, das Gras ist seit zwei Jahren nicht mehr geschnitten, Brennesseln machen sich breit, über den Zaun hat man Konservenbüchsen und zerbrochene Flaschen geworfen, ein trostloser Anblick. Wo einmal eine Himbeeranlage stand, wachsen heute Disteln und Holunder, von der wilden Glockenrebe überspannt und zu Boden gerissen, die Rittersporne sind vom Mehltau befallen, die Rosen sind von Läusen aufgefressen und von ihren wilden meterhohen Trieben zu Tode gemartert. Hier stand einmal ein Quittenbaum mit seinen festlichen Hochzeitsblüten und seinen köstlichen Früchten, deren Duft ein Zimmer erfüllt, hundertmal aromatischer als eine Apfelkammer im Herbst. Heute sind seine Äste, die einst Frucht trugen, morsch und schwarz, von jenem Schwarz, in dem kein Leben mehr wohnt. Der gemeine Rotdorn, auf dem die Quitte einst veredelt worden war, der Knecht, hat eine Revolte entfacht und den Edelmann da oben ausgehungert, ist vom Souterrain, von seiner Wurzelkellerwohnung hinaufgestiegen in die Beletage und hat sich dort breitgemacht. Man sieht ihm den Emporkömmling an, stachelig, kleinblättrig, immer schlecht gelaunt und von schwarzen Läusen bedeckt. In anderen Gärten, die uns zum Kauf angeboten werden, wachsen auf den Birnbäumen Misteln, in den Rinden der Obstbäume nisten Pilze und Moos, die Triebspitzen der Morellen sind mit weißen, hühnereigroßen Nestern eingesponnen, in denen hundert schwarze Raupen ihr Teufelswesen treiben – ach, ich könnte noch ein langes über verwahrloste Gärten fabulieren, wie sie heute zum Verkauf stehen. Ein einziges Jahr genügt für einen Garten, um die Arbeit von Jahrzehnten in einem einzigen Sommer zunichte zu machen. Ein einziger Sommer, in dem sich niemand um einen Garten kümmert, weil sein Besitzer auf eine große Reise geht oder durch Krankheit ans Bett gefesselt ist, oder wenn er seinen Garten Freunden anvertraute, die nichts anderes taten, als die Blumen abzureißen, die Früchte zu ernten, und nach der Ernte im Herbst keinen Schritt mehr hineintaten – sogar das Gartentor vergaßen sie abzuschließen –, ist das Ende jedes Gartens.

Diese Gärten sind es, die man uns zum Kauf anbietet. Es braucht unendlich viel Geduld und viele Jahre, das Gestrüpp zu entfernen, die Wege neu anzulegen, das Unkraut auszutilgen, die entarteten Stauden herauszuschlagen, die Steine zu sammeln, die Ameisenhügel zu glätten, die Mäusefamilien zu bekämpfen, die Brennesseln niederzuringen und den Bäumen ihren gesunden Wuchs wiederzugeben. Ein Beet, auf dem verwahrloste Himbeeren einen Sommer lang standen, einmal für ein Menschenalter gepflanzt, eignet sich im nächsten Jahr nur noch als Kartoffelacker, notfalls kann man schnellwüchsiges Kraut darauf pflanzen. Nein, laßt die Finger von diesen Gärten, kauft euch lieber einen Acker oder eine Wiese, wie sie uns Gott beschert. Man wählt ja auch seine Ehefrau nicht unter den viermal Verheirateten und dreimal Geschiedenen, die Untugenden des Vorbesitzers sind nicht auszumerzen – wählt darum für eure Gärten ein jungfräuliches Stück Land, das noch keiner vor euch bebaut hat, das euch die Natur aus ihren mütterlichen Armen ans Herz legt: „Da, nimm es! Behandle es gut und werdet glücklich miteinander!“

Ich blättere in dem Buch weiter – Aenne ist noch nicht zurück, wenigstens höre ich sie nicht, ich beginne allmählich beunruhigt zu werden – und finde hier in dem Kapitel über den Erwerb des Gartenlandes ein paar praktische Ratschläge, mit denen ich mir selbst viel Ärger hätte ersparen können, wenn ich sie befolgt hätte.

Von zwei Angeboten, lese ich, wähle jene Parzelle, die

am Südhang liegt, wo die Sonne beim Aufgehen das Land mit ihren ersten Strahlen weckt und beim Sonnenuntergang es noch einmal in ein rosafarbenes Märchen verwandelt. Schlagt den Rat nicht in den Wind! Die letzten Sonnenstrahlen am Abend auf einem Garten, wenn die Arbeit getan ist und wir Zeit haben, alles noch einmal zu betrachten, ob wir es auch gut getan haben – wer diese Stimmung nicht erlebt hat und den Nachbarn um den letzten Sonnenstrahl auf seine Rosen nicht beneidete, während sein eigener Garten schon im Schatten lag, vermag das Glück der Abendsonne nicht zu ermessen. Geht darum, ehe ihr den Kaufgroschen auf den Tisch legt, am Abend hinaus zu jener Stelle, wo euer Garten liegen soll. Noch ist es Zeit, vielleicht nehmt ihr lieber die Parzelle nebenan oder gegenüber.

Schaut euch auch um, ob Wasser in der Nähe ist, vielleicht ein kleiner Bach, und ob man euch erlaubt, einen schmalen Wasserarm von ihm abzuzweigen und durch euren Garten zu führen. Lebendes Wasser im Garten gehört zu den schönsten Gartenfreuden. Blickt auch nach Westen, wie der Wind über euer Land streicht, ob es einen natürlichen Windschutz hat, eine Hecke oder einen Wald, oder ob es der Willkür jedes dahergelaufenen Sturmes ausgesetzt ist, der die Tulpen knickt und den blauen Dom der Rittersporne zerstört. Dies ist genug bedacht für den ersten Tag.

Am zweiten Tag nimm einen Spaten mit hinaus, und schau dir die Höhe des Grundwassers an. Stich hinein in die Erde, hebe ein kleines Loch aus, und in welcher Tiefe sich zuerst das Wasser von allen Seiten zu sammeln beginnt, dort ist der Grundwasserspiegel deines neuen Gartens. Wo er nicht wenigstens 50 Zentimeter Erde darüber freiläßt, besser noch 70 Zentimeter, wirst du wenig Freude erleben. Dort wachsen dir keine Obstbäume und blühen keine Pfingstrosen. Nun gut, du kannst dem Übel abhelfen, du kannst breite Gräben ziehen und die ausgehobene Erde nach rechts und links aufwerfen, dann werden die Beete höher, und durch die Gräben kann das Wasser abziehen. Vielleicht helfe ich mit diesem Rat einem, der bisher vor einem Rätsel stand, warum in seinem Garten bei aller Arbeit und sonniger, windgeschützter Lage nichts recht gedeihen wollte. Vielleicht war es wirklich nur der hohe Stand des Grundwassers. Auch Tonröhren in die Erde gelegt vermögen viel. Der Ton läßt das Wasser durch, die Röhren leiten es ab. Scheut nicht die Kosten und die Mühen, sie sind gering, und der Lohn ist groß. In meinem alten Garten, den ich wegen des Oberbürgermeisters Töchterlein verließ, habe ich jahrelang an einer Stelle herumgedoktert, bis ich endlich den Fehler fand. Ihr müßt bedenken, daß Pflanzen starke, unkontrollierte Trinker sind. Unter Menschen würden wir solche Wesen als Säufer bezeichnen, die kein volles Glas stehen sehen können. Die Pflanzen können es auch nicht. Sie trinken und sie trinken. Wenn ich aber als Frau mit einem Mann verheiratet bin, der als Saufaus verschrien ist, werde ich mit ihm nicht in eine Straße ziehen, wo unten in jedem Haus ein Ausschank ist, eine Bar, ein Bierkeller, eine Weinstube, eine Bodega. Auch seinen Pflanzen soll man nicht die Gelegenheit geben, mehr zu trinken, als ihnen guttut. Sie vertragen genauso wenig zu versumpfen wie ein Mensch.

Es kann auch das Gegenteil eintreten: Ein Garten hat zuwenig Wasser, hat Durst. Und da fällt mir ein, daß ich in der Küche noch einen Rest Wein von gestern stehen habe. Ich liebe es, meinen Zeichenstift in einem Glas Wein anzufeuchten, er bekommt dadurch erst die wahre Arbeitslust. Ich stehe also auf und will sehen, was ich für ihn und mich tun kann. Ich habe Glück. Ich finde den Wein, und jetzt geht alles wieder gut. Ein Mensch kann sich helfen. Aber was tut ein Garten, wenn er Durst hat? Ein Bächlein, wie gesagt, wäre der Idealzustand. Aber es ist ein Göttergeschenk, von hundert Gärten müssen neunundneunzig auf sein fröhliches Plätschern verzichten. Bleibt nur noch die Regentonne unter der Dachtraufe. Sie ist jedoch oft ein häßlicher Anblick, und wenn der Garten am meisten dürstet, weil es tagelang nicht geregnet hat, ist die Tonne auch leer. Mit dem Schlauch lustig herumzuspritzen oder mit der Gießkanne vom Wasserhahn zum Beet zu gehen ist ein gefährliches Unternehmen. Das Leitungswasser ist der Todfeind alles Gartenlebens. Die Pflanzen sind erhitzt, standen den ganzen Tag in der prallen Sonne, und nun plötzlich diese eiskalte Dusche auf ihre Haut – da wird der Gesündeste krank. Oder stellen wir uns unter die kalte Brause, wenn wir vom Laufen erhitzt sind? Wir möchten einen ausgewachsenen Schnupfen davontragen, wenn nicht gar Schlimmeres. Und unseren Gartengewächsen, die wir lieben, die wir aus dem Saatkorn großgezogen haben, muten wir es zu? Ohne uns zu überlegen, was wir ihnen damit antun?

Dabei gibt es eine so einfache Methode, seine Pflanzen selbst im trockenen Sommer nicht dursten zu lassen. Sie erspart uns das Schleppen der schweren Gießkannen Abend für Abend von Beet zu Beet. Die Zahl der Kannen summiert sich im Laufe eines Sommers. Ich habe schon oft Gäste aus dem Haus gehen sehen, die schworen, einmal und nicht wieder meine Hausgäste zu sein, nur weil ich sie anhielt, am Abend die Blumenbeete zu gießen. Am Anfang boten sie sich dazu an, freiwillig, am ersten Tag machte es ihnen sogar Spaß, der Erde zuzusehen, wie sie trinkt. Erst einen Schluck, dann zwei, dann immer gieriger, eine Kanne um die andere, du siehst der Gartenerde zu, wie es ihr schmeckt und wie durstig sie war, sie sagt richtig danke, man muß es nur zu hören verstehen – aber das macht nur bei den ersten zwanzig Kannen Spaß, dann wird es zur Mühe, bald zur Plage. Man findet tausend Ausreden, sich vom Gießkannentragen zu drücken. Dabei kann man sich von hundert Kannen zwei Drittel ersparen, ihr müßt nur die Feuchtigkeit der Wintermonate in euren Beeten aufspeichern, und sie reicht über den ganzen Sommer. Doch ist dies einem späteren Kapitel vorbehalten, ich sitze im Augenblick noch hier an der Epistel, was man beim Kauf eines Gartens bedenken muß. Ich zeichne gerade einen schönen Strauß von Brennesseln, Hederich und Huflattich, sie gehören in dieses Kapitel hinein, denn diese Unkräuter sind es, die uns das Geheimnis des neuen Gartenlandes verraten und uns anzeigen, ob die Erde gesund ist und reich an Nährstoffen.

Wo Brennesseln wachsen, Hederich gedeiht, Disteln und Huflattich und wilde Melde, dort ist der Boden gut, dort lohnt er euch reich jeden Spatenstich, jede Karre Mist. Diese Unkräuter wachsen nur auf gesunden, nährstoffreichen Böden. An dieser Stelle können wir anbauen, was wir wollen: Beerensträucher, Spalierobst, Erdbeeren, Gemüse und Blumen. Wo wir aber nur Hungerblümchen erblicken, Sauerampfer, Thymian und Beifuß, dort ist auch für den fleißigsten Gärtner nichts zu holen, denn diese Unkräuter sind mit der magersten Kost zufrieden und finden selbst im trockenen Sand ihr Auskommen.

Ihr seht noch mehr auf den ersten Blick: Da zeigt ein Land Stellen, auf dem die Vegetation farblos und mürrisch ist, ein übelgelauntes Gartenland, dessen Anblick uns verdrießt, die Sonne verleiht ihm keinen Glanz, und der Boden ist trocken, obwohl es zuvor geregnet hat. Wo es so aussieht, ist die Erde sauer. Sie hat keine Luft. Ohne Luft können die Pflanzen nicht gedeihen, ihre Wurzeln sitzen faul mit übereinandergeschlagenen Beinen und suchen nicht nach Nahrung, auch wenn sie ihnen erreichbar wäre. Wie kranke Menschen in einem ungelüfteten Zimmer sind sie, apathisch, träge, zu keinem Schritt zu bewegen. Hier gehört Kalk her. Kalk ist nicht nur ein unersetzlicher Nährstoff für alle Pflanzen, er fördert auch das Bakterienwesen, die Bodengare und die Durchlüftung. Ohne Luft in der Erde gedeiht eine Pflanze ebensowenig wie ohne Licht über der Erde.

Habt ihr ein Stück saures Land in eurem Garten, so gibt es ein einfaches Mittel, die Erde auf ihren Kalkgehalt zu prüfen. Füllt eine Untertasse mit ihr und gießt ein wenig Salzsäure darüber. Braust die Erde in kleinen Bläschen auf, so hat sie genug Kalk – wo es aber anders ist, dort gebt eurem Boden rasch und oft kleine Kalkgaben. Nicht alles auf einmal, sondern in kleinen Portionen, sozusagen löffelweise wie eine Medizin. Aber streut den Kalk nicht einfach obenauf, sondern harkt ihn sofort unter die Erde.

Ich höre Aenne über den Gartenweg kommen. Sie ist in Begleitung. Sie ist sehr in Begleitung. Sie lacht und redet, ihr Gesicht sieht aus, als ob ihr Herz singt. Alfred trägt sein Ferienbündel an einem Lederriemen über der Schulter. Da soll alles darin sein, was ein erwachsener Mensch über die Semesterferien braucht? Was kann darin sein? Ein Hemd? Eine Badehose? Höchstens noch die Zahnbürste und der Rasierapparat. Aber ich irre mich. Aenne trägt einen Koffer, vermutlich den seinen. Auch das noch! Trägt seinen Koffer, und der lange Lulatsch, der Bleistift vom lieben Gott, läßt es sich gefallen. Wenn Aenne bei mir den Wäschekorb zum Aufhängen in den Garten trägt, helfe ich ihr. Ich helfe ihr gern, ich bin nicht so erzogen, daß ich mir meinen Koffer von einem Mädchen tragen lassen würde.

Sie gehen den Plattenweg an meinem Fenster vorbei, ohne daran zu denken, daß ich dahinter sitze und sie sehe. Ich will wegsehen, beschäftige mich, schichte meine fertigen Zeichnungen von rechts nach links und dann wieder von links nach rechts, aber jetzt bleiben die beiden gar draußen stehen, er pflückt sich eine Sommerbirne vom Baum, und Aenne deutet auf ihre Fenster.

„Dort oben schlafe ich“, sagt sie.

„Ein schönes Zimmer?“

„Das schönste im Haus. Es ist unser Fremdenzimmer.“

„Und wenn Besuch kommt?“

„Dann ziehe ich in die Apfelkammer.“

„Wäre nicht auszudenken, wenn gerade jetzt Besuch käme."

In meinem Blut steigen zornige Bläschen auf. Offenbar ist bei mir noch genug Kalk im Körper. Ich habe Aenne nie im Umgang mit anderen Männern erlebt. Es ist für mich etwas völlig Neues. Es behagt mir nicht, mir wird die Haut zu eng. Es wird auch nicht besser, als sie ihm jetzt auf seine Frechheit antwortet und ihn zurechtweist:

„Wir haben noch das Badezimmer."

„Hast du die Absicht, in der Wanne zu schlafen, wenn in der Apfelkammer ein Bett winkt?"

„Nein, aber für dich wäre das genau der richtige Platz – du hättest gleich die kalte Dusche zur Hand."

Bravo! Das ist immerhin eine Antwort. Aber Antwort hin, Antwort her, zwei Monate, die er sich hier einzunisten gedenkt, sind eine lange Zeit. Einmal gehen die Antworten aus. Die Munition ist bald verschossen, wenn einer dauernd die Tore der Festung berennt. Glücklicherweise bin ich auch noch im Hause. Ich sehe schon, wie's kommen wird.

„Raus!" rummst es dann und donnert nach: „Verlassen Sie sofort mein Haus, Sie Bürschchen! Und zwar schleunigst!"

Da soll der Mensch in Frieden arbeiten und gutgelaunt seine Brötchen backen, wenn er sieht, daß draußen einer Süßholz raspelt. Sie raspeln heute anders, sie raspeln schneller, aber das süße Holz ist das gleiche. Es schmeckt dir wie mir, und es paßt mir gar nicht, daß einer an meinen Vorrat geht. Jetzt sind sie zwar verschwunden, sie sind ins Haus hineingegangen, aber was weiß ich, was er ihr drinnen alles erzählen wird? Solchen Burschen mangelt jede Tugend. Ich kann ihnen doch nicht nachlaufen und an der Tür lauschen. Daß sie nicht zusammen in Italien waren, muß ich glauben und muß ich nicht glauben. Aber an den Brief meines Verlegers muß ich glauben, der schwebt wie ein Klotz über meinem Kopf. Entweder – oder! Das hat er geschrieben, schwarz auf weiß. Ich könnte ihm ja das Geld zurückzahlen, den Vorschuß. Aber am liebsten täte ich es. Stante pede. Das wäre jetzt ein Spaß, wenn ich vor Aenne hintreten würde und sagen könnte: „Aenne, bitte, packen Sie meinen Koffer! Ich verreise auf ein Jahr. Sie können heimfahren oder wohin Sie wollen, auch nach Italien, wenn es Ihnen Spaß macht. Wenn Sie einmal wieder in diese Gegend kommen, schaun Sie doch bitte über den Zaun!"

Ich möchte wissen, was sie sagen würde. Aber dann ist es zu spät. Ich wil mich auch gar nicht von ihr trennen, ich möchte nur so tun als ob. Mich von ihr zu trennen, das wäre reiner Selbstmord. Sie ist die süßeste Person, die mir Gott schicken konnte. Und praktisch. Und sauber. Und ordentlich. Und kann kochen und Hemden bügeln und versteht etwas vom Garten und von der Liebe natürlich auch. Sie läßt sich immer ins Herz schauen. Bei jeder Zärtlichkeit hat sie ein Wort bereit, als würden wir uns zum ersten Mal küssen. So als ob gestern nichts gewesen wäre und heute alles. Sie ist ganz anders als andere Mädchen. Als ob es die beste Sache der Welt wäre, was wir tun. Ich habe manchmal ein schlechtes Gewissen. Aber sie streicht mir über die Stirn, küßt meine Augen und sagt danke. Danke! Danke! Einmal fuhren wir in die Stadt und standen in der Straßenbahn, und die Straßenbahn war sehr voll, da sagte sie plötzlich „Komm!", und wir stiegen an der nächsten Haltestelle aus und umarmten uns in einem Treppenhaus, in einem völlig fremden Treppenhaus, und dann kaufte sie in einer Papierwarenhandlung eine Postkarte von dieser Straße, auf der das fremde Haus zu sehen war.

Wenn man bedenkt, in einem wildfremden Treppenhaus auf einer Straße, durch die die Straßenbahn fährt!

„Packen Sie meine Koffer, Aenne! Ich verreise für ein Jahr!"

Kann ich überhaupt wegfahren? Was wird aus dem Garten? Was wird aus dem Buch? Da zahle einer aus seiner leeren Tasche den lustig verjubelten Vorschuß zurück. Ich habe mir Bäume dafür gekauft, Rosenstämme, Gartenplatten, nimmt sie der Verleger? Ich hätte einen Prozeß am Hals, der sich gewaschen hat. Es geht nicht. Aber was geht? Hänge ich so an Aenne, daß ich jetzt meinen Gedanken nachhänge, statt weiterzuarbeiten? Nur weil ein Weibsbild an meinem Fenster vorbeigeht? Wein und Weiber, das ist etwas von sechs Uhr an, nach getaner Arbeit. Gut, auch einmal einen Schluck Wein am Vormittag oder nach dem Mittagessen, aber es darf doch nicht so weit gehen, daß man Sorge hat, einer trinkt aus unserer Flasche mit. Da wachsen auf hundert Hügeln jedes Jahr neue Trauben, unser Geschmack ändert sich auch. Da wird der Moseltrinker zum Liebhaber vom Pfälzer Land, dann kann der andere den ganzen Rest von der Mosel haben, das ganze Faß.

Zeichne ich eigentlich an einem Liebesroman oder an einem Gartenbuch? Das angefangene Kapitel ist noch nicht zu Ende. Dem Text nach ist der letzte Punkt gesetzt. Aber ich vermisse das Wesentliche. Da spricht der Verfasser von der Beschaffenheit des Bodens, vom Grundwasserspiegel, vom Morgenwind und von der Abendsonne. Keiner aber sagt dem Neuling, der einen Garten erwerben will, daß er sein künftiges Gartenreich an den Grenzen abgehen muß, Schritt für Schritt, und nach allen vier Seiten über den Zaun blicken möge. Hinter dem Zaun lebt der Nachbar. Der Nachbar ist euch näher als der nächste Verwandte. Gute Nachbarschaft zu halten ist das wichtigste in einem Gartenleben. Ich kann in einem Wohnblock Tür an Tür mit einem Streithammel leben, wenn ich die Tür zumache, bekomme ich ihn nicht zu Gesicht. Der Zaun aber steht immer offen, zur Gartenzeit sehe ich meinen Nachbarn jede Minute. Er gräbt, wenn ich grabe, er erntet, wenn ich ernte, er gießt, wenn ich gieße. Vermag ich ihm nicht einen fröhlichen Gruß zuzurufen aus dem Herzen heraus, weil ich mich freue, ihn zu sehen, kann ich nicht ein paar Worte hinüber und herüber mit ihm wechseln, wird der Spaten schwer in meiner Hand. Glaubt nicht, daß ihr euch gegenseitig den Rücken kehren könnt und euch den Hintern zeigen. Ihr seid aufeinander angewiesen wie das Komma auf den Punkt. Wie schnell wächst ein Zweig von eurem Baum hinüber ins nachbarliche Gartenland, wie leicht dringen Ableger seiner Himbeeren in deine Erdbeerbeete oder weht der Wind einen Mohnsamen von nebenan zu dir herein. Du mußt das Gefühl haben, daß dein Nachbar dir das Beste für deinen Garten wünscht, du mußt den Nachbargarten lieben wie den deinen, auch wenn bei ihm manches besser gedeiht als bei dir, seine Pfingstrosen früher blühen und die Äpfel jenseits des Zaunes größer sind. Haltet gute Nachbarschaft miteinander, holt euch von nebenan einen Rat. Aber holt euch nicht von nebenan die Gartenschaufeln und die Heckenscheren. Borgt euch nichts aus, ich beschwöre euch. Das Zurückgeben wird gern vergessen, der andere ärgert sich. Ist seine Schere stumpf, mit der er 364 Tage im Jahr Äste und Zweige schnitt, so ist sie bestimmt stumpf geworden an dem einen Tag, da du sie dir ausborgtest. Ist die Brause der Gießkanne verstopft, wer ist daran schuld? Du. Biegt sich im Rechen ein Zinken, wer hat ihn verbogen? Du. Setzt sein Spaten Rost an, so kommt der Rost von der einen Stunde, da du ihn dir ausgeborgt hast. Eine feindliche Nachbarschaft beginnt stets aus winzigen Kleinigkeiten heraus, am häufigsten, wenn man sich etwas über den Zaun borgt. Darum spart nicht beim Einkauf von guten Gartengeräten, eine verlorene gute Nachbarschaft kommt teurer.

Blickt darum über den Zaun, wie es drüben aussieht und was euer neuer Nachbar für ein Mensch ist. Seht hin, wie er seinen Garten angelegt hat, wie er ihn in Ordnung hält und ob er ihn liebt und nicht nur besitzt. Ihr seht es am Wuchs der Bäume, ob er per du mit seinem Garten ist, ob er den Komposthaufen dicht an den Zaun gesetzt hat oder gar eine Hecke an den Rand seines Grundstückes, nicht bedenkend, daß sie so dem Nachbarland Licht und Sonne und

Nahrung nimmt. Betrachte dies alles und verzichte lieber auf ein Land, das alle deine Gartenwünsche zu erfüllen verspricht, ehe du Nachbar eines Nachbarn wirst, der kein guter Nachbar ist.

Ich klappe das Buch zu und zeichne schnell als Schlußvignette des Kapitels einen Teufel, der über den Zaun schaut. Einen Teufel mit Hörnern und schwarzem Schwanz. Ich kann nichts dafür, daß es ein langer Teufel wird und im Gesicht Alfred ähnlich. Wenn Aenne die Zeichnung sieht, wird sie mir eine Geschichte zu erzählen wissen, daß der lange Teufel ein sehr armer Teufel ist, dem man helfen muß. Ich habe nichts dagegen, daß sich einer unter meinem Dach auf einen Stuhl setzt. Aber wenn er zu kippeln und zu schaukeln anfängt, die Füße dabei auf den Tisch legt, fürchte ich um meinen Stuhl und um mein freundliches Gesicht. Die Birne vorhin im Garten, die er vom Baum brach, hätte es nicht gebraucht. Ich habe deutlich gesehen, daß er von drei Birnen mit Bedacht die schönste herunterzupfte. Tut man so etwas? Betrachte ich somit meine Zeichnungen, die heute früh seit dem Erscheinen Alfreds entstanden sind, so fehlt ihnen die Heiterkeit und das Beschwingte. Selbst die Gartenhecke sieht miesepetrig drein, und mein Löwenzahn ist nicht der fröhlichste. Hatte ich zu viele Bedenken beim Kauf eines Gartenlandes? Ach, blas sie doch in den Wind, ein schlechter Garten ist besser als gar kein Garten. Und hätte er alle Fehler, die ich hier aufgezeigt habe, nehmt mich nicht allzu wörtlich. Ich bin heute vergrantelt.

Ein Garten tritt sich ein wie ein Schuh. Am Anfang drückt jeder. Aber ihr habt das Leben nicht voll ausgenutzt, wenn euch nicht einmal ein Stück Land zur Pflege anvertraut war, wenn ihr nicht den Geruch frisch umbrochener Erde eingeatmet habt, wenn ihr nicht das Anschwellen und das Aufbrechen der harzigen Knospen miterlebt habt, von einem Sonnenaufgang zum anderen – ein Mann ist kein Mann, der keinen Baum gesetzt hat. Das bleibt wirklich von einem Menschen auf der Welt übrig: Der Baum, den er pflanzt, das Haus, das er baut, das Vorbild, das er gibt.

Achtes Kapitel

Alfred ist jetzt schon acht Tage bei uns.

Er liegt unter dem Apfelbaum und starrt Löcher in die Luft.

Ich komme vom unteren Garten herauf und bleibe vor ihm stehen, rechts Spaten und Rechen unter dem Arm, links den Drahtkorb, die Sichel und den Distelstecher.

„Vergeht der Tag?“ frage ich.

„Danke! So läßt es sich aushalten.“

Er ist so gut wie nackt. Städter glauben, wenn sie aufs Land kommen, sie müssen herumlaufen wie weiland Adam. Den Apfel hat er schon. Es liegt ein kleiner Berg neben ihm, fünf, sechs Stück.

„Waren Sie wieder fleißig?“ fragt er. „Ich habe den Eindruck, daß Sie gern im Garten arbeiten.“

„Ja. Den Eindruck habe ich von mir auch.“

„Ich habe Sie noch nie eine Stunde still im Garten sitzen gesehen. Immer sind Sie unterwegs und tun etwas. Sogar heute am Sonntag, dem Tag des Herrn. Dabei ist doch der Sinn eines Gartens, behaglich dazuliegen und faul herumzusitzen.“

„Verwechseln Sie das nicht mit dem Wald?“

„Garten oder Wald – es liegt sich besser auf einer gemähten Wiese.“

„Bestimmt. Aber jemand muß sie doch mähen, damit der andere darauf liegen kann.“

„Wahrscheinlich macht dem Jemand das Mähen Spaß, sonst ließe er das Gras einfach wachsen.“

„Dann wäre das Gras bald handhoch.“

„Wem schadet das?“

Wo er recht hat, hat er recht. Aber für einen Rasenfanatiker ist eine ungepflegte Wiese ein Greuel. Im Frühling mag eine Blumenwiese an den Berghängen zu lyrischen Gedichten Anlaß geben. Sie ist auch ein beglückender Anblick und gehört den honigfarbenen Hummeln und den gelben Schmetterlingen. Glockenblumen und Gänseblümchen, weiße Margeriten und roter Mohn, wilde Vergißmeinnichte und möglichst in der ersten Dämmerung ein Reh auf seinem Abendspaziergang und in den Zweigen des Waldrandes die vielstimmige Liebeserklärung der Stare und Finken – wißt ihr übrigens, daß kein Vogel mehr singt, wenn er sich erst sein Nest gebaut hat? Das muß doch eine tiefere Bedeutung haben und sollte uns Männer abschrekken zu heiraten. Auch alle Blumen welken schnell dahin, wenn sie ein Insekt befruchtet hat. Die bunte Fröhlichkeit verschwindet in der Welt, um erst später in der neuen Generation wieder aufzuerstehen. Ich aber will selber noch singen, selber noch den Herrn loben, selber noch die Wiese sein, über die die Hummeln und Schmetterlinge fliegen. Eine Wiese ist nur im Frühling schön, später wird sie grau und braun und ausgesprochen ungastlich, nicht einmal grüne Flecken macht sie mehr in die Kleider, und die Dichter machen jetzt einen großen Bogen um sie.

„In meiner Kindheit während der großen Ferien lag ich immer auf einer Wiese, mitten unter Obstbäumen“, sagt mein Hausgast.

„Was sagten die Obstbäume dazu?“

„Sie beschenkten uns.“

„Heimlich?“

„Wir brauchten nur hinaufzulangen, um uns einen Apfel oder eine Birne zu pflücken.“

„Die Gewohnheit ist Ihnen geblieben?“ frage ich freundlich.

„Der Garten gehörte meinen Großeltern.“

„Aha! Wenn einer also heute einen Garten hat, betrachten Sie ihn quasi als Ihren Großvater? Der Baum, unter dem Sie liegen, trägt übrigens heuer zum ersten Male."

„Eine vorzügliche Sorte. Finden Sie nicht?"

„Ich weiß nicht. Ich habe sie noch nicht probiert."

Er hält mir einen meiner Äpfel hin.

„Da! Kosten sie!"

Ich habe im vorigen Sommer das Opfer gebracht, den jungen Baum von seinem ersten Fruchtansatz zu befreien. Das soll man stets bei jungen Bäumen tun. Es ist besser, wenn man einem jungen Obstbaum ein Jahr länger Zeit zum Wachsen schenkt, ohne daß er daneben noch Früchte tragen muß. Seine Zweige sind noch zu zart, sie können brechen durch die Last. „Im nächsten Sommer", sagte ich mir. Es ist immer ein beglückendes Erlebnis, die erste Frucht von einem selbstgepflanzten Baum zu ernten. Man geht im Sommer jeden Tag zu dem Baum hinaus, betrachtet die Früchte, wo zwei nebeneinander sind, pflückt man eine davon aus, man freut sich, wie sie prall und makellos werden, von Tag zu Tag zusehends größer und sich dann färben und die Äste durch ihr Gewicht herunterziehen, den Fruchtbogen der Bäume für die nächsten Jahre bildend. Eines Tages ist es dann soweit. Man nimmt ein sauberes Körbchen und geht hinaus zu dem Baum, um zu ernten. Das ist ein Festtag, ein wirklicher Feiertag. Wenn man dann noch das Glück hat, daß die Glocken vom Kirchturm dazu läuten, glaubt man, daß sie unserem Tun gelten. Die Glocken läuten die Ernte ein. Andächtig tritt man zum Baum und pflückt Apfel um Apfel. Es sind meist nicht viele Früchte bei unserer ersten Ernte, aber diese Äpfel und Birnen sind goldene Äpfel und goldene Birnen, wir tragen sie ins Haus, wir wollen ihnen unser Haus von innen zeigen, das sie immer nur von außen gesehen haben. Es sind die ersten Äpfel dieses Baumes, und in der Folge werden sie Jahr für Jahr in dieses Haus durch die gleiche Türe getragen werden, zentnerweise. Durch unser Fenster sehen wir ihr Blühen, durch unsere Tür tragen wir die

Früchte. Ist es da beim ersten Mal nicht eine besondere Zeremonie? Man stellt den kleinen Korb auf den Tisch und freut sich an seinem Anblick. Man nimmt die ersten Äpfel einzeln in die Hand, Stück für Stück, wendet sie nach allen Seiten und atmet tief den süßen Duft ein, der von ihnen ausgeht. Erst viel später, Tage danach, schneidet man den ersten Apfel durch und kostet ihn. Wer keinen Baum gepflanzt hat, vermag das Glück nicht zu ermessen, das in der ersten Ernte liegt. Gewiß, ein wenig Neugier ist auch dabei, wie die erste Frucht schmecken mag, aber die Freude überwiegt, in Zukunft jedes Jahr von diesem Baum ernten zu dürfen, der Gedanke an den reichen Segen, der uns ins Haus steht. Auch die Beglückung zu wissen: Jetzt ist der Baum aus dem Gröbsten heraus, es kann ihm nicht mehr viel passieren, außer wenn ihn gerade der Blitz trifft und der Hagel schlägt. Ein Schlußpunkt für jeden Gärtner, man hat das Seine getan, gut getan, mit Mühe getan, hat Wasserkannen geschleppt, mit vorsichtiger Schere ihm seinen geraden Wuchs und den Fruchtschnitt gegeben, die Baumscheibe freigehalten und in kleinen Gaben immer rechtzeitig gedüngt, ehe er danach verlangte. Wenn ein Baum erst nach Nahrung ruft – er hat viele Möglichkeiten, danach zu rufen –, ist es meist zu spät. Auch ihn mit fetter Nahrung zu verwöhnen, daß er feist ins Kraut schießt, wäre genauso verkehrt. Man muß einen Baum, den man pflanzt, lieben wie ein Kind, das man aufzieht. Wer so handelt, weiß von selbst, was er zu tun hat. Ein Gärtner versteht die Sprache des Baumes, auch ein Baum versteht jedes Wort, das man zu ihm sagt.

„In vier Wochen ist Erntetag“, hatte ich meinem Baum zugerufen, „da feiern wir zwei zusammen ein kleines Fest. Ich zupfe dir vorsichtig deine Äpfel vom Zweig, ohne dir weh zu tun, und dann schenke ich dir zur Feier des Tages einen Eimer Humus an die Spitzen deiner Wurzeln.“

„Ich habe meine Wurzeln versteckt. Du weißt nicht, wo sie sind.“

„Genau dort, wo darüber deine jungen Zweige seitwärts enden. Du siehst unter der Erde genauso aus wie oben."

„Woher weißt du das so genau?"

„Geliebter Dummkopf!" sagte ich zu ihm. „Weißt du nicht auch von mir, wie es in meinem Herzen aussieht, ohne daß du es siehst?"

Da kommt nun so ein Dahergelaufener, so ein Alfred daher, lümmelt sich unter den Baum und reißt mit grober Hand die Äpfel herunter, und mein Baum sieht mich an, als wollte er fragen, ob er den rohen Gesellen unter sich nicht mit einem Ast erschlagen sollte.

„Tu's nicht!" sagte ich zu ihm.

Und zu dem Fremden, der meine Gastfreundschaft mißbraucht:

„Danke. Ich habe jetzt keinen Appetit auf Äpfel."

„Ich könnte Unmengen davon vertilgen."

Dann schaut er hinauf zu den Zweigen und sagt befriedigt:

„Morgen ist auch noch ein Tag."

Morgen ist auch noch ein Tag. Heute habe ich die Geduld verloren. Es geht nicht allein um die Äpfel. Die Ordnung meines Hauses ist völlig verändert. Es beginnt schon bei der Sitzordnung am Tisch. Ich habe zwei schöne bequeme Stühle, für Aenne und mich. Aenne hat den ihren Alfred abgetreten.

„Warum eigentlich?"

„Ich muß bei Tisch oft hinaus und das Essen hereintragen."

„Bisher war es anders."

„Es wird auch wieder anders werden. Aber im Augenblick – kompliziere die Sache bitte nicht, Florian."

Möchte wissen, was da noch zu komplizieren ist, wo alles schon kompliziert genug ist. Das Einmaleins stimmt nicht mehr. Wir müssen den ganzen Tag Versteck spielen. Fräulein Aenne und Herr Geiger.

„Gute Nacht, Herr Geiger, ich gehe jetzt schlafen. Haben Sie noch einen Wunsch?“

„Nein. Danke. Gute Nacht!“

Aber er, der Lange:

„Ach, wenn du so lieb wärst, Aenne, für mich eine Tasse Schokolade und ein Butterbrot.“

Nachts um elf Uhr! Wir sind doch kein Wirtshaus!

Gott sei Dank spielt er Schach. Das ist wenigstens ein Vorzug. Ich liebe das Schachspiel sehr. Vom Schach sagt man, daß es ein sehr interessantes Spiel sein kann, wenn man es nur hoch genug spielt. Es soll Leute geben, die spielen Schach tatsächlich um Geld. Ich habe es noch nicht probiert. Außerdem würde ich wahrscheinlich schlecht dabei abschneiden. Alfred spielt besser als ich. Von fünf Partien gewinnt er meist drei. Wenigstens in den ersten Tagen. Heute war es umgekehrt. Aber ich habe geschwindelt. Das kann man beim Schach. Nicht gerade mit dem weißen Läufer auf das schwarze Feld hinüber, das fällt auf, wenn plötzlich zwei schwarze Läufer im Spiel sind. Wenn man aber den Springer, das lustige Rössel, geschickt genug zieht, kann man eine ganze Menge damit erreichen. Als ich ihm auf diese Weise im zweiten Zug darauf Schach biete und zugleich die Königin bedrohe, sieht er mich kurz an und gibt die Partie auf. Ob er etwas gemerkt hat?

„Das war eine Meisterleistung!“ sagt er nur.

„Hätten Sie mir gar nicht zugetraut!“

„Offen gesagt – diesen Zug nein.“

„Noch eine Partie?“

„Danke. Vielleicht morgen. Oder übermorgen.“

„Müde?“

„Offenbar. Ich war überzeugt, der Springer konnte mir nicht gefährlich werden. Jetzt ist er es doch geworden.“

„Man kann nicht genug aufpassen.“

„Sie sagen es überdeutlich, Herr Geiger. Kann ich mich morgen früh ein wenig im Garten nützlich machen?“

„Das hängt vom Wetter ab.“

„Dann gute Nacht!“

Eines habe ich den anderen Menschen voraus: Wenn ich ins Bett steige, fällt mir der Ärger aus der Haut. Er bleibt vor meinem Bett liegen. Da können tagsüber die unangenehmsten Dinge auf mich zukommen, im Bett vergesse ich sie. Wenn ich mir die Decke über die Ohren ziehe, denke ich an etwas Schönes und zaubere Zukunftsbilder. Mit Vorliebe pflanze ich im Traum ein Rondell von weißen Madonnenlilien. Im Garten gelingen sie mir nicht. Aber im Traum, da blühen sie über und über. Weiße Lilien im Garten sind wie ein ehrenvoller Besuch. Sie geben Audienz. Ich werde mich rasieren, ehe ich zu ihnen gehe. Aber sie wachsen nicht in meinem Garten. Sie wachsen nie. Ich habe es schon dreimal versucht. Beim dritten Mal habe ich mich sogar verkleidet und mir einen schwarzen Bart umgebunden, ehe ich sie setzte, damit mich mein Pech mit Lilien nicht gleich wiedererkennt – es war vergeblich. Ich habe sie mit dem Zentimetermaß in die Erde gesetzt, sie in Sand und Humus gebettet, Glasscherben ringsherum gestreut, damit die Mäuse nicht herankönnen, ich habe die Zwiebeln dick mit Terrasan eingepudert, auf dessen Verkaufskartons die ganze Fauna mausetot abgebildet ist. Es nützte nichts. Im nächsten Frühjahr wartete ich vergeblich auf die weißen Lilien. Ich wäre schon zufrieden gewesen, wenn sie wenigstens Blätter gezeigt hätten. Nicht einmal das. Aber ich wollte Lilien in meinem Garten haben, Königslilien, Madonnenlilien, Pfauenlilien. Im dritten Jahr ging ich zu einem Drahtflechter und bestellte mir bei ihm tiefe Drahtkörbe aus so engmaschigem Draht, daß kaum ein Regenwurm hindurchkonnte. Diese Körbe versenkte ich mit den Lilienzwiebeln tief in die Erde. Als ich von ihnen Abschied nahm, ehe ich sie zuschüttete, war es ein Abschied fürs Leben. Ich habe sie nie wiedergesehen, auch im nächsten Sommer nicht und nicht im übernächsten. Als ich nachgrub, waren sie verschwunden. Seitdem glaube ich daran, daß in den Madonnenlilien der Teufel steckt, und wo in eines Mannes Garten weiße Lilien wachsen, ist er bestimmt mit dem Gottseibeiuns im Bunde. Aber wenn ich nachts in meinem Bett liege und von meinem Garten träume, träume ich von Lilien.

Auch steht in meinem Nachtgedankenbeet ein langer Streifen von Freesien. Alle in der gelben ursprünglichen Farbe, denn nur diese Farbe verströmt verschwenderisch ihren süßen Duft. Die neugezüchteten roten, blauen und weißen Freesien haben ihre neue Farbe gegen den Duft eingetauscht, ein schlechter Handel. Die Neuen sind nur schön, wie junge Mädchen ohne Ausstrahlung sind sie, gut frisiert und attraktiv anzuschauen, aber der Teufel gehe mit ihnen ins Bett! Sie halten uns nicht die Himmelsleiter zur höchsten Glückseligkeit, und eine veilchenblaue Freesie, die Wundertat eines Züchters, läßt uns kalt bis in die Fingerspitzen hinein. Denke ich an meine Nächte auf Capri und meine Tage auf Mallorca, wo die Freesien verwildert in den Gärten wachsen, unscheinbar oft und immer ein paar Blütenkelche rosinenbraun verwelkt, so sieht man sich unwillkürlich nach einer schönen Frau um, die soeben an uns vorübergegangen sein muß. Aber es ist keine Frau vorbeigegangen. Wir haben nur den Ruf der Freesien vernommen: „Such dir eine Frau, und leg dich mit ihr zu uns!"

Aenne müßte jetzt bei mir sein. Ich muß einmal mit ihr hinunter zu den Freesien fahren. Mit den Linden hatte es bei uns begonnen, die Rosen haben es fortgesetzt, im nächsten Jahr der Flieder und der Jasmin, unter dem wir uns ausstreckten und das Mittagessen über dem süßen Duft vergaßen – dann war jedesmal der Braten in der Küche angebrannt, wir rochen es bis zu uns heraus, und wir haben sehr oft einen angebrannten Braten gegessen, vor allem im Frühjahr. Es war damals noch nicht alles so selbstverständlich zwischen uns wie später. Es war der Anfang.

Einmal pflückten wir Erdbeeren. Aenne stand von der Fülle der roten Früchte überwältigt.

„Mein Vater vermehrte seine Erdbeeren selbst“, sagte sie.

„Aus Ablegern?“

„Aus Ablegern.“

„Was erntete er?“

„Schnecken.“

„Und Früchte?“

„Wenige. Vom ganzen Beet knapp eine Schüssel.“

„Damit bestraft sich die Hoffart.“

„Welche Hoffart?“

„Seine Erdbeeren selbst zu vermehren, statt die Setzlinge zu kaufen. Ein Mann mit einem Garten geht in seinen Garten ohne jede Lehrzeit. Wer käme auf die Idee, ohne es gelernt zu haben, Brezeln und Brötchen zu backen? Wer stopft sich selber seine Wiener Würstchen? Man kauft sie beim Fleischer, er weiß, was er hineintut, damit sie schön saftig werden. Wer bindet seine Bücher selbst? Wer schmiedet sich seine Schüssel? Wer zimmert seine Tische? Wer besohlt seine Schuhe selbst, ohne daß er es gelernt hat? Nur dem Gärtner pfuscht jeder ins Handwerk. Da ist man gleich Meister. Wem eine Gladiole in die Blüte wächst oder ein Kressekorn aufgeht oder wenn der Ableger einer roten Geranie im trüben Wasser Wurzeln treibt, der so Beglückte schriebe am liebsten ‚Handelsgärtnerei‘ draußen vor seinem Garten an ein Schild. Ihn hindert nur daran, daß er sich nicht traut, das Schild zu malen, denn das will gelernt sein. Aber Gärtnern braucht nicht gelernt zu sein, da gärtnert jeder munter darauf los.

Seine erste Tat ist meist, Erdbeeren aus Ablegern zu vermehren. Erst vermehrt er für sich, und dann versorgt er die ganze Gegend mit Ablegern. Herunter vom Beet, wie sie anfallen. Und damit verlieren die Erdbeeren viele Freunde in der Welt“, schloß ich diesen langen Satz, mehr einer Rede gleich als einem Gespräch, nahm aber das Wort wieder auf, weil das Wichtigste noch nicht gesagt war: „Der wahre Gärtner, der seine Kunst versteht, nimmt nur von den zehn besten und traglustigsten Mutterpflanzen Ableger, von den Pflanzen mit den schönsten und größten Früchten. Diese pflanzt er aus, beobachtet ihre Tugenden und Untugenden und nimmt abermals im nächsten Jahr von diesem Beet nur die Ableger der zehn besten Pflanzen. Diese Auswahl betreibt er jahrelang und bekommt auf diese Weise die fruchtbarsten und gesündesten Erdbeerpflanzen für seinen Verkauf."

„Und die anderen?" fragt Aenne. „Wirft er sie weg?"

„Nein. Er verkauft sie auch."

„Wem?"

„Den Zuspätkommenden. Wenn die besten Pflanzen verkauft sind, kommen die guten daran. Und zuletzt verkauft er die schlechten. Er sagt sich: Eine Erdbeere, die man nicht im August setzt, sondern erst im September oder Oktober, von ihr ist sowieso nichts Besonderes im nächsten Jahr zu erwarten."

„Im August schon? Mitten im Sommer?"

„Nur eine Augustpflanzung trägt reich im nächsten Jahr. Nach der ersten Ernte gräbt er sie um."

„Wie? Von einer Pflanzung nur eine Ernte? Ich denke, Erdbeeren läßt man drei Jahre stehen?"

„Heute nicht mehr. Heute behandelt man Erdbeeren einjährig."

Ich erkläre es Aenne. Ich hatte früher selbst nach der alten Art meine Erdbeeranlagen gepflegt. Jedes Jahr ein neues Beet und nach drei Jahren das Beet aufgelassen und dafür ein neues angelegt. Jede Pflanze brachte so drei Jahre lang Früchte. Im ersten Sommer besonders große, im zweiten Sommer weniger große, im dritten Jahr nur kleine Früchte und im vierten, wenn ich vergaß, sie umzugraben, nur Blüten, die keine Früchte bildeten. Ein Erdbeerbeet im vierten Jahr ist ein Blütenmärchen. Ein weißer Schleier, ein Blütentraum, hundert Blüten an einer Pflanze, und nur der Dummkopf träumt bei diesem Anblick von vollen Erdbeerkörben.

„Dieses Jahr kommt erst der wahre Segen!“ sagt er sich. „Narren sind es, die ihre Beete nach drei Jahren umgraben!“

Dann steht er und wartet und wartet und steht. Die Erdbeeren blühen sich dumm und dämlich. Aber nicht zehn Früchte trägt er von dem großen Beet ins Haus, die Blüten wachsen zum Himmel empor, auf der Erde liegt keine Erdbeere. Der Anfänger lernt bald, die tauben Blüten von den echten zu unterscheiden, es wird kein viertes Erbeerblütenjahr in seinem Garten mehr geben. Hoffen wir es wenigstens.

Warum sehen wir so wenige Erdbeerbeete in den Gärten? Wir Gartenknechte wissen es, wir leisten unsere Fron. Probiert es doch einmal, und pflanzt ein Beet Erdbeeren, ihr werdet in ein elendes Sklavendasein versinken, zu geschundenen Knechten werdet ihr, müßt den ganzen Sommer am längst abgeernteten Erdbeerbeet stehen, und die kleine Schaufel und die Schere kommt euch nicht aus der Hand. Das wuchert und wächst, von einer Pflanze wachsen nach allen Himmelsrichtungen die Ableger, steigen über die anderen hinweg, in die anderen hinein, eine richtige Reiterschlacht ist es, die Ableger sitzen auf ihren Pferden und reiten nieder, was vor ihnen ist, was unter ihnen ist, alles wird erdrückt und erstickt, um die Nahrung wird gekämpft, um das Wasser, um das Licht, um die Sonne – habt ihr nur hundert Pflanzen im Beet und geht im Sommer vier Wochen spazieren, ins Gebirge oder an das Meer, wenn ihr zurückkommt, sieht die so sauber zurückgelassene Erdbeeranlage aus wie Kraut und Rüben. Kein Mensch findet sich mehr durch. Dann ist nichts mehr gutzumachen, keine Stichschaufelbreit Erde ist mehr zu sehen, wo wir den Boden lockern und wieder Ordnung hineinbringen können.

Kein Schneider schneidet so viel wie ein Gärtner, der ein Erdbeerbeet hat. Täglich muß er die räuberischen Ableger wegschneiden. Aber einen schneide ich weg und zehn wachsen am selben Tag nach, meterlang, fünf, sechs, sieben Jungpflanzen an einem Trieb und alle schon frech, noch in der Luft strecken sie ihre weißen Krallen heraus, sich anzuklammern, mitzuessen, mitzutrinken. Eine Kinderstube des Schreckens. So geht das bis tief in den Herbst hinein, und wer im zweiten Jahr zehn Pfund Erdbeeren essen will, muß im Sommer zuvor zehn Pfund Fleisch gegessen haben, um Kraft für die nie enden wollende Arbeit zu finden. Das macht einem erdbeerverrückten Gärtner zwei Jahre Spaß, auch drei, aber dann packt er die Quälgeister und wirft sie wütend auf den Komposthaufen, denn auch des Unkrautes in diesem Beet wird er nicht mehr Herr, das wächst und sprießt und vermehrt sich und schießt just aus dem Herzen seiner Erdbeerpflanzen in die Höhe. Man hört deutlich aus seiner Brust den Seufzer der Erlösung aufsteigen, wenn die letzte Erdbeerpflanze auf dem Mist liegt. Nie wieder Erdbeeren!

„Sie reden anders, als Sie handeln“, sagt Aenne.

Sie deutet auf ihren vollen Korb mit den Früchten.

Ich nicke. Was ich jetzt sage, sage ich nicht ohne Bedeutung.

„Weil ich zu einer anderen Art der Erdbeeranzucht gekommen bin“, sage ich, „jedes Jahr nach der Ernte reiße ich alle Pflanzen heraus, grabe das Beet um, entferne das Unkraut, dünge das Land und verbessere auch sonst den Boden, grabe den Torfmull unter, der zum Schutz der Früchte vor den Schnecken obenauf lag, glätte das Beet und bepflanze es im August mit neuen Erdbeeren. Da ich sie nur ein Jahr stehen lasse, kann ich sie dichter setzen, doppelt so viele Pflanzen auf ein Beet als üblich, und in diesem Falle ergibt die doppelte Anzahl der Pflanzen das Doppelte des Ertrages. Ich brauche kein Unkraut zu jäten, ich brauche den Boden nicht zu lockern, ich muß nicht nachdüngen und auch keine Ableger bekämpfen, ja, ich brauche nicht einmal die Fruchtfolge zu ändern und kann immer wieder meine Erdbeeren an die gleiche für sie ausgesuchte Stelle setzen. Auf diese Weise habe ich in den letzten Jahren keinen Ärger mit Erdbeeren gehabt, sondern nur Freude. Oder ist die Ernte heute keine Freude?“

Wir haben fünf Spankörbe voll. Jeder wiegt mindestens seine sechs Pfund, und wir haben nur die reifsten und schönsten Früchte vom Beet genommen. Wir werden morgen wieder zu den Erdbeerbeeten hinuntergehen können und den gleichen Segen drei Wochen lang ins Haus tragen. Aenne richtet sich vom Bücken auf.

„Ich hätte nie geglaubt, daß einem der Rücken vom Erdbeerpflücken weh tun kann“, sagt sie.

„Ruhen Sie sich aus. Machen Sie eine Pause. Setzen Sie sich.“

Sie blickt sich um.

„Wohin?“

„Auf den kleinen Hügel, wo das Gras liegt.“

Ich hatte gestern das kleine Stück Rasen zwischen den Erdbeeren und dem Rittersporn gemäht und das Gras zu einem kleinen Berg zusammengerecht. Es war ungefähr so viel Gras wie ein dickgestopftes großes Kopfkissen.

„Da – setzen Sie sich!“

Aenne schaut ein wenig mißtrauisch auf den kleinen Hügel.

„Ich weiß nicht recht –“

„Was fürchten Sie? Spinnen? Ameisen? Tausendfüßler?“

„Vielleicht.“

„Ich werde Sie bewachen.“

„Wirklich?“

„Andächtig.“

Aenne legt sich ins Gras, und ich beziehe meinen Wachtposten. Aber nichts kommt. Nicht die kleinste Ameise, keine Spinne, kein Tausendfüßler. Nicht einmal eine Feldmaus. Neben uns stehen die Körbe mit den roten Früchten. Die ganze Luft schmeckt nach Erdbeeren und nach Aenne.

Aenne hat, um sich gegen die Sonne zu schützen, den Arm über ihr Gesicht gelegt, und die dunklen Schatten ihrer Achselhöhlen bringen mich ein wenig aus dem Gleichgewicht. Ich streichle leise mit einer Hand darüber hinweg. Aenne rührt sich nicht.

„Sie sind schön, Aenne“, sage ich.

„Keine Ameise in der Nähe?“

„Keine Ameise.“

„Kein Tausendfüßler?“

„Kein Tausendfüßler.“

Aenne schweigt. Ich sitze neben ihr und sehe sie an. Meine Hand liegt im Gras. Aenne dreht sich mit geschlossenen Augen herum, mir zugewendet, daß meine Hand unter ihre Brust zu liegen kommt. Dabei spannt sich der Träger ihres Kleides, der sie behindert. Sie rückt ein wenig höher, daß ihre Brust jetzt voll in meine Hand gleitet.

„Ich könnte jetzt auf der Stelle einschlafen“, sagt sie.

Sie lügt. Ich fühle die schnellen Schläge ihres Herzens in meiner Hand. Da ist kein Funken Müdigkeit darin.

„Schlaf!“ sage ich zu ihr.

Das Heu gibt nach, und von den Erdbeerkörben zieht ein süßer Duft herüber. Aenne stellt sich schlafend. Ich sitze neben ihr, ohne mich zu rühren. Aenne macht eine Bewegung wie im Schlaf, und ihre Hand gleitet in die meine. Ich weiß nicht, wie lange ich so sitze. Eine Ewigkeit? Eine Minute? Ich könnte sie jetzt küssen, vielleicht würde sie sich im Schlaf küssen lassen, aber sie schläft ja nicht, ihr Herzschlag ist noch schneller geworden, auch wenn sie durch tiefe Atemzüge vortäuscht, daß sie eingeschlafen ist.

Ich höre, wie sich oben jemand dem Gartentor nähert.

Es ist der Briefträger, der Briefe in meinen Kasten wirft.

Ich sehe nur die Mütze des Beamten, den oberen Rand, wie der Postbote am Tor steht und sich umblickt, ob er mich irgendwo entdeckt. Ich lasse mich ein wenig tiefer zu Boden gleiten, daß ich nicht zu sehen bin.

„Herr Geiger!“ ruft er.

Und nochmals, da ich nicht antworte: „Herr Geiger!“

Er versucht, das Tor aufzudrücken, aber ich habe es noch von gestern abgeschlossen.

„Ein Eilbrief, Herr Geiger!“

Dann hört man ein Geräusch, das Klappern meines Briefkastens am Tor, und der obere Rand der dunklen Mütze verschwindet wieder. Jetzt scheint Aenne fest eingeschlafen. Ich lege mich vorsichtig neben sie, aber mache das einer, wenn eine Hand unter ihr liegt und sie die zweite in der ihren hält. Nach einer Weile gelingt es mir, ganz dicht neben sie zu gleiten, ein wenig tiefer als sie. Sie hat den Mund im Schlaf ein wenig geöffnet, und ich trinke ihren Atem. Ich male mir aus, wie es wäre, wenn sie eine Königstochter wäre, ihr Vater goldene Karossen und eine Leibwache in goldenen Rüstungen hätte und morgen ein Flugzeug auf meiner Wiese landet, der König darin, sie wieder heimzuholen. Das wäre doch möglich. Das Königreich muß gar nicht auf dem Mond liegen, vielleicht kommt der Vater auch mit dem Fahrrad und sagt:

„Aha! Da steckst du!“

Wenn ich nicht ihren Paß gesehen hätte und die Wäsche auf der Leine und sie nicht gestern beim Bürgermeister angemeldet hätte, als Besuch, ich könnte mir tolle Dinge zusammenträumen. Bin ich verliebt? Nein, ich bin nur beeindruckt. Das allerdings im großen Maße. Aenne beflügelt meine Phantasie. Das ist mir noch nie geschehen. Ich möchte die vier Wochen, die hinter uns liegen, nicht missen. Vier Wochen, in denen nichts geschah, absolut nichts. Als ob ich mit ihrem Atem die Erkenntnis trinken könnte! Auch jetzt, wo sie neben mir liegt, so nahe, daß keine Flaumfeder zwischen uns Platz fände, und ihre Brust wie ein Vogel in meine Hand hineingeflogen ist, daß ich meine Hand ganz still halte, damit das Zarte nicht erschreckt und davonfliegt, vielleicht weiß sie wirklich nicht, daß sie im Schlaf bei mir liegt . . .

„Wollen Sie Ihren Brief nicht holen?“ fragt Aenne. „Soll ich gehen?“

„Du hast den Briefträger gehört?“

Ich sage zum ersten Mal du zu ihr.

„Ja“, sagt Aenne. „Er hat einen Eilbrief gebracht.“

„Du hast nicht geschlafen?“

„Ganz tief“, sagt Aenne.

Sie hat sich noch nicht um ein Jota in meinen Armen bewegt, und ich spüre, daß ich sie fester halte, als ich glaubte. Sie tut, als merke sie es nicht.

„Ich habe etwas Wunderschönes geträumt, etwas, das gar nicht wahr sein kann. Vielleicht habe ich auch nur geträumt, daß der Briefträger da war.“

Sie hat sich aufgesetzt, und nichts zwischen uns verrät, daß es jetzt anders ist als vorher.

„Ich muß mich um das Mittagessen kümmern, Herr Geiger“, sagt sie.

„Bleib noch!“

„Es ist höchste Zeit! Die Erdbeeren müssen eingekocht werden.“

„Erdbeeren kochen nur fünf Minuten.“

„Ich muß noch Rhabarber dazu pflücken. Meine Mutter hat immer ein paar Stangen Rhabarber zu den Erdbeeren gegeben. Sie erhöhen das Aroma.“

Damit ist sie aufgestanden. Ich bin sofort neben ihr. Eigentlich will ich ihr aufhelfen, aber sie ist schneller als ich, und so fassen wir uns erst in der Minute an den Händen, als wir beide gleichzeitig stehen. Jetzt halten wir uns gegenseitig, wir sind einen Moment verwirrt, wieder zwei Wesen zu sein, nachdem wir soeben eins waren. Aenne taucht unter meinem Arm weg und will davonlaufen. Ich bin schneller, bekomme sie gerade noch zu fassen, ziehe sie in meine Arme, hebe sie hoch, wirbele sie einmal um mich herum, und dann fallen wir ins Gras zurück. Aenne wehrt sich. Sie wehrt sich mit aller Kraft. Ich liege auf ihr, sie nimmt einen Ballen Gras und preßt ihn mir ins Gesicht, meine Hand tastet nach ihren Beinen, ihr Rock verschiebt sich, sie greift nach einem neuen Batzen Heu, ganz von unten, vom Erdboden her –

Aenne schreit. Sie schreit wie am Spieß.

Ihre Augen starren auf ihren nackten Arm.

Über ihren Arm ringeln sich grüne Schlangen.

Acht, neun, zehn Stück. Giftig grün.

Aenne schreit und schreit.

In diesem Augenblick kriecht eine große, armdicke Ringelnatter, weit über einen halben Meter lang, aus dem Heuhaufen hervor, den kleinen, deutlich vom Körper abgesetzten Kopf erhoben, den bläulichen Leib mit den zwei Reihen dunkler Flecke hoch gestellt. Sie fährt auf Aenne los, ihre Brut zu schützen. Aber dann schnellt sie mit einem Sprung beiseite, verschwindet zwischen den Rittersporen. Die kleinen grünen Schlangen verkriechen sich blitzartig ins Heu. So schnell, wie der Spuk gekommen ist, ist er verschwunden.

Aus Aennes Gesicht ist alles Blut gewichen.

„Was war das? Kreuzottern?“

„Nein. Eine Ringelnatter.“

„Und die anderen Schlangen?“

„Junge Ringelnattern.“

„Entsetzlich! Ich habe mit der Hand direkt in ihr Nest gegriffen!“

„Man sagt, das bringt Glück.“

„Danke! Für diesen Preis nicht. Ich werde heute nacht davon träumen.“

„Wenn ja – dann wir beide“, sage ich.

Dann gehen wir Hand in Hand ins Haus.

So begann es damals.

Neuntes Kapitel

Alfred sitzt beim Frühstück. Er sitzt auf meinem Stuhl, er ißt von meinem Teller, er liest meine Morgenzeitung.

Aenne bedient ihn.

„Interessiert Sie der Wetterbericht?“ fragt er.

„Weniger.“

„Alfred ist heute voll Tatendrang“, sagt Aenne.

„Wie erfreulich.“

„Alfred will sich heute im Garten nützlich machen.“

Ich nicke zufrieden.

„Der Zaun wäre auszubessern, der alte Apfelbaum wäre umzusägen –“

„Ich werde Ihren Rasen auf Hochglanz bringen“, sagt Alfred.

Als ob der Rasen schon eine Arbeit wäre! Das Mähen mit dem lustigen roten Motodux ist ein Kinderspiel. Ich habe ihn das letzte Mal vor acht Tagen gemäht, er sieht noch glatt und gepflegt aus. Aber um das Mähen mit der Maschine reißen sich alle. Kein Besucher kommt, der das nicht auch einmal probieren möchte. Ein Spaziergang am Morgen, am Mittag oder am Abend. Man schiebt den lustigen roten Rasenmäher vor sich her und kann dabei ein Lied pfeifen. Überanstrengt hat sich dabei noch keiner. Außerdem macht es Spaß, weil man sieht, was man geleistet hat. Wo wird sonst noch der Erfolg so schnell sichtbar? Daß sie hinterher den Rasenmäher nicht putzen und das Gemähte zusammenkehren, daß die kleinen Grasspitzen liegenbleiben und ins Haus getragen werden, in alle Zimmer, auf jeden Teppich – das ist ein anderes Kapitel.

Dabei habe ich den Rasenmäher erst seit einem Jahr. Früher, als ich noch die Sense schwang und mein englischer Rasen eine deutsche Wiese war, hatte ich vor Sensen einen höllischen Respekt. Notfalls eine krumme Sichel, mit ihr kann ich umgehen, aber eine Sense muß man mit Schwung bedienen, was weiß ich, wo der Schwung endet und ob nicht mein Fuß daran glauben muß. Vorn ist sie spitz wie ein Pfeil, stolpert man ungeschickt über sie, dringt die Spitze bis in den Blinddarm. Hängt man sie an einen Baum, sind die Augen gefährdet und die Nasenspitze. Außerdem muß man alle fünf Minuten eine Sense dengeln, mit dem Wetzstein schleifen, wie ein Schafott ist sie, der Guillotine benachbart – ein ungeschickter Griff, und man büßt nach und nach sämtliche Körperteile ein.

Aber eine Wiese muß gemäht werden, noch dazu beim Haus. So ging ich zu den Bauern am Ortsrand und fragte sie, ob sie bereit wären, meine Wiese zu mähen. Jeder sagte ja, aus Gefälligkeit, aber keiner kam. Dabei glaubte ich noch am Anfang, daß ich den Bauern ein Geschenk ins Haus brächte, Futter für seine Kühe. Ich gehe also zu dem, der mir am nächsten wohnt, bleibe im Hof an der Stalltür stehen und frage: „Wie geht's? Wie steht's?"

„Danke der Nachfrage!"

„Was macht die Landwirtschaft? Glück im Stall?"

„Man kriegt niemanden zur Arbeit."

„Sie haben doch einen alten Knecht!"

„Er ist zur Heuzeit nach Italien."

„Und Ihre Magd?"

„Auf Mallorca oder wie die komische Insel heißt."

Nun ja, das sind so die Zeiten gegenwärtig.

Im Winter, wenn draußen alles zugeschneit ist, sitzen sie am warmen Ofen, und wenn die Arbeit unter den Nägeln brennt, machen sie ihre Urlaubsreisen. Was soll man dazu sagen? Ich drücke ihm meine Empörung aus.

„Reichen Sie eigentlich mit dem Heu?" frage ich dann.

„Man muß jedes Jahr dazukaufen."

„Eben", sage ich.

Jetzt komme ich mit meinem Anliegen.

„Ich hätte Ihnen einen Vorschlag zu machen. Möchten Sie eine Wiese mähen?"

„Sie haben eine Wiese?"
„Ja. Beim Haus."
Er ist enttäuscht.
„Den kleinen Fleck?"
„Es sind immerhin neunhundert Quadratmeter."
„Was soll mit dem Gras geschehen?"
„Sie können es haben."
Er denkt nach. Denkt er nach? Oder tut er nur so.
„Wenn es mir hinausgeht", sagt er dann.
Er sagt es schriftdeutsch. Das hätte mir gleich zu denken geben sollen. Nun, viel würde ich offensichtlich für mein Heu nicht bekommen. Natürlich hätte ich es selber mähen und kompostieren können, wie im Jahr zuvor. Aber da sieht man seine Wiese gesund und üppig heranwachsen, viele Blumen stehen dazwischen, vor allem die gelben Sumpfdotterblumen, die sehen wie Butter aus, das richtige Fressen für eine Kuh. Das Ganze ist nicht viel, aber ein paar Pfund Butter werden bestimmt daraus.
„Kann ich also damit rechnen, daß Sie das Gras holen?"
„Wenn es mir hinausgeht."
„Wir werden uns schon einig werden", sage ich.
Ich möchte gern heraushören, was er mir für das Gras gibt.
„Sie können das Gras immer von mir haben", sage ich, „wir werden schon einen Weg finden, daß keiner Schaden leidet."
„Sie werden schon wissen, was es wert ist."
„Man freut sich immer, wenn der Garten einen kleinen Nutzen abwirft."
Ich will ihn nicht direkt fragen, was er zahlt. Meinetwegen braucht er mir für mein Gras auch kein Bargeld zu bezahlen, sonntags vielleicht einmal ein Suppenhuhn oder, wenn er schlachtet, eine Schüssel Würste und eine Seite Speck – das regelt sich schon. Er wird sich auch heute noch nicht festlegen wollen, wieviel er zahlt, er muß erst wissen, was von meiner Wiese herunterzuholen ist. Reden wir also

nicht mehr über das Geld und was damit zusammenhängt. Jetzt aber ist er es, der die Frage der Bezahlung auf den Tisch bringt.

„Was haben Sie sich denn so ungefähr vorgestellt?“ fragt er.

„Na ja – ich habe gedacht, wie es gerade anfällt – kein Geld, aber mal eine Suppenhenne oder ein paar Eier –“

Ich setze noch einen Witz darauf:

„Ihre Kuh frißt mein Gras, und ich esse dafür Ihr Huhn – hahaha!“

Mir bleibt der Lacher im Halse stecken.

Der Bauer sieht mich an, als hätte ich mich in der Tür geirrt.

„Heraus mit der Sprache! Was zahlen Sie?“

„Für die Henne?“

„Nein, für das Gras!“

„Das gebe ich Ihnen doch! Das kriegen Sie doch von mir!“

„Umsonst?“

„Eigentlich – aber meinetwegen – auch umsonst.“

„Nein“, sagt der Bauer, „umsonst hole ich es nicht.“

„Also gut, dann geben Sie mir ein paar Eier dafür oder ein paar Birnen im Herbst.“

Es ist wieder falsch. Er geht darauf nicht ein. Er brennt sich umständlich seine Pfeife an und sagt:

„Jede Arbeit muß bezahlt werden. So einen kleinen Fleck abmähen und dann wenden, schlageln, vielleicht noch schwedenreitern, zusammenrechen, aufladen und heimfahren –“

Jetzt erst habe ich verstanden. Er gibt mir nicht nur nichts für mein Gras, er will noch etwas dazu. Dann kompostiere ich es lieber. Oder ich kaufe mir eine Ziege und lasse es abfressen. Das geht mir über die Hutschnur. Daß ich eine Handelsware, Heu, das überall auf der Welt bar gekauft und bezahlt wird, nicht nur umsonst hergeben, sondern dafür noch etwas bezahlen soll, das ist mir außer dem Spaß. Aber je mehr ich es mir überlege, was bleibt mir übrig? Die Wiese muß gemäht werden. Ich lächele also, ich lächele tatsächlich und sage:

„Jetzt haben wir gründlich aneinander vorbeigeredet. Selbstverständlich will ich Ihnen Ihre Arbeit bezahlen. Was verlangen Sie denn?"

„Was Sie mir halt gern geben."

„Sie müssen mir schon einen Preis nennen."

„Man möchte ja nicht unverschämt sein –"

„Ich verstehe."

„Aber auch nicht der Dumme."

Ich fürchte, daß es mich ein Vermögen kosten wird.

„Überlegen Sie es sich, wie lange Sie dazu brauchen werden, und dann sagen Sie mir, was Sie dafür verlangen", sage ich.

„Augenblicklich geht es überhaupt nicht."

„Aber es ist im Augenblick dringend nötig! Das Gras wird schon grau."

„Dann taugt es sowieso nicht mehr als Futter."

„Aber weg muß es."

„Ja, wenn's weg muß – ich komme gelegentlich mal zu Ihnen hinüber und schau' mir's an. Aber versprechen kann ich nichts."

Nach einer Weile:

„Sie fahren doch mit Ihrem Wagen immer über die Wiese?"

„Ja. Natürlich. Ich muß ja in die Garage."

„Über die schöne Wiese? Das ist doch eine Sünde – das gute Gras! Von so einem Fleck wie bei Ihnen wird eine Kuh satt. So eine Sünde! Warum lassen Sie den Wagen nicht draußen vorm Tor?"

„Ich werde es mir überlegen", sage ich und mache, daß ich weiterkomme. Auf dem Heimweg fahre ich bei einer Eisenwarenhandlung vorüber und kaufe mir eine neue Sense.

Ich sagte schon, vor Sensen habe ich einen höllischen Respekt. Sogar Gevatter Tod schwingt sie auf alten Bildern. Vielleicht hat er eines Tages, wenn er mich besucht, seine Sense vergessen und findet sie dann bei mir griffbereit. Sicher ist meine Abneigung gegen Sensen ein Vorurteil von mir. Bei einem Eisenrechen habe ich keine Vorurteile, und doch vergeht kaum eine Woche, in der ich mir nicht den langen Rechenstiel auf die Nase oder in die Zähne schlage. Man lehnt den Eisenrechen an die Wand, die Zinken nach oben, und wenn ich dann von der Arbeit zurücktrete, das Getane zu bewundern, trete ich von hinten mit der Ferse auf die Zinken, und mit einer Hebelwirkung ohnegleichen knallt mir von hinten der Rechenstiel an den Schädel. Ich drehe mich erschrocken um und trete jetzt ein zweites Mal, diesmal mit der Schuhspitze, auf die Zinken, und jetzt schlägt mir der Rechenstiel kurz über den Augen auf den Schädel, dorthin, wo bei anderen Menschen der Verstand sitzt. Hinterher weiß ich dann, wie man den Rechen wegstellen muß, nämlich die Zinken nach hinten, aber wenn die Beule am Schädel wieder schwindet, schwindet auch wieder der Verstand, und das Spiel wiederholt sich im Laufe eines Gartenjahres hundertmal. So gesehen ist der Rechen viel gefährlicher als eine Sense, um die man einen Bogen macht.

Mein Bauer, den ich bestellt hatte und der mir versprochen hatte zu kommen, kam nicht. Ich wartete vergeblich auf ihn. Aber in der Wartezeit lernte ich einen Kleinhäusler kennen, einen Rentner, einen pensionierten Eisenbahner, der sich zwei Kühe hielt, ohne einen Fußbreit Boden sein eigen zu nennen. Er war ein findiger Kopf und stand sich gut. Mit seiner kleinen Rente, die ihn über Wasser hielt, hatte er viel Zeit und ging zu den Gartenbesitzern, fragte, was zu tun wäre, und mähte ihnen den Rasen. Er tat es mit einer Sense und gewann auf diese Weise das Futter für seine Kühe und hatte also Milch, Butter und Quark umsonst. Er stellte im Frühjahr, wenn das Gras zu wachsen begann, zwei frischmelkende Kühe in seinen Stall und konnte sie, ein Mann ohne eigenen Grund und Acker, ernähren. Die wahre Rentabilität aber begann damit, daß ihm der Gartenbesitzer ein Monatliches gab, dafür, daß er alle drei Wochen kam und das Gras holte. Das taten am Anfang nur wenige, aber dann bürgerte es sich immer mehr ein. Eine dritte Verdienstchance ergaben noch die Kühe, die vorn das Gras, das er umsonst hatte, fraßen und hinten den wertvollen Kuhdünger lieferten, den er verkaufte. Sein in Eimern gelieferter Kuhmist war im ganzen Sommer bis weit in das nächste Jahr hinein vorbestellt, und es gab Familien, die sich untereinander verfeindeten, nur weil die eine Familie Mist für ihre Rosen erhielt und die andere Familie leer ausging. Im Winter dann, wenn die Kühe wieder trockenstanden oder, um mich verständlicher auszudrücken, wenn sie keine Milch mehr gaben, verkaufte er die Kühe wieder, nicht ohne sich einen Anteil an dem durch sein Zutun im Werden begriffenen Kälbchen zu sichern, das er sich bei der Geburt des Kälbchens in bar ablösen ließ. Wintersüber gab er den Stall als Garage für ein Auto oder zwei Motorräder her, und gelegentlich verdingte er sich auch noch als Wagenwäscher für die bei ihm untergestellten Wagen. Im Frühjahr zogen dann wieder zwei Kühe in den Stall. Ich muß zugeben, der Kleinrentner verstand sein Leben zu meistern.

Als ich ihn kennenlernte, im zweiten Sommer meines Hierseins, ging sein Rasenmähbetrieb so gut, daß er einen Stundenlohn von drei Mark verlangte und die Stunden nach sechs Uhr abends und am Samstagnachmittag zum Überstundenpreis verrechnete. Ich gebe zu, er mähte flink. Aber er mähte teuer.

Eines Tages kommt der Kleinrentner, der geschickte Eisenbahner, ohne Sense daher. Er führt eine elektrische Rasenmähmaschine wie einen Hund an der Leine. Ich hole Aenne heraus, wir stehen kopf. Da schnurrt so ein lustiger roter Vogel kreuz und quer über den Rasen, und ehe man es sich versehen hat, ist das Ganze ein gleichmäßiger grüner Teppich. Im Handumdrehen. Sein Besitzer geht gemütlich daneben spazieren und lenkt den Lauf. Ich habe noch nie etwas Ähnliches gesehen. Ich kenne die Handmähmaschinen, jene Nudelwalzen ähnlichen Gebilde, bei denen man im schnellen Lauf von einer Rasenseite auf die andere laufen muß, bei denen man vor dem Ende der Bahn nicht stehenbleiben darf, nur hurtig, hurtig über den Rasen vor und zurück – auf jeden Fall geriet man in Schweiß, und es war jedesmal mit Mühe nur festzustellen, wer von den dreien zum Schluß strapazierter aussah: der Rasen, der Mann mit der Handmähmaschine oder die Mähmaschine.

Ich hatte mir einmal eine Mähmaschine dieser Art ausgeliehen. Mit dem gleichen Aufwand an Zeit und Mühe hätte ich jeden Grashalm mit der Schere abschneiden können, schnipp, schnapp! – ein Büschel Klee, schnipp, schnapp! – eine Handvoll Schachtelhalme. Nein, da ließ ich dann einen Sommer lang lieber meine Wiese wachsen, wie sie wuchs. Sie verlor zwar im Laufe des Sommers ihren grünen Glanz, aber bis dahin zeigte sie sich in hundert Versionen: Einmal war sie buttergelb vom blühenden Löwenzahn, dann schneeweiß von Margeriten, dann rot vom Mohn und wieder blau von Glockenblumen. Wenn die Leute draußen an meinem Zaun vorübergingen und das hohe, ungeschnittene Gras stehen sahen, sagten sie:

„Das Haus scheint unbewohnt. Überall wächst Gras."

Dann stiegen sie in der Abenddämmerung über den Zaun. Die jungen Pärchen zumal. Ich weiß nicht, was sie in meinem hohen Gras suchten, was sie auf einer abgemähten Wiese nicht finden konnten. Vierblättrigen Klee bestimmt nicht. Nur wenn ich nachts aus meinem Fenster sah, hörte ich nicht nur die Grillen in den warmen Nächten. Aber ich war damals noch allein, Aenne war noch nicht zu mir ins Haus gekommen, und ich hatte niemanden, den ich fragen konnte, was die Lieder wohl für einen Text hätten, die unter meinem Fenster im hohen Gras gesungen wurden.

Heute, seit einem Jahr, habe ich einen elektrischen Rasenmäher. Er ist das schönste Vergnügungsspiel, das ich kenne. Er verjüngt nicht nur den Rasen, er verjüngt auch selbst einen Großvater. Wenn ich so einen Altvater zu beschenken hätte, ich würde ihm zu seinem sechzigsten – was sage ich, zu seinem siebzigsten! – Geburtstag einen elektrischen Rasenmäher in den Garten stellen.

Der Großvater wird ein anderer Mensch. Auf diese Weise geht er spazieren und tut Nützliches zugleich. Ich sah noch keinen mit finsterem Gesicht hinter dem Rasenmäher herlaufen, jeder pfeift ein Lied dabei und schaut fröhlich in die Welt. Man sieht, was man geschafft hat. Und Männer schaffen gern. Das ist ein Spiel, das nie zu Ende geht. Heute wächst das Gras, und morgen mäht man. Es wächst besser, es wächst schneller, wenn man es mäht. Großvater ist beschäftigt. Er schlurft nicht mehr im Haus herum, er grantelt nicht mehr hinter dem Ofen, er jammert nicht mehr über die Zeitläufte, über Gicht und Podagra und was ihm an Lebensfreuden im hohen Alter versagt bleibt, Großvater mäht. In dem Alter ist eine frisch gemähte Wiese wie der Anblick eines taufrischen Mädchens. Großvater hat schon vergessen, wie das andere war.

Seit der Erfindung des elektrischen Rasenmähers – ich glaube, mein Freund Wolf hat ihn zuerst in Deutschland eingeführt – schwört die Welt auf den englischen Rasen. Der Garten ist zur Wohnung geworden. Von Jahr zu Jahr schwinden die bunten Blumenbeete und die Rosenrondells immer mehr, ein großer grüner Teppich gibt dem Garten das Gesicht, er ist wie für einen König ausgelegt von der Haustür bis zum Frühstücksplatz unter dem Nußbaum, es ist Ordnung im Frühjahr, Ordnung im Sommer, Ordnung im Herbst, ja sogar Ordnung im Winter, denn auch der Schnee fällt gleichmäßig auf den noch einmal in den letzten Tagen des Jahres kurzgeschorenen Rasen.

Kein Tag vergeht, an dem ein Besucher durchs Tor tritt, ohne daß einer sich sofort vordrängt, den Rasen zu mähen.

Als ob sie ein junges Mädchen im Bikini erblickt hätten, so starren sie auf den Rasenmäher. Es ist die gleiche Faszination.

„Darf ich es auch einmal probieren?"

„Meine Hausdame wartet mit dem Kaffee."

„Nur ein kleines Stück?"

„Vielleicht später."

„Jetzt scheint gerade noch die Sonne."

Man ist dem Gast gefällig. Man zeigt ihm, wie es gemacht wird.

Ich mähe ihm ein Stück vor.

Er sagt erstaunt: „Das ist alles? So leicht?"

„Das ist alles."

„Kann man nichts falsch machen?"

„Doch. Eine Menge."

„Beispielsweise?"

„Daß kein Ast im Gras liegt."

„Einen Ast sieht man."

„Ja. Aber eine Kuchengabel vom Kaffeetisch oder eine Tischklammer im Gras sieht man nicht. Dann kracht es."

„Die Gabel?"

„Nein. Die Rasenmesser."

„Und sonst?"

„Sonst muß man nur aufpassen, daß man das Kabel nicht durchschneidet."

„Kinderspiel!"

Es ist kein Kinderspiel. Es ist wie verhext. Jedesmal, wenn einer bei mir den Rasen zum ersten Male mäht, mäht er das Kabel mittendurch. Ich kann meine Uhr danach stellen. Fünfzig Meter ist das Kabel lang, es ist schwarz, es ist dick, ein Blinder sieht es – aber nein, ritsch, ratsch! Kurzschluß! Zwei durchgeschnittene Enden! Man kann Wetten darauf abschließen. Auch in anderen Gärten. Die freudige Aufregung der Städter, eine Wiese mähen zu dürfen, macht sie blind. Ich besitze vorsorglich drei Kabel. Eines ist immer in Reparatur, bei meinem Freund, dem

Elektrothomas, und eines ist immer gerade auf dem Weg zu ihm, wenn ich das ausgebesserte wieder abhole. Mit zwei Kabeln komme ich nicht aus. Dazu habe ich zuviel Besuch.

„Mir passiert das nicht!“

„Erst mähen, dann sehen!“

Er mäht. Es passiert nichts.

Er mäht hin, er mäht her. Es passiert immer noch nichts.

Er wendet sich triumphierend nach mir um.

„Was sagen Sie jetzt?“

Ich komme gerade noch dazu zu sagen:

„Achtung! Das Kabel!“

Da hat er es schon. Mitten durchgeschnitten.

Der kühne Mäher steht wie vom Blitz getroffen.

„Ich habe es wirklich nicht gesehen!“

Das braucht er nicht zu sagen. Das sieht man.

Finster betrachtet er den dienstbaren Gartengeist.

Der frohe Mut ist ihm vergangen.

Aber er macht ein Gesicht, als ob ich die Schuld daran trüge.

Dann ist es endlich soweit, daß wir Kaffee trinken können.

Länger als zehn Minuten rechnet Aenne nie, daß es dauert.

Ein zerschnittenes Kabel, das ist mein Gastgeschenk, das ich gebe.

Gott sei Dank habe ich noch ein Reservekabel.

Am nächsten Tag sagt Herr Thomas, meine Elektrowerkstatt:

„Hatten Sie gestern wieder liebe Gäste, Herr Geiger?“

Ich lasse ihm das zerschnittene Kabel dort und nehme das reparierte Stück mit. Es ist mit einem Blumenstrauß geschmückt. Ein Bund Wicken ist daran gebunden.

„Zum Jubiläum“, sagt Herr Thomas, „heute war die 25. Reparatur im Laufe diese Sommers . . .“

Er sagt noch etwas. Beinahe traurig.

„Sie werden mich bald nicht mehr zum Kabelflicken brauchen."

„Noch in alle Ewigkeit", sage ich.

Er schüttelt den Kopf:

„Ich habe neulich einen noch moderneren Rasenmäher gesehen, der automatisch sein Kabel auf- und abrollt. Es liegt also nie mehr am Boden. Das hat mir sehr imponiert. Wie ich Sie kenne, werden Sie bald diesen neuen Rasenmäher haben."

„Wie ich mich kenne", sage ich, „wird mir dazu das Geld fehlen." Aber es juckt mich doch.

Welch ein Fortschritt für jeden Rasenliebhaber!

Ich werde darauf sparen müssen . . .

Alfred steht tatendurstig vom Frühstück auf.

„Kann ich heute den Rasen mähen?"

„Wir werden es gemeinsam tun."

„Sie und ich?"

„Ja."

Er scheint enttäuscht.

Ich stehe auf. Ich sage:

„Ich werde mähen, und Sie werden mir das Kabel nachtragen."

„Wer trägt Ihnen sonst das Kabel nach?"

„Aenne."

„Dann könnte sie es doch auch mir nachtragen."

„Aenne muß in die Stadt. Unsere Vorräte erneuern."

„Warum fahren Sie nicht, und Aenne und ich mähen?"

„Das pflegen die Mäuse zur Katze zu sagen."

„Recht witzig!"

„Aber treffend! Kommen Sie!"

Wir gehen hinaus.

Wir beginnen bei der kleinen Wiese hinter dem Haus. Neben den Johannisbeeren. Sie hat beim Mähen ihre Tükken. Vor allem, wenn der Motor erst zu surren beginnt.

Nun, wir werden es ja gleich sehen. Ich freue mich, daß die Sonne so sticht. Das erhöht meine Erwartungen.

„Geniert es Sie, wenn ich mein Hemd ausziehe?“ fragt Alfred.

„Nur ungeniert!“

Er zieht sein Hemd über den Kopf.

Er sieht gut aus. Ein Adonis, keine Frage.

Ich freue mich auf die nächste halbe Stunde.

Wir beginnen zu mähen.

Der Motor surrt kaum . . .

. . . da sind sie schon.

Von allen Seiten schwirren sie heran.

„Was sind das?“ ruft Alfred. „Bienen?“

„Wespen.“

„Wo kommen sie her?“

„Sie wohnen hier.“

„Viele?“

„Ein paar eingesessene Völker.“

Wir gehen mit dem Rasenmäher hin und her. Immer mehr Wespen fliegen heran, das Surren des Motors lockt sie herbei, macht sie zornig. Das haben Wespen so an sich. Immer aufgeregter fliegen sie um unsere Nasen. Einige setzen schon zum Sturzflug an. Alfreds nackte Brust bietet ihnen ein gutes Ziel. Vor allem, weil da einer so mit den Armen herumfuchtelt und um sich schlägt.

„Der will was von uns! Er winkt uns!“ sagen sich die Wespen.

Einige fliegen schnell nach Hause, um die anderen zu holen.

„Kommt! Kommt! Heute gibt es ein Stichfest!“

Ich wende mich an Alfred zurück.

„Hat Sie eine geangelt?“

Wie?“

„Hat Sie eine gestochen?“

„Ich verstehe nicht. Der Motor macht so viel Lärm.“

„Ob Sie eine gestochen hat?“ schreie ich.

„Nein“, schreit er zurück, „mich hat eine gestochen!“

Ich stelle den Motor ab. Jetzt, wo er schweigt, beruhigen sich allmählich die Wespen. Ich bin ihnen nicht gram. Mich kennen sie, mir tun sie nichts. Ich könnte sie ausräuchern. Mit Feuer und Schwefel in ihren Erdlöchern. Aber wozu? Sie leben doch nur einen Sommer lang, gönnen wir ihnen die kurze Spanne Glück. Ich lebe auch nicht jedem zur Freude und würde mich umschauen, wenn mir einer Pech und Schwefel ins Fenster würfe. Ich habe nichts gegen die Wespen, sie sind arme Verwandte der Bienen. Sie leben in den Tag hinein, keinem zum Nutzen, völlig anspruchslos. Die Bienen hingegen, die Hochgestochenen unter den Insekten, stellen ihre Ansprüche. Da vergeht kein Tag, an dem sie sich nicht zu neuen Tarifverhandlungen einfinden. „Was gibst du uns für den Honig, den wir für dich zusammentragen?“ ist Thema Nummer eins. Sie bringen uns Menschen ganz flott auf Trab mit ihren Ansprüchen. Sie verlangen Wachs für die Waben, Reihenhäuser, eine Altersversorgung für den Winter, eine Arbeitslosenunterstützung in Wetterkrisenzeiten in Form von Zuckerwasser, Respekt vor ihrer Königin – die Wespen hingegen leben in den Tag hinein, für sich, sie geben nichts, aber sie verlangen auch nichts. Für sie ist jeder Tag ein Tag auf einer Ferieninsel.

Die halbe hintere Wiese neben den Johannisbeeren ist gemäht.

Ich frage Alfred, ob wir weitermachen wollen.

„Würden Sie jetzt das Kabel tragen?“ fragt er.

„Warum?“

„Zur Abwechslung.“

Ich schüttle den Kopf:

„Sie können doch einem erwachsenen Menschen nicht im Ernst zumuten, stumpfsinnig mit dem Kabel hinter Ihnen herzulaufen!“

„Sie haben es mir doch auch zugemutet!“

„Ich bin der Hausherr, und Sie sind der Gast.“

„Der Gast ist heilig!“

„Stimmt“, sage ich, „aber nur dann, wenn er sich nach dem Hausherrn richtet.“

Wir lachen. Manchmal mag ich ihn schon recht gern. Zumal dann, wenn er beginnt, über sich selbst zu lachen. Menschen, die sich allzu wichtig nehmen, kann ich nicht ausstehen. Was ist denn schon an uns Menschen, ein hohler Zahn, und alle Würde ist beim Teufel. Vier Grad mehr Körpertemperatur, und des Lebens Herrlichkeit geht zu Ende. Und mit der Liebe? Aenne ist anmutig, schön, ihr Herz ist bis zum Rand gefüllt mit zärtlichen Gefühlen, sie ist stolz wie eine Königin, ich muß jeden Abend um Audienz bei ihr bitten. Dann ist sie wieder sanft wie eine Dienerin, wenn es gilt, daß ich mich zum Herrn über sie aufschwinge – ich gebe zu, daß ich nicht wenig stolz darauf bin, mir ein so prächtiges Täubchen in meinen Schlag geholt zu haben, diese muntere, süße Wachtel, aber deswegen stürzt doch nicht gleich der Himmel ein, wenn ein fremder Tauber vor dem Schlag gurrt, weil einer neben mir steht, ohne Hemd, dessen Haut besser zugeschnitten ist als die meine. Jeder Bäcker bäckt die Brezeln verschieden, die meine nahm Gott von dem Teig, der ihm am letzten Tag der Schöpfung übriggeblieben war. Alfred ist schon wieder von der neuen Lieferung, zwölf Jahre jünger als ich, er hat noch nicht so viele Lebenskilometer auf seinem Tachometer – ich blicke ihn an, wie er neben mir steht, dann gebe ich nach und überlasse ihm meinen Rasenmäher und trabe mit dem Kabel hinterher.

Das Kabeltragen ist herrlich stumpfsinnig. Man kann dabei so schön seinen Gedanken nachhängen. Ich erinnere mich noch des Tages, als der rote Motodux ins Haus kam. Ich hatte schon lange von ihm geträumt. Ich stand neiderfüllt am Gartenzaun der reichen Leute und sah sie vergnügt ihren Rasen rasieren.

„Was kostet so ein Spaß?“

„Einen halben Tausender."

„Wer's lang hat, läßt's lang bandeln! Wer leben will wie ein Graf, muß zahlen wie ein Graf", sagte ich und ging weiter.

Einen halben Tausender für so einen lumpigen Grasfresser! Dafür bekommt man ein Fahrrad, auf dem man zehntausend Kilometer geradeaus und noch um die Ecke fahren kann. Wenn ich fünfhundert Mark übrig hätte, so richtig übrig, auf der hohen Kante, nur um sie zum Spaß auszugeben, nur um mir mein Leben zu verschönen, ich wüßte viele Dinge. Ich dingte mir zum Beispiel Heinzelmännchen. Schon seit meiner Jugend bin ich auf der Suche nach ihnen. Als Kind hätte ich gern ein paar Heinzelmännchen fürs Rechtschreiben. Später in der Lehre, als Lehrbub, da ging ich jeden freien Sonntag in den Wald und durchforschte die Höhlen, ob nicht irgendwo ein Heinzelmännchen säße, das sich an meiner Stelle vom Meister den Kopf beuteln ließe und dem Großgesellen das Bier holte. Nur in der Liebe, da konnte ich auf die Heinzelmännchen verzichten, dieser Mühe unterzog ich mich gern und habe manches Wichtlein vertrieben, das mich vertreten wollte. Zur Stunde hätte ich gern Heinzelmännchen, möglichst drei Stück, eines zum Illustrieren des Gartenbuches und zwei für den Garten selbst. Dann sähe mein Garten aus wie der Park von Fontainebleau oder wie der Mirabellengarten in Salzburg. In Salzburg, in dem Gemäuer der alten Festung, wohnen in der Tat Heinzelmännchen. Ich bin ihnen auf meinen Spaziergängen öfter begegnet. Ich kam mit ihnen ins Gespräch und flehte sie an, in meine Dienste zu treten. Aber sie wollten nicht wegziehen. Erstens gefiele ihnen die Stadt wie keine andere und zweitens wüßten die Menschen hier, wenn man ihnen die Arbeit abnehme, mit ihrer Zeit immer etwas Vergnügliches anzufangen. Ob ich die sieben Kreuze am Friedhof vom St. Peter gesehen habe? Ein großes Kreuz und daneben sechs kleine? Hier ruht ein Bäcker, der sechs Frauen hintereinander geheiratet habe und jede seiner sechs Frauen zu Tode geküßt hat. Für so einen Bäcker lohnt es sich, als Heinzelmännchen zu arbeiten, den Teig zu kneten und in den Backofen zu schieben. Ob ich ähnliche Nutzungen nachweisen könnte? Ich vermochte es nicht, so sehr ich auch darüber nachdachte, und so winkten mir die Heinzelmännchen Lebewohl, denn sie waren in Eile, da sie dem Koch vom Hotel Stein an der Brücke zugesagt hatten, heute für ihn den Schnee für die Salzburger Nockerln zu schlagen, damit der Koch heute mittag den Glockenspieler am Salzburger Glockenspiel vertreten könnte, weil dieser seinerseits dem Triangelspieler im Mozarteum versprochen hatte, ihn bei der Probe der Jupitersinfonie zu vertreten, damit dieser den Gnomengarten hinter dem Schloß Mirabell, beim Pegasus links hinauf, sonntäglich herausputzen konnte, ein Ehrenamt, das der Triangelspieler mit dem Paukenschläger des Mozarteums teilte, der leider bei der Jupitersinfonieprobe heute nicht abkömmlich war.

Mein Heinzelmännchen namens Alfred, schon äußerlich von einem echten Heinzelmann durch seine abnorme Länge unterschieden, schob den Rasenmäher vor sich her und fühlte sich wie der Herr im Garten. Selten sieht man den Lohn der Arbeit so offensichtlich wie beim Rasenmähen. Mir ging es einst nicht anders, als ich zum ersten Mal hinter meinem roten Motodux herschritt. Ich hatte ihn gerade vor einer Stunde ins Haus gebracht und keinen Pfennig für ihn bezahlt. Nicht, daß ich ihn von irgendwo hätte mitgehen heißen, wo er nicht mitzugehen geheißen werden wollte, sondern die Geschichte begann recht einfältig. Eines Morgens erschien ein gewisser Herr Miesbach, Drogist seines Zeichens, bei mir im Haus und sagte noch in der Tür:

„Herr Geiger, ich hätte einen Vorschlag."

„Heraus damit!"

„Wie weit ist es von hier bis Stuttgart?"

„Dreihundert Kilometer nach meiner Schätzung."

„Das wäre für jeden von uns hundertfünfzig. Wenn wir zusammen in Ihrem Wagen hinfahren, käme auf jeden von uns nur das Benzin für hundertfünfzig Kilometer. Wieviel frißt Ihr Wagen?"

„Acht Liter."

„Prächtig. Das sind zwölf Liter auf hundertfünfzig Kilometer – für sieben Mark fünfzig kommen Sie nie wieder im Leben nach Stuttgart."

„Was soll ich in Stuttgart?"

„Die Gartenbauausstellung besuchen."

„Ich denke nicht daran."

„Lassen Sie sich überreden. Ich habe in Stuttgart etwas abzuholen, und wir schlagen zwei Fliegen mit einem Schlag. Ich erledige meine Geschäfte, und Sie sehen sich die Große Gartenbauausstellung an. Wir nehmen Ihren Wagen und –"

Ich empfand schon den Vorschlag als Zumutung. Ich mochte Herrn Miesbach nicht. Drogisten sind sonst meist angenehme Menschen, leise, zurückhaltend, ein wenig schrullig manchmal, sie führen beispielsweise nicht gern Petroleum, weil sie dies aus unerfindlichen Gründen für unter ihrer Würde finden. Aber sie haben doch ein abgerundetes Weltbild, wenn sie auch keine halben Apotheker sind, als die sie sich gern fühlen. Ich habe also eine besondere Vorliebe für Drogisten. Für Herrn Miesbach habe ich sie nicht. Herr Miesbach ist schäbig von Wuchs und Art. Schäbigkeit riecht man. Herr Miesbach roch penetrant danach. Herr Miesbach würde nie im Gewicht betrügen oder höhere Preise nehmen, als auf den Packungen aufgedruckt stehen, aber er könnte zwei Nächte nicht schlafen, wenn er beispielsweise einen Bimsstein, der 21 Pfennig kostet, für 20 Pfennig hergeben müßte, nur weil der Kunde keinen einzelnen Pfennig hatte und er keine vier zum Herausgeben. Hustenbonbons nehmen die Kunden schon lange nicht mehr, und zwei Siebenpfennigbriefmarken herauszugeben, wenn ihm der Kunde dann zehn Pfennig zurückgibt, erscheint ein wenig umständlich. Er sagt dann: „Ich schreib' den einen Pfennig ins Buch, und bei Ihrem nächsten Einkauf erinnere ich Sie daran."

Das ist Herr Miesbach, wie er leibt und lebt. Und auch das ist Herr Miesbach, wie er leibt und lebt:

Herr Miesbach ist Junggeselle. Statt zu heiraten, hat er eine Verkäuferin engagiert. Hier übersieht er von vornherein, was ihn die Sache kosten wird, was er bei einer Ehefrau nicht weiß. Die Verkäuferin kocht für ihn, sie bügelt ihm die Hemden, näht Knöpfe an, stopft die Strümpfe, putzt ihm die Flecken aus dem Anzug, führt ihm die Bücher und den Haushalt. Dagegen wäre nichts zu sagen, sie ist sechs Jahre bei Herrn Miesbach in der Drogerie. Damals, als sie eintrat, stand Herr Miesbach auffallend oft in ihrer Nähe und spähte nach ihren Reizen. Das sei ihm nicht verübelt, Männer haben das so an sich. Aber jeder ordentliche Mann hätte nun, wenn er den Augenblick für gekommen erachtet hätte, das Mädchen in seine Arme genommen, sie mit zärtlichen Worten zugedeckt, so nach dem Motto: Erst einmal anfangen und sehen, wie es weitergeht.

Das traute sich Herr Miesbach nicht. Er war weder jung noch ein Adonis. Eines Abends nun, kurz nach Ladenschluß, der Rollbalken war bereits heruntergelassen, trat Herr Miesbach mit rotem Kopf zu Malvine – so hieß die Verkäuferin, die damals gerade zwei Monate bei ihm war – und sagte:

„Fräulein Bloch, mir fehlen zwanzig Mark in der Kasse! Ich bin gezwungen, eine Leibesvisitation bei Ihnen vorzunehmen. Öffnen Sie Ihre Bluse!"

Das junge Mädchen, guten Gewissens, tat, wie ihr geheißen.

Hinterher sagte Herr Miesbach, es wäre alles nur ein Scherz gewesen, eine Art Einleitung für das Folgende, er hätte natürlich niemals im Ernst angenommen, daß sie ihm auch nur eine Mark entwendet habe, denn die Kasse stimmte jeden Tag, auch heute, bis auf den Pfennig, aber irgendwie hätte er eben einen Weg gesucht, dorthin zu gelangen, wo sie sich jetzt befänden. Wenn der Zufall ihn sein Ziel nicht hätte erreichen lassen, entweder dadurch, daß er nach dem ersten Augenschein von seinem Vorhaben von selbst Abstand genommen hätte oder weil ihr Verstand seinen Absichten kein Verständnis entgegengebracht hätte, was aber glücklicherweise nicht der Fall war, so hätte er sich mit einer Entschuldigung aus der Affäre gezogen, hätte pro forma weiter nach dem Zwanzigmarkschein im Laden gesucht und ihn unter dem Kassenpult gefunden, wohin er ihn vorher vorsorglich praktiziert hatte.

Dieser Herr Miesbach nun versuchte mich zu bewegen, mit ihm nach Stuttgart zu fahren.

„Sie sind doch ein stadtbekannter Gartennarr! Wenn Sie sich die Ausstellung nicht ansehen, wer dann?“

„Es wäre bestimmt interessant für mich. Aber jetzt im Sommer kann ich keinen Tag von meinem Garten weg.“

„Sind Sie sein Sklave?“

„Ich bin es gern. Er ist mir ein guter Herr.“

„Er tyrannisiert Sie!“

„Alles, was wir lieben, tyrannisiert uns.“

In Wirklichkeit wollte ich Aenne nicht ohne Gutenmorgenkuß lassen. Wir waren noch am Anfang unserer Liebe.

Herr Miesbach wich nicht von der Stelle.

„Sie kommen nie wieder so billig nach Stuttgart, wenn ich das halbe Benzin bezahle!“

„Und wenn Sie das ganze Benzin bezahlen!“

„Darüber läßt sich reden.“

„Meines Wissens fahren täglich acht Züge nach Stuttgart.“

„Und die Ware, die ich von Stuttgart abzuholen habe? Allein an der Fracht gemessen, die ich auf diese Weise spare, kann ich mir leisten, Sie nach Stuttgart einzuladen.“

Ich sehe Herrn Miesbach an.

„Einzuladen?“ wiederhole ich.

„Das ganze Benzin und meinetwegen, in Gottes Namen, auch das Hotel.“

„Ich bin ein starker Esser.“

„Einen Tag werden Sie doch Ihrem Magen Ruhe gönnen können. Ein Fasttag täte Ihnen recht gut.“

„Den werde ich einen Tag vor unserer Reise veranstalten, denn als Ihr Gast kann ich Ihnen doch nicht die Schmach antun, ohne Appetit zu sein. Außerdem liebe ich einen guten Tropfen.“

„In meiner Drogerie habe ich noch nichts davon gemerkt. Ich führ’ nämlich auch Wein.“

„Ich weiß es. Von meinem Hausarzt.“

„Hat er schon einmal meinen alten Chambertin getrunken?“

„Er nicht. Aber seinc Patienten, die ihn am nächsten Morgen rufen ließen.“

Ich hatte meine gute Laune zurückgewonnen, die ich beim Eintritt des Herrn Miesbach verloren hatte. Eine Einladung auf zwei Tage nach Stuttgart, alles frei, wie ich mir von ihm schriftlich geben ließ.

„Ich lasse mein Portemonnaie zu Hause“, sagte ich.

„Warum?“

„Sie könnten sonst in Versuchung kommen, das Ihre versehentlich daheim zu lassen.“

Ich ließ mein Portemonnaie natürlich nicht daheim. Man erlebt bei Einladungen oft die seltsamsten Dinge. Aber ich wiederholte es Herrn Miesbach am Morgen der Abreise und ließ mir auf alle Fälle, ehe ich ihn in meinen Wagen einsteigen ließ, das seine vorzeigen. Es war prall gefüllt. Jetzt konnte nichts mehr geschehen. Wir fuhren los.

Herr Miesbach läßt sich unterwegs nicht lumpen.

Ich bin überrascht.

Im Hotel wünsche ich mir ein Zimmer mit Bad.

Herr Miesbach fragt:

„Muß das sein?“

Ich sage:

„Heute ist Samstag. Ich bin gewöhnt, am Samstag zu baden.“ Ich bekomme das Zimmer mit Bad.

Am Abend will Herr Miesbach etwas erleben.

„Ich habe unten vom Portier eine interessante Adresse bekommen“, erzählt er mir.

Ich gratuliere ihm.

„Halten Sie mit?“ fragt er.

„Das Portemonnaie haben Sie“, sage ich. „Außerdem kosten zwei Mädchen das Dreifache.“

„Warum das Dreifache?“

„Sie trinken sich gegenseitig zu. Sie essen sich gegenseitig Mut an. Am liebsten bestellen sie einen Salat.“

„Grünen Salat oder Gurkensalat?“

„Hummersalat. Die Portion für zwanzig Mark.“

Herr Miesbach findet das übertrieben. Er sei ja nicht von gestern, sagt er. Er beschließt, allein zu gehen. Nachts um zwei ruft er mich im Hotel an. Ich möchte sofort in die Monbijoubar kommen.

„Warum?“

„Das kann ich Ihnen am Telefon nicht sagen.“

„Brennt's?“

„Ungefähr.“

„Wenn ich komme, bringe ich einen Hunger mit.“

„Bringen Sie mit, was Sie wollen. Auch Durst. Aber kommen Sie schnell.“

Ich ziehe mich an und lasse mir vom Portier sagen, wo sich die Monbijoubar befindet. Sie ist nur wenige Schritte vom Hotel entfernt. Ich gehe zu Fuß hinüber.

Als ich eintrete, sehe ich Herrn Miesbach an einem Tisch mit mehreren Herren sitzen. Lauter bekannte Gesichter. Gesichter aus unserer Stadt, Kunden aus der Drogerie. Auch jemand von unserem Finanzamt. Sie waren alle einzeln voll Erwartung in die Bar gekommen. „Pariser Nächte“ stand draußen angekündigt. „Blumen und Knospen“.

Als der erste eintrat, war die Bar noch fast leer.

Nur an einem Tisch saß ein einzelner Herr.

Er zuckte erschrocken zusammen, dann hatte er sich schnell gefaßt.

„Herr Winkelmann! Nein, so eine Überraschung! Wie kommen Sie denn nach Stuttgart?“

Der Eingetretene war nicht weniger erschrocken.

„Herr Zöllner! Sie hier?“

Dann setzten sie sich zusammen und hatten beide nichts von den Pariser Nächten. Auch die anderen drei nicht, die der Zufall in die Bar trieb. Sie waren alle aus unserer Stadt und verwünschten ihren Entschluß, hierhergegangen zu sein. Der letzte, der eintrat, der sechste, war Herr Miesbach. Unter den Dasitzenden herrschte schon eine gewisse Schadenfreude. Sie blickten alle nach der Tür, wer noch aufkreuzen würde. Da tauchte Herr Miesbach auf.

„Wenn das die gute Malvine erfährt!“ riefen die fünf.

„Welche Malvine?“

„Ihre Malvine!“

„Ich habe keine Malvine“, sagte Herr Miesbach ärgerlich, „wenn Sie damit meine Verkäuferin gleichen Namens meinen sollten, so verstehe ich nicht, was Sie damit sagen wollen. Außerdem bin ich nur hierhergekommen, weil ich mit dem Zeichner Geiger verabredet bin. Er bestand darauf, er wollte unbedingt diesen sonderbaren Laden kennenlernen. Na ja, die Herren Künstler! Aber warum sind Sie hier, meine Herren?“

„Wir warten auch auf Herrn Geiger“, sagen sie und lachen.

Wenn sie schon heute keinen Spaß mit den Mädchen haben können, die hier leichtgeschürzt bedienen, wollen sie wenigstens ihren Spaß mit dem Drogisten haben.

Großes Hallo, als ich plötzlich hier unerwartet erscheine.

Herr Miesbach läuft mir entgegen und raunt mir zu: „Das Lokal hier ist Ihr Einfall!“

„Mein Einfall?“

„Sie haben mich überredet, hierherzugehen."

„Ich?"

„Sie sind Künstler, ich bin Geschäftsmann. Sie müssen das verstehen. Ich muß auf meinen guten Ruf achten!"

Ich sehe mich um. Das Lokal ist nicht ohne Atmosphäre. Ich weiß nicht, ob es so etwas in Paris gibt. Kein Programm, keine Show, nicht einmal eine Kapelle, sondern nur zärtliche Musik aus den Lautsprechern. Dafür sind die Saaltöchter, die servieren, nicht von der Bekleidungsindustrie. Das ist nicht ohne Reiz. Wenn uns so eine Eva Hut und Mantel abnimmt, die selbst weder Rock noch Gürtel trägt, kann man sich schon wie in Paris fühlen. Im Hintergrund, in den Flüsterlogen, wie diese ins Dunkel getauchten Tische heißen, sehe ich ein Dutzend wohlgewachsener Saaltöchter. Sie sind alle herrlich frisiert. Das ist aber auch die einzige Aufmachung für den Abend. Sowie ein neuer Gast eintritt, erhebt sich eines der jungen Mädchen vom Tisch, zupft sich das Fünfzentimeterschürzlein zurecht und tritt verheißungsvoll auf den neuen Gast zu. Sie deutet auf eine der dunklen Flüsterlogen, geht mit dem Gast hinüber, bringt ihm das Gewünschte und fragt nach seinem Wohlergehen.

„Darf ich mich zu Ihnen setzen?" fragt sie dann.

„Wenn man Sie aber an anderen Tischen braucht?"

„Jeder Gast hat bei uns den Anspruch auf eine eigene Bedienung", antwortet die Saaltochter, nicht ohne Anmut, „das ist die besondere Note bei uns."

So ein Laden ist das. Jetzt, wo ich den Anfang mache, meiner Saaltochter, die mir den Mantel abnimmt, einen Stuhl an unserem Tisch anzubieten, dauert es nicht lange, bis auch die anderen Männer galant werden. Bald sitzen sechs Mädchen bei uns am Tisch. Sie sitzen trocken. Zunächst noch.

Herr Miesbach ist der erste, der zugreift.

„Tanzen Sie?" fragt er das Mädchen neben sich.

„Gern. Was wollen wir trinken?"

„Sie haben mir doch soeben einen Whisky gebracht?"

„Gewiß, mein Herr. Aber was wollen wir zusammen trinken, wenn Sie mich einzuladen gedenken? Ich könnte inzwischen bereits eine Flasche kalt stellen."

Herr Miesbach flüstert mir zu: „Ist das üblich?"

Ich sage: „Ich habe Sie gewarnt."

Es wurde die Nacht der Nächte. Für die Saaltöchter wenigstens. Für Herrn Miesbach weniger. Er mußte ja auch für mich bezahlen und für meine Erwählte dieser Nacht, so war es vereinbart. Mir schmeckte der Sekt, den Herr Miesbach spendierte, an diesem Abend besonders gut, auch wenn Herr Miesbach nur eine Hausmarke bestellt hatte. Bei Pariser Nächten ist aber die Hausmarke verständlicherweise französischer Champagner. Nur muß einem das vorher gesagt werden, sagte Herr Miesbach. Ich gab ihm recht, damit er wenigstens etwas von dem teuren Abend hatte.

Am nächsten Morgen fahren wir zur Großen Gartenbauausstellung hinaus. Herr Miesbach kann sich den ganzen Weg nicht beruhigen. „Das war gestern abend eine Beutelschneiderei!" schimpft er.

„Aber auch eine Augenweide, wenn ich mich recht erinnere."

Herr Miesbach will nichts mehr davon hören.

Er zählt den Inhalt seiner Brieftasche.

„Heute sind Sie dran", sagt er zu mir.

„Wieso ich?"

„Die Gartenbauausstellung ist Ihre Sache."

„Ihr Vorschlag verblüfft mich."

„Sie werden sich doch wegen sechs Mark nicht lumpen lassen!"

„Sechs Mark? Wofür sechs Mark?"

„Zwei Karten à drei Mark."

„Was? Ihre Karte soll ich auch bezahlen?"

„Hören Sie! Wo ich gestern abend den teuren Sekt bezahlt habe!"

„Ich schlage vor, jeder geht zur Kasse und löst seine Karte selbst."

„Nein", sagt er. „Sie gehen und kaufen beide."

Wir treten zur Kasse.

Ich gebe ihm den Vortritt.

Er bleibt mißtrauisch stehen, ich muß mich an ihm vorbeizwängen, damit ich als erster an die Kasse komme.

„Zwei Karten", sage ich.

Das Fräulein legt mir zwei Karten hin.

Ich zahle zehn Mark, sie gibt mir vier zurück.

„Heißen Sie Rose?" frage ich.

Sie errötet.

„Ich heiße Erika."

„Nicht übel", sage ich, „Blume ist Blume."

Herr Miesbach schiebt mich weiter. Hinter uns steht eine Schlange Menschen. Da ich vor Herrn Miesbach bin, komme ich zuerst an die Drehtür des Eingangs. Das ist ein Kreuz mit einem automatischen Zählwerk, das die Besucherzahl zählt. Jedesmal, wenn einer durchgeht, macht es knack und zählt eine Zahl weiter.

Hinter dem Drehkreuz stehen betont unauffällig zwei Herren in dunklen Anzügen. Einer von ihnen liest gerade die Zahl der Besucher ab und flüstert dem anderen Herrn im dunklen Anzug etwas zu. Der andere hebt seine Hand und gibt nach hinten ins Gebüsch ein Zeichen. Ich sehe nicht, was da hinten verborgen ist.

Ich wende mich um und reiche Herrn Miesbach seine Eintrittskarte.

„Darf ich vorangehen?" fragt Herr Miesbach. „Ich bin Ihr Gast."

„Wenn Sie an mir vorbeikommen . . ."

Herr Miesbach kommt vorbei. Er quetscht sich an mir vorbei und hält dem Kontrolleur mit der Schirmmütze seine Karte hin.

Der Kontrolleur läßt ihn wortlos durch.

Ich folge.

In diesem Augenblick geschieht es.

Die beiden Herren im dunklen Anzug stürzen auf mich zu.

Aus dem Gebüsch ertönt eine Fanfare.

Alle Leute bleiben stehen und drehen sich um.

Ein flotter Marsch erklingt.

Das Gebüsch teilt sich, und eine sechzehn Mann starke Musikkapelle in weißer Uniform marschiert auf das Tor zu. Die beiden Herren haben mich in ihre Mitte genommen und halten mich fest. Vorher schütteln Sie mir noch die Hände.

„Wir gratulieren!"

Ich weiß nicht, warum. Ich weiß nicht, wozu.

Wir bleiben stehen, bis die Kapelle heran ist. Dann ziehen die Musiker vor uns eine Schleife, und wir schließen uns hinten an.

Herr Miesbach starrt mir entsetzt nach.

„Was ist los, Herr Geiger?" ruft er.

Ich rufe vergnügt zu ihm hinüber:

„Keine Ahnung!"

„Sie sind der 500000. Besucher der Ausstellung", sagen die beiden Herren.

Der Zug mit mir zieht die Prachtallee entlang.

Die Menschen rechts und links winken mir zu, schließen sich uns an. Ich blicke zurück.

In der ersten Reihe, gleich hinter mir, entdecke ich Herrn Miesbach. Er marschiert mit. Der Hut sitzt ihm schief.

Er deutet auf sich und auf mich.

Ich zucke die Schultern, verstehe nicht, was er will.

Wir nähern uns einem Podium. Blumen stehen in reicher Verschwendung. An den Masten sind die Fahnen hochgezogen. Weißgekleidete Ehrenjungfrauen bilden einen Halbkreis. Wenn ich nicht genau wüßte, daß es nicht die Saaltöchter aus der Monbijoubar sind, unmöglich sein können, ich vermöchte nicht den Unterschied festzustellen.

Die beiden Herren in den dunklen Anzügen stellen mich zu den Füßen einer Art Kanzel auf. Erhöht und doch erniedrigt. Der Angeklagte und sein Richter. Ich mache ein fröhliches Gesicht. Ich ahne noch nicht, was kommt. Dann steigt der eine der Herren die vier Stufen zum Pult empor. Er hebt die Hand. Die Musik bricht ab. Und langsam, Wort für Wort, von allen Lautsprechern bis in die hintersten Anlagen der Großen Gartenbauausstellung getragen, ertönt:

„Meine Damen und Herren! Wir haben die Freude und das Vergnügen . . ."

In der Stuttgarter Großen Gartenbauausstellung haben 867 Aussteller ausgestellt. Zu jeder der 867 Firmen gingen die Herren der Ausstellungsleitung und baten um ein Geschenk für den 500000. Besucher, der am Sonntag erwartet würde. Keiner der Aussteller ließ sich lumpen. Sie stellten nur eine Bedingung: Der Name des Ausstellers mußte bei der Überreichung des Preises genannt werden. Ich stand von früh zehn bis zum Nachmittag drei Uhr in der prallen Sonne erhöht auf dem Podium und ließ den Segen über mich ergehen. Mir wurden 867 Geschenke hintereinander überreicht und bei jedem der Geschenke der Name des Spenders lautsprecherlaut genannt. Ich bekam Gartenzwerge, Gartenstühle, Gartenbänke, Gartentische, Gartenliegen, Gartenkissen, Gartendecken, Gartenleitern, Gartenschläuche, Garteneimer, Gartengießkannen und Gartenpapierkörbe. Ich bekam Vogeltränken und Starenkästen. Ich bekam Müllschlucker, Humusöfen, vollautomatische Mistbeetkästen und geheizte Kleinschwimmbekken. Ich bekam einen Erholungsaufenthalt für drei Tage auf der Insel Mainau und für acht Tage in Ruhpolding. Ich bekam eine Zehntagekur in Baden-Baden und eine Zehntagekur in Bad Mergentheim. Ich bekam Gartenbücher, Gartenschallplatten und Halbjahresabonnements auf die Zeitschriften „Der schöne Garten", „Der bunte Garten", „Der Garten für alle", „Der Garten für Faule", „Der Garten als Jungborn“, „Der Garten als Gesundborn“, „Des Gärtners Tagebuch“, „Des Gärtners Taschenbuch“, „Die Gartenwelt“, „Die Gartenfreude“, „Der Gartenfreund“, „Die Gartenpost“, „Der Gartenspiegel“, „Der große Gärtner“, „Der kleine Gärtner“, „Der vollkommene Gärtner“, „Gartenleid und Gartenfreud“, „Gartenglück“ und „Gartenseligkeit“.

Ich bekam Gartengeräte jeder Art, Gartenmesser, Gartenhippen, Gartenscheren, Gartenkörbe, Gartenspaten, Gartenrechen, Gartenschläuche und Gartenschaukeln. Ich bekam Baumsägen, Bügelsägen, Schwalbenschwänze, Laubbesen, Heckenscheren, Distelstecher und Baumspritzen. Ich bekam –

„... ferner erhält unser 500000. Besucher eine Freiballonfahrt über Stuttgart, ein Festessen für zwei Personen, gestiftet vom Großen Restaurant der Ausstellung, eine Freikarte in die Stuttgarter Große Kunstausstellung, eine Porträtaufnahme im Großformat im Lichtbildatelier Residenz, zwei Freikarten in die Städtische Oper, zwei Freikarten ins Schauspielhaus, ein Wannenbad mit Unterwassermassage in der Sauna Karlsvorstadt, eine Rundfahrt ‚Stuttgart bei Tag‘ und eine Rundfahrt ‚Stuttgart bei Nacht‘ von den Städtischen Verkehrsbetrieben, einen Gratishaarschnitt mit Kopfwaschen und Friktion bei ‚Ihr Friseur im Bahnhof‘ ...“

Und weiter ging's. Ich bekam Fliederbäume, Goldregen, Forsythien, Rosenhochstämme, Buschrosen, Kletterrosen, Trauerweiden, Azaleen und Rhododendren. Ich bekam Kriechwacholder, Spitzwacholder, Spitzfichten, Zwergzypressen, Thujas und Krummholzkiefern. Ich bekam Obstbäume jeder Art und aller Sorten. Ich bekam Beerensträucher und Erdbeeren, am Boden wüchsig und jene, die an den Hausmauern zwei Meter hochranken. Die Fülle der Geschenke ging nicht aus. Ich bekam einen Springbrunnen, einen Beriesler, einen Beregner, einen Wäschepilz und einen Sack Wäscheklammern.

„. . . wir haben ferner die Freude, unserem 500000. Besucher zu überreichen: 1 Kiste Wein von der Winzergenossenschaft Saardraußen, 1 Kiste Wein von der Winzergutsbesitzerkellerei Kleine Pfalz, 1 Kiste Wein von der Winzergenossenschaft Rheindrüben und 1 Kiste Wein von der Winzervereinigung Mainhüben. Ferner sieben Kostproben der Fruchtliköre ‚Die Sieben aus der Käthchenstadt' und ein Faß Appelwein aus Frankfurt-Höchst-Ganzdraußen . . ."

Dann kamen die Dinge fürs Haus: ein Schnellkochtopf, ein Schnellkochherd, eine Schnellwaschmaschine, eine Schnellgeschirrspülmaschine, ein Schnellplattenspieler, ein Radio, eine Dralondecke, eine Bettumrandung, ein Wandsegen, 100 Toilettensitzauflegepapiere Marke Hygenia und was sonst noch an Industrie in der Ausstellung war. Und zuletzt, als Hauptpreis, mit Fanfaren angekündigt, einen roten Motodux, einen elektrischen Rasenmäher mit einem Kabelwagen und 50 Meter Kabel dazu. Das war der Clou, und die Leute sagten: „So ein Glückspilz!"

Herr Miesbach war unter dem Podium stehengeblieben. Ich sah ihn eifrig schreiben. Er hatte den Hut weit nach hinten geschoben und schrieb jedes Geschenk, das man mir oben zusprach, unten in sein Notizbuch. Auf der Heimfahrt hatten wir dann unsere Auseinandersetzung.

„Wie wollen wir teilen?" fragt er unvermittelt.

„Wieso teilen?"

„Wir haben die Karten zusammen genommen, wir sind zusammen hineingegangen –"

„Sie wollten ja unbedingt als erster gehen", sage ich.

„Ich bin dafür, wir nehmen jeder die Hälfte von allem."

„Ich bin dafür, ich nehme das Ganze."

„Wenn ich Sie nicht nach Stuttgart eingeladen hätte –"

„Die Götter hatten eben Großes mit mir vor."

„Am Abend noch meinen teuren Sekt trinken und am nächsten Tag so schäbig!" schimpft er.

Er versucht es noch ein paarmal. Begnügt sich mit einem Viertel.

„Also gut“, sage ich, „Sie sollen die 100 Wäschklammern haben!“

„Was soll ich damit?!“

„Sich aufhängen!“ sage ich und gebe Gas.

Und hinter diesem roten Rasenmäher, den ich vor zwei Jahren in Stuttgart auf der Großen Gartenbauausstellung gewann und damit des Drogisten Miesbachs Freundschaft endgültig verlor, ohne sie zuvor besessen zu haben, schreite ich jetzt in meinem Garten her und trage das Kabel.

„Eine schöne Sache, so ein Rasenmäher!“ sagt Alfred.

„Er macht Vergnügen.“

„Was kostet der ganze Spaß?“

„Drei Mark“, sage ich, „aber für diesen Preis ist er nur in Stuttgart zu haben.“ Alfred sieht mich an, als wollte ich ihn auf den Arm nehmen. Soll ich ihm erzählen, wie ich zu meinem Rasenmäher kam? Ich lasse es lieber. Er sieht mir nicht so aus, als ob er an Märchen glaube.

Zehntes Kapitel

Nicht alle Bäume, die ich pflanzte, wuchsen an. Sie grünten und blühten, dann kamen oben die trockenen Winde und unten die Mäuse, die Blätter welkten, die grüne Haut der Zweige bekam Falten, und eines Tages waren die Bäume tot. Mit zwei Fingern ließen sich die im Vorjahr mit hundert Hoffnungen gepflanzten Schattenmorellen aus der Erde ziehen, der rote Prunus war unten ein spitzer wurzelloser Strunk. Es gibt viel Häßliches in der Welt, zu den häßlichsten Anblicken gehört ein Baum, dem die Wurzeln abgefressen sind.

Am Anfang zerschlug ich auf das Wohl meines Gartens geleerte Weinflaschen und verteilte beim Pflanzen Scherben zwischen die Wurzeln. Ein probates Mittel, so las ich es als Ultima ratio, aber es ist nur ein Aberglaube. Es muß unter den Mäusen Glasfresser geben. Vielleicht haben sie auch unten in der Erde irgendwo eine Rolle Leukoplast gefunden und verbinden sich gegenseitig ihre zerschnittenen Mäusepfötchen damit. Giftweizen, empfohlen gegen die Mäuseplage, fressen nur des Nachbars Hühner und damit des Nachbars Freundschaft. Gaspatronen in die Mäusegänge zu schießen, nach meiner Erfahrung muß da unten eine vorzügliche Gaswarnung bestehen. Man kann auch Fallen aufstellen. Aber eine Maus in der Falle, wenn sie wirklich hineingeht, erinnert mich zu sehr an die eigenen Nöte, wenn man in einer Situation steckt und nicht herauskann. Und Katzen? Ich bat drei Katzen zu mir in den Garten, nährte sie mit süßer Sahne und zärtlichen Worten, sie schnurrten und schmeichelten, legten sich auf den Rücken und ließen sich kraulen, und als ich dann die Jagdfanfare blies „Auf, auf, zum fröhlichen Jagen!", hatten sie die Melodie noch nie gehört, schlupften eng zusammen und sahen mich aus ihren Bernsteinaugen nur verwundert an. Solange die Mäuse im Garten sind, die Mäuse unter der Erde und die Katzen über der Erde, lebt jedes in seinem Reich. Wehe aber, wenn eine Katze auf den Einfall kommt, eine Maus zu fangen! Das erste, was sie tut, sie trägt die Trophäe ins Haus. Sie hält die lebende Maus ganz vorsichtig oben am Fell gepackt und zeigt sie vor. Sie will gelobt werden und auch zugleich beweisen, daß sie ihre Milch und ihre rohe Leber mit Recht verdient. Aber Mäuse im Garten sind mir immer noch lieber als Mäuse im Haus, im Bett, im Pantoffel und im Brotkorb. Denn was eine echte Katze ist, sie sonnt sich gern im Lob und spielt sich erst noch ein breites mit der lebenden Maus. Und was eine faule Katze ist, die läßt die Maus dann laufen und unter den Schrank verschwinden. Da sitzt dann die Maus hinten und die Katze davor, dann wird es der Katze zu dumm, und sie geht hinaus in den Garten, sich eine neue Maus zu holen, damit die eine Maus unter dem Schrank nicht allzulange einsam bleibt.

Nein, ich habe noch kein Mittel gegen Mäuse im Garten gefunden, Füchse und Dachse wollte ich nicht einladen, bei mir Quartier zu nehmen, und so gestehe ich offen, daß nicht jeder Baum, den ich pflanzte, bei mir auch angewachsen ist. Ein junger Baum, das ist eine Hoffnung, später einmal von ihm Schatten und Früchte zu haben, aber nicht alle Hoffnungen gehen im Leben in Erfüllung. Es ist im Garten eine Chance: Die jungen Bäume doppelt so dicht zu setzen, als sie später stehen dürfen, nach zwei Jahren nimmt man die weniger wüchsigen heraus. Aber wer von uns ist gegen die Versuchung gefeit, wenn er zwei Bäume dicht nebeneinander hat, nicht beide stehen zu lassen? Ich habe das Lehrgeld gezahlt, zwei Kirschbäume nebeneinander beginnen beide bald krank zu werden, das Harz tropft ihnen aus der Rinde, sie beginnt von unten nach oben abzusterben, die Äste werden dürr und moosig, dann müssen beide der Säge zum Opfer fallen. Nun gut, das war ein Verlust von ein paar Jahren, aus der guten Absicht heraus, zwei Bäume zu pflanzen, um einen stehenzulassen. (Wer seiner Sache gegen sich selbst sicher ist, also nicht der Verführung leicht unterliegt, kann es immerhin probieren. Es ist nicht die schlechteste Art, einen Obstgarten zu pflanzen.) Aber es ist mehr als ein Verlust an Zeit, wenn man die Bäume nach drei Jahren wieder umsägt. Wo ein Kirschbaum stand, wächst nie ein neuer Kirschbaum an. Den Platz, den Steinobst einnahm, kann man nur mit einer Birne oder einem Apfel bepflanzen. Bedenkt das wohl! Kirschbäume stellt man gern in die Mitte des Gartens, nicht an den Zaun, denn die Kirschen in Nachbars Garten sind eine zu große Verlockung für den Nachbarn. Wenn gar der Schulweg der Kinder an den Kirschbäumen vorbeiführt, dann zupfen oben die Stare und unten die Schulkinder die roten Früchte von den Zweigen. Ich habe selbst zwei Bäume am Zaun stehen, der am Schulweg liegt. Da ich nie auch nur eine einzige Kirsche von diesen Bäumen erntete, denn es war eine frühe Sorte, die erste im Jahr, also eine doppelte Verlockung, pfropfte ich die Maikirsche auf eine Sauerkirsche um. Morellen haben den Vorteil, daß sowohl Stare wie Kinder sie in Ruhe lassen.

Ich sitze im Augenblick wieder an meinem Zeichentisch und arbeite an meinem Gartenbuch. Ich wollte heute das Rosenkapitel beginnen, aber hier ist mir ein geradezu sündhafter Einfall gekommen, den ich erst überwinden muß, der mit dem Tod aller Rosen und der Geburt einer neuen Sorte zusammenhängt, daß ich erst eine Nacht darüber schlafen muß, ehe ich ihn in die Welt hinausposaune. Außerdem habe ich gerade Ärger mit meinem Rasen. Ich wollte ihm etwas Gutes tun und tat ihm etwas Böses. Genauer gesagt, ich wollte das Gute, und Alfred verwandelte es in das Böse. Darum beginne ich, um meines Ärgers Herr zu werden, Gräser zu zeichnen.

Ich finde, daß Alfred allmählich beginnt, lästig zu werden. Ich komme nie ganz dahinter, was eigentlich gespielt wird. Ist er jetzt wirklich nur der Neffe oder Cousin von Aenne, der von Aennes Verwandtschaft ausgeschickt wurde, nach dem Rechten zu sehen, nun gut, sie können bei mir nach dem Rechten sehen, so viel sie wollen, es geschieht nichts Unrechtes, und im Augenblick zumal leben wir wie die Reiher im Winter, wobei ich nicht zu beurteilen wage, ob es die Reiher im Winter nicht besser haben als gegenwärtig Aenne und ich . . . aber mir ist nicht recht wohl bei dem Gedanken, wenn ich die zwei in der Küche weiß und ich sitze im Zimmer an meinem Zeichentisch, jetzt lachen sie wieder, und wenn ein junges Mädchen und ein junger Mann zusammen lachen – ich kann nicht immer hinausgehen und fragen: „Was ist denn so lustig?“ Dann haben sie nur gelacht, weil Aenne ein Gesicht wie ein Kaninchen gemacht hat oder Alfred so komisch um sie herumgestelzt ist wie ein langbeiniger Storch. Wenn Aenne ein Kaninchen machen will, soll sie es bei mir machen, und einen fremden Storch brauchen wir nicht in der Küche. Aber das kann man als Mann nicht sagen. Sie lachen, das ist kein Verbrechen. Nur meine Arbeitslust fördert es nicht.

Mir blieb nichts übrig, als zu einer List zu greifen. Ich verschaffe mir das Foto eines leichtgeschürzten, bildhübschen Mädchens und lasse es vor ihm wie durch einen Zufall aus meiner Brieftasche fallen. Er springt hinzu und hebt es auf. Er sieht es kurz an und sagt:

„Gratuliere!"

Ich spiele den Verlegenen.

„Eine alte Bekannte von früher", sage ich und zerreiße das Bild in sechzehn kleinc Stücke. Das Resultat werfe ich in den Papierkorb.

Er sagt:

„Das Foto ist zerrissen, aber die Adresse – nehme ich an – haben Sie noch im Kopf."

Ich nicke.

„Ja. Sie wohnt acht Bahnstunden von hier. Übrigens in einer paradiesischen Landschaft. Ihr Vater hat ein Hotel am See. Es sucht übrigens für den Rest der Saison einen Bademeister und Schwimmlehrer, der auch auf die Ruderboote aufpaßt."

Der Fisch sitzt am Haken.

„Und die Tochter? Ist sie daheim?"

„Sie kümmert sich ebenfalls um die Ruderbootc."

„Stehen Sie noch gut mit ihr?" Er deutet auf die Papierschnitzel im Korb. „Stehen Sie noch mit ihr im Briefwechsel?"

„Kann sein", sage ich ausweichend, „wie wäre es, wenn Sie hinführen und für den Rest Ihrer Ferien dort als gutbezahlter Bademeister und Schwimmlehrer fungieren würden?"

„Die Stelle wird längst besetzt sein."

„Nicht, wenn ich Sie empfehle."

„Das würden Sie tun?"

„Warum nicht? Ich habe Sie als überaus seriösen und zuverlässigen Mann kennengelernt. Sie stehlen bestimmt in den Kabinen kein Kleingeld aus den Handtaschen. Also, wie denken Sie über meinen Vorschlag?"

Er sagt:

„Zu dumm, daß Sie das Bild zerrissen haben! Ich hätte mir das Foto gern noch einmal angesehen."

Wie gut, daß ich das Bild zerrissen habe! Es ist das Foto eines namenlosen Filmsternchens, eines von denen, von denen ein Dutzend auf ein Lot geht, was so am Filmsternchenhimmel auftaucht. Der Drogist Miesbach sammelt solche Bilder und gibt sie als Zugabe zu einem guten Rasierwasser seinen Kunden.

Das Foto nützt.

Alfred verspürt plötzlich Reiselust.

Außerdem vermißt er plötzlich eine Schwimmgelegenheit in unserer Nähe.

„Einen ganzen Sommer ohne Wassersport und Schwimmen!" beklagt er sich. „Ich bin eine große Wasserratte."

Dann fragt er mich, ob ich ihm eine Empfehlung schreiben möchte.

„Gern", sage ich.

Ich schreibe ihm ein paar Zeilen an den Wirt vom Seehotel in Strobl. Ich kenne den Wirt gar nicht. Ich bin dort noch nie eingekehrt und vor Jahren nur einmal mit dem Wagen vorbeigefahren. Das Hotel liegt herrlich und hat einen eigenen Badestrand. Aber ich kenne den Wirt nicht. Er mich auch nicht. Ich weiß auch nicht, ob er überhaupt eine Tochter hat und wie sie aussieht. Aber irgendeinen Posten wird er schon noch frei haben, in der heutigen Zeit. Vielleicht braucht er wirklich einen, der abends die Ruderboote wieder einsammelt und anbindet.

„Lieber Freund", schreibe ich also an den Wirt, „hier ist ein junger Mann, der für seine Ferien eine Arbeit sucht.

Ich weiß, daß Sie dringend jemanden brauchen. Sie haben es mir ja kürzlich selbst gesagt . . ."

Er hat das sicher zu Hunderten von Gästen gesagt.

Jeder Wirt klagt heute:

„Die Personalfrage! Wenn ich nur genug Personal hätte!"

Er wird meine Unterschrift nicht entziffern können. Aber könnte er es, wäre es um nichts anders. Er hat es zu so vielen Menschen geklagt, sicher war ich einer von ihnen.

Aber Alfred, obwohl er den Brief schon seit gestern in der Tasche hat, die Empfehlung an den Wirt, fährt nicht. Ich war am Nachmittag allein im Ort gewesen, und als ich am Abend gegen sieben Uhr wiederkomme, merke ich, daß etwas zwischen ihm und Aenne vorgefallen sein muß. Alfred hat sich zum ersten Male zum Abendessen eine Krawatte umgebunden, wir sitzen schweigsamer als sonst am Tisch, ich frage ihn nach seinen Reiseplänen, er aber sagt:

„Das ist im Moment überholt."

„Sie reisen nicht ab?"

„Das hängt von verschiedenen Dingen ab."

Ich nehme mir ein zweites Mal von dem gekochten Hammel und sage:

„Wenn es von mir abhängen sollte und der Arbeit, die liegengeblieben ist, ich halte Sie nicht auf. Ich möchte Ihrem Weiterkommen nicht im Wege stehen. Darf ich Ihnen noch etwas auflegen?"

Ich hebe die Kelle mit der Bouillon und dem gekochten Kraut, angele nach einem großen Stück Fleisch und sehe ihn fragend an.

„Danke! Ich bin heute nicht bei Appetit."

„Ich um so mehr", sage ich und schütte die Suppenkelle in meinen Teller.

Es geht etwas vor. Ich will mir nichts anmerken lassen und lasse mir auch nichts anmerken. Das ist immer das beste in solchen unklaren Situationen. Meist beginnt dann der andere, seine Karten auf den Tisch zu legen. So ist es auch hier. Ich brauche nicht lange zu warten.

„Ich möchte Sie gern nach dem Essen unter vier Augen sprechen“, sagt er.

„Aber gern. Wir werden uns eine gute Flasche Wein dazu aus dem Keller holen.“

„Ich würde ein Glas Tee vorziehen.“

„Dann fürchte ich um unser Gespräch. Gespräche bei Tee, das ist immer etwas – etwas –, sagen wir, Außerordentliches.“

„Es geht auch um eine Entscheidung.“

Ich wende mich an Aenne.

„Wissen Sie, womit er sich plagt?“

Aenne gibt mir keine Antwort. Sie legt spontan Messer und Gabel hin und eilt hinaus. Ich sehe ihr nach. Dann auf Alfred.

„Also jetzt heraus mit der Sprache!“ sage ich zu ihm.

„Aber doch nicht hier, am unaufgeräumten Tisch!“

„Sie sind also mehr für Ordnung?“

„Ja, Herr Geiger! Das ist es. Genau darum handelt es sich.“

Soll er seinen Willen haben. Ich schlucke den letzten Bissen Fleisch hinunter, eigentlich ist noch etwas am Knochen, am Hammelbeinchen, aber ich kann doch jetzt nicht den Knochen abzufieseln beginnen. Er fände das sicher unpassend. Ich wische mir also den Mund ab, erhebe mich und sage:

„Na, dann wollen wir mal!“

Er ist schon aufgesprungen. Er steht korrekt am Tisch, ein wenig steif, und dann gehen wir hinüber in den zweiten Raum, zum Kamin.

Er bleibt stehen, bis ich mich gesetzt habe.

„Zigarette?“ frage ich und schiebe ihm die Dose hinüber.

„Nein. Danke!“

Es sind sowieso nur noch zwei Stück in der Dose.

Er reicht mir Feuer, was er die letzten zwei Wochen nicht getan hat. Ich bin also gewarnt.

„Ich habe heute mit Aenne gesprochen", sagt er.

„Tun Sie das nicht täglich?"

„Wir hatten heute eine ernste Aussprache."

„Lassen Sie hören!"

„Das läßt sich nicht in zwei Worten sagen."

„Dann sagen Sie es in vier Worten oder in zehn. Sie sitzen hier nicht vor einem Richter."

„Dieses Amt stünde Ihnen auch am wenigsten von allen zu."

„Also sitze ich vor dem Richter, wenn ich Sie recht verstehe?"

Er greift nach der Dose.

„Jetzt nehme ich doch eine Zigarette, wenn Sie erlauben."

Ich nicke. Helfe ihm mit keinem Wort.

„Ich hatte heute mit Aenne eine große Aussprache", beginnt er. „Sie haben einen großen Einfluß auf das junge Mädchen. Mehr, als es für sie vielleicht gut ist."

Er bricht ab. Wartet, was ich darauf entgegne.

Ich entgegne nichts. Ich sage:

„Fahren Sie fort!"

„Sie haben vielleicht noch gar nicht bemerkt und sind auch noch gar nicht auf den absurden Einfall gekommen, denn es ist wirklich abwegig und für einen Normaldenkenden unverständlich, ein Normaldenkender kommt gar nicht auf die Idee – Aenne liebt Sie!"

„Das ist mir nicht neu", sage ich.

Er starrt mich überrascht an.

„Das ist Ihnen bekannt?"

„Ich finde es ganz natürlich."

„Aenne ist immerhin sechzehn Jahre jünger als Sie!"

„Ich habe noch nicht nachgerechnet, aber das kann sein."

„Was gedenken Sie dagegen zu tun?"

Ich lächle vor mich hin.

„Wogegen?" frage ich.

„Um die Gefühle des Mädchens wieder in normale Bahnen zu lenken."

„Da müßte ich erst wissen, was Sie normale Bahnen nennen."

„Jedenfalls kann sie nicht einen Tag länger unter diesen Umständen in Ihrem Hause bleiben. Jetzt, nachdem ich Sie darauf aufmerksam gemacht habe, daß meine Cousine Sie liebt –"

„Ich wiederhole Ihnen, es war mir nicht fremd."

„Sie haben nichts dagegen unternommen?"

„Nein. Nichts."

„Sie müssen doch in Ihren Jahren einsehen –"

„Ich zähle auch meine eigenen Jahre nicht nach."

„Wenn Sie sie schon nicht wiederlieben, wie ich als sicher annehme –"

„Die Annahme steht Ihnen frei."

Es scheint ihm außerdem Spaß zu machen. Und ich Tor hatte immer gefürchtet, er wüßte es längst und wir hätten uns verraten. Jetzt weiß ich auch, daß Aenne ihm nichts gesagt hat, wie es um uns steht.

„Ja, lieben Sie sie denn? Wollen Sie sie heiraten?"

„Junger Freund", sage ich, „das sind zwei ganz verschiedene Dinge, da hat eines nichts mit dem anderen zu tun. Ich finde Aenne ganz besonders nett, wenn wir schon über diese Dinge reden müssenm. Mit dem großen Wort Liebe aber sollten wir sparsamer umgehen. Ich kann Ihnen also die Beruhigung geben, daß ich Aenne nicht liebe. Wenigstens habe ich darüber noch nicht nachgedacht, weil ich keine Ursache dazu hatte. Noch etwas?"

„Und heiraten?"

„Auch dazu fehlt jeder Anlaß."

„Waren Sie eigentlich schon einmal verheiratet?"

„Nein."

„Warum nicht?“

Ich lache. Das Verhör nimmt Formen an –

„Man sagt so gern, ich habe die Richtige noch nicht gefunden. Wären Sie mit dieser Antwort zufrieden?“

„Das ist keine Antwort.“

„Ich sehe keinen Grund, Ihnen eine andere zu geben. Wenn ich eines Tages heiraten sollte, was ich allerdings nicht vorhabe, wie ich Ihnen versichere, bin ich gern bereit, Ihnen zu sagen, warum ich bis zu diesem Datum noch nicht geheiratet hatte. Aber ich nehme an, es ist für Sie ohne Interesse. Sie reden doch um etwas herum. Das möchte ich jetzt gern wissen.“

Er springt auf. Setzt sich wieder.

„Meine Mutter macht sich Sorgen um Aenne.“

„Aennes Tante?“

„Ja“, sagt er. „Ich bin nicht aus Zufall hier.“

„Das habe ich auch nicht angenommen.“

„Meine Mutter wollte wissen, was für ein Mann es ist, bei dem Aenne dient.“

Ich wische mit der flachen Hand über den Tisch.

„Zunächst dient Aenne nicht, was Sie bitte Ihrer Frau Mutter auszurichten belieben. Sie ist eines Tages zu mir auf Besuch gekommen und ein wenig länger geblieben. Sie macht sich nützlich im Haus und Garten. Meine finanziellen Verhältnisse, falls auch dies Ihre Frau Mutter interessieren sollte, liegen manchmal arg im argen. Ich wäre also gar nicht in der Lage, mir einen dienstbaren Geist zu leisten. Bei einem Besucher ist das anders. Man hat keine Verantwortung. Ist Geld im Haus, blühen die Rosen. Es gibt aber eine Menge Tage, wo der Wind die letzten Brotkrumen vom Tisch weht.“

„Ist das ein Grund, weshalb Sie nicht heiraten?“

„Einer von vielen. Registrieren Sie ihn getrost.“

Er blickt mich an, aber ganz sicher scheint er seiner Sache nicht. Er hält noch etwas hinter dem Berg.

„Was würden Sie wohl sagen, wenn einer käme und Aenne mitnähme?“

„Ich würde dazu eine ganze Menge zu sagen haben. Aber wahrscheinlich würde ich es nicht aussprechen.“

„Wenn beispielsweise einer Aenne heiraten möchte?“

„Das ist der Lauf der Welt.“

„Sie hätten nichts dagegen?“

Ich habe wirklich nichts dagegen. Wenigstens ist mir die Idee, daß Aenne einen anderen lieben könnte, bis heute überhaupt noch nicht gekommen. Ich bleibe also ahnungslos und antworte:

„Wenn Aenne ihn liebt, warum nicht?“

Er sagt feierlich:

„Es ist so.“

„Was ist so?

„Es ist so. Aenne liebt mich.“

Ich bin nicht einmal erschrocken. Ich registriere es, als wenn man zu mir gesagt hätte: „Es ist kein Salz mehr im Haus.“ Dann wird man in die Stadt fahren und Salz kaufen. So wenig berührt es mich.

„Ich gratuliere“, sage ich und reiche ihm über den Tisch die Hand. „Wann ist das beschlossen worden?“

„Heute nachmittag.“

„Während ich beim Haarschneiden saß?“

„Ich weiß nicht, was Sie in der Stadt getan haben.“

„Eben“, sage ich, „was weiß einer vom anderen, was er tut, wenn er außer Sichtweite ist? Ich lasse mir das Haar schneiden, Sie verloben sich, und ein Vogel im Garten verspeist vielleicht gerade in der Zeit einen Regenwurm. Haben Sie die Absicht, bald zu heiraten?“

„Im nächsten Frühjahr.“

„Und bis dahin?“

„Ich möchte, daß Aenne nach Hause zurückfährt.“

„Das halte ich auch für das richtige“, sage ich.

„Sie sind einverstanden?“

„Warum nicht?“

Ganz wohl scheint er sich nicht in seiner Haut zu fühlen. Die Verlobungsgeschichte ist wohl auch für ihn überraschend gekommen. Ich weiß nicht, wie weit Aenne nachgeholfen hat. Viel Zeit für Schäferstündchen war ihnen nicht geblieben.

„Finden Sie auch, daß Aenne die richtige Frau für mich ist?“ fragt er.

„Eine gute und gesunde Frau ist für jeden Mann die richtige.“

„Wir werden sicher sehr glücklich werden.“

„Bestimmt“, sage ich.

„Aenne hat bei Ihnen viel gelernt.“

„O ja. Einiges.“

Dann hatten wir nichts mehr zu reden.

Es war alles gesagt.

Am nächsten Morgen beim Frühstück im Garten – Alfred kam als letzter und begrüßte Aenne mit einem Kuß, der ein wenig ostentativ ausfiel, als bedürfe es meiner als Zuschauer, um überhaupt ein Kuß zu werden –, läutete im Haus das Telefon. Ich ging hinein. Die Bahn rief an. Ein Sack mit Düngesalzen läge zum Abholen bereit.

Ich hatte eines Tages einen Prospekt ins Haus bekommen, in dem ein neues Rasendüngemittel angepriesen wurde, dessen Nährstoffe ganz auf Rasengräser abgestimmt waren. Der Versuchung eines Satzes im Prospekt konnte ich nicht widerstehen:

„Sie werden schon wenige Tage nach der Düngung mit unserem mineralischen Volldünger EVERGREEN Ihren Rasen nicht wiedererkennen. Er ist völlig verändert. Es wird für Sie ein neues Rasengefühl. Besonders auffällig ist die neue lichtgrüne Farbe, Smaragdgrün, die Ihr Rasen schon nach einmaliger Anwendung unseres mineralischen Volldüngers EVERGREEN erhält. Sie werden überrascht sein.“

Das imponierte mir. Bei einem Rasen ist das Grün ja die Hauptsache. Und nun ein völlig neues Grün, ein Lichtgrün, ein helles Smaragdgrün? Manche Menschen lassen sich durch kleinere Versprechen verführen. Ich bestellte einen halben Zentner Rasendünger EVERGREEN.

Ich frage Alfred, ob er mit zur Bahn fahren wollte, den Sack zu holen. Er verabschiedete sich abermals mit einem Kuß von Aenne, diesmal konnten sie es schon besser, und wir brachten den Rasendünger nach Hause. Die Beschreibung war oben angebunden. Auf hundert Quadratmeter fünfzig Gramm Düngesalz. Ich hatte mit einem halben Zentner fürs Leben ausgesorgt. Mein Rasen maß schätzungsweise 2000 Quadratmeter, also pro Düngung im Jahr ein Kilo aus dem Halbzentnersack. Da ich an meinem Gartenbuch weiterarbeiten wollte, drückte ich Alfred den Sack mit dem Kunstdünger und die Beschreibung in die Hand und begab mich ins Haus.

„Das ist eine leichte Arbeit“, sagte ich, „Sie werden es bis zum Mittagessen geschafft haben.“

Er hatte es schon früher geschafft.

„Fertig!“ rief er stolz unter meinem Fenster zum Zimmer hinauf.

Es war keine halbe Stunde vergangen.

„Wie? Fertig? Der ganze Rasen?“

„Der Rasen nicht, aber der Sack. Ungefähr ein Drittel des Rasens ist mir noch übriggeblieben.“

Er hatte den halben Zentner auf einmal ausgestreut, mit vollen Händen, ich sah die Streifen, wie die Salze gefallen waren, auf dem Gras liegen. Ich schnappte nach Luft.

„Haben Sie denn die Beschreibung nicht gelesen?“

„Welche Beschreibung?“

„Die ich Ihnen in die Hand gedrückt habe!“

„Das Papier habe ich weggeworfen. Ich dachte, es wäre die Rechnung.“

In der Nacht regnete es. Es regnete heftig.

Am nächsten Morgen blickte ich aus dem Fenster.

In der Tat, der Rasen hatte eine völlig neue Farbe.

Zwar nicht Lichtgrün, auch nicht Smaragdgrün, sondern Tiefschwarz. Die ganze Fläche vorm Haus schien wie von Karbolineum übergossen. Kein einziger grüner Halm. Der Rasen hatte sich überfressen. Jetzt war ihm sterbensübel. Man sah es ihm an.

Ich depeschierte dem Fabrikanten von EVERGREEN. Er drahtete zurück:

„Keine Bange! Das passiert öfter. Der Rasen erholt sich in zwei Monaten."

Ich bin gespannt.

Seit jenem Tag, da ich mir das Haar schneiden ließ, ist eine Woche vergangen. Die Verlobung ist auch gerade acht Tage alt. Sie machen recht flotten Gebrauch davon, die zwei. Sie gehen zusammen spazieren, durch den Wald, sie sammeln Pilze, sie gehen in die wilden Erdbeeren, am Abend sitzen sie im Mondschein auf der Bank unter dem alten Nußbaum, und Alfred beschreibt ihr den Sternenhimmel. Bei Tisch sitzt sie jetzt auf der Breitseite neben ihm, ihre Teller stehen zu zweit nebeneinander, während mein Teller einsam geworden ist. Nicht, daß sie sehr zärtlich miteinander sind oder sich mit Kosenamen bedenken, aber sie sind immer zusammen, und ich bin immer allein. Das wird von Tag zu Tag schlimmer. Mit Aenne habe ich kein Wort über die Verlobung gesprochen, wir reden nur über Dinge, die das Haus und den Garten betreffen. Sie fragt mich nicht nach dem Fortgang meiner Arbeit, und gerade in diesen Tagen bin ich besonders fleißig, ich „stürze mich in die Arbeit, um zu vergessen", wie man sagt, aber das ist natürlich alles nicht wahr. Ich habe noch nie so viel an Aenne gedacht wie jetzt, da sie von mir gehen wird, ich sitze oft stundenlang allein im Zimmer und starre vor mich hin, ich komme mir vor wie ein kranker Hund oder, um es poetischer zu sagen, wie ein gerupfter Vogel. Ich habe nicht gewußt, daß ich in Aenne so verliebt bin und daß ich wie ein Schuljunge immer wieder ihren Namen auf einen Zettel male, den ich dann in kleine Fetzen reiße, daß ihn keiner findet. Wenn ich die zwei nebeneinander sehe, und sie sind immer nebeneinander, sie gehen nebeneinander, sie stehen nebeneinander, sie kommen zusammen, sie gehen zusammen, manchmal beim Spazierengehen, wenn ich ihnen begegne, halten sie sich an den Händen . . . ich winke ihnen von weitem fröhlich zu, ich tue wenigstens so, als ob mich das alles gar nichts anginge. Ich hatte es mir nicht so vorgestellt. Als Alfred mir sagte, daß sie heiraten wollen, hatte ich amüsiert zugehört und war gar nicht überrascht gewesen. Nur zu, heiratet in Gottes Namen, hatte ich mir gesagt. Höchste Zeit, daß in mein Haus wieder einmal eine Veränderung kommt, ich hatte mich auf diese Veränderung geradezu gefreut, so überaus amüsant ist ja ein ganzes Jahr des Zusammenlebens auch nicht gewesen, und dann sind sogar zwei Jahre daraus geworden. Aber jetzt, von Tag zu Tag mehr, erscheint es mir wie ein verlorengegangenes Paradies, ich habe eine schmerzende Sehnsucht nach Aenne und ihren Zärtlichkeiten, nach dem Atem ihrer Haut, der mich nur noch manchmal im Zufall streift, wenn sie an mir vorbeigeht. Wenn ich mir den Tag vorstelle, und es wird morgen sein oder übermorgen, wo sie ihre paar Sachen zusammengepackt, nicht mehr als sie mitbrachte, ich habe ihr wenig geschenkt in diesen zwei Jahren, fast nichts, ich hätte es leicht können, ich hatte es auch vor, jetzt möchte ich laufen und für sie einkaufen, Kleider und Mäntel und Schuhe und Taschen und teure Strümpfe, Handschuhe, sie hat sich immer Handschuhe von mir gewünscht – aber jetzt, da sie von mir weggeht und mit ihm weggeht, hat es ja keinen Sinn mehr, es möchte nur einen dummen Eindruck machen und statt der Freude und des Lachens breitete sich nur Verlegenheit auf ihrem Gesicht aus, wenn ich mit Geschenken daherkäme, so plötzlich, in der letzten Minute . . . nein, es ist besser, ich zeichne weiter an meinem Gartenbuch, schaue nicht aus dem Fenster und drehe mir das Radio auf, um nicht ihre Stimme zu hören, denn so groß ist das Haus und der Garten ja nicht, daß meine Blicke sie nicht immer wieder finden und meine Ohren sie nicht immer wieder hören. Ich rücke mir den Tisch so, daß ich mit dem Rücken zum Fenster sitze. Es ist warm draußen, aber ich lasse die Luft nicht herein, denn die Luft brachte uns früher den Duft der Linden ins Zimmer, und ich will nicht an die Linden denken und an die blauen Kelche der Glockenblumen, aus denen wir den Wein tranken.

„. . . gehe in mein Kämmerlein, trage meinen Schmerz allein . . .", die dümmsten Sätze stimmen in einem so ausweglosen Zustand wie dem meinen . . . nein, ich reiße mich zusammen und schlage im alten Gartenbuch das nächste Kapitel auf: „Wie legt man einen Rasen an?" Wie soll man einen Rasen schwarz-weiß illustrieren? Der Mann, der es vor mir tat, zeichnete Gräserarten in der Blüte und wie sie gute Nachbarschaft halten. Ich aber möchte den Rasen als einen Teil der Wohnung aufzeichnen, wie er gute Nachbarschaft zu den Menschen hält, was man tun muß, ihn nicht allzusehr zu verwöhnen, wie man ihn schon von seiner Kindheit an gängelt und bändigt, damit er als Erwachsener uns ein angenehmes Leben mit ihm ermöglicht. Ich habe meine Erfahrung mit ihm, ich habe im Leben schon mehrere Rasen angelegt.

Es gibt eine sehr einfache Art, zu einem guten Rasen zu gelangen. Ein Rasen muß eben sein wie ein Fußboden im Zimmer. Er soll nicht aussehen wie ein verrutschter Teppich mit Falten und Huckeln, er soll auch keine Blumenrondells in der Mitte oder kreuz und quer haben, die Blumenbeete sollen ihn rechts und links begrenzen. Seine Fläche aber sei ungeteilt, ein großer grüner Teppich, zu unseren Füßen ausgebreitet. Verzichtet darum nicht auf die Mühe, ihn umzugraben und die Fläche, die ihr für ihn bestimmt habt, eben einzurechen. Gestattet ihm keine romantischen Vertiefungen, keine verspielten Hügel, es sei denn, es wächst euch ein vom Himmel gefallener Findling aus der Erde, ein Felsen von wenigstens zwei Meter Höhe, an seiner Spitze von einem Zwergwacholder gekrönt oder einer kleinen Kiefer. Aber das ist ein seltenes Glück, einen Findling dieser Art vorzufinden, und ihn heranzufahren kostet so viel, wie ein Haus zu bauen. Einen silbergrauen Felsbrocken im Garten zu haben, bemoost und zum Teil mit Farnen bewachsen, im Frühling mit Buschwindröschen übersät, im Sommer mit zwei Sträuchern gelben Ginster oder der rosablühenden Erika natürlich bestanden, nichts läßt uns schneller in einem Garten daheim sein. Aber vermeidet Niedlichkeiten und künstliche Felsen, gar mit einer lustig laufenden Quelle, wenn sie aus der Wasserleitung gespeist wird, laßt auch keinen Gartenzwerg seine rote Schubkarre zu seinen Füßen schieben, baut keine Grotte aus Tuffstein . . . es muß immer so aussehen, als hättet ihr mit aller Mühe den Felsblock nicht ausgraben können, auch wenn ihr ihn erst mit doppelter Mühe eingegraben habt. Nur dann, wenn er dasteht wie ein nicht zu beseitigendes Hindernis, eben wie ein Findling vom Himmel heruntergefallen, in den Vorzeiten, als es noch Steine vom Himmel regnete, erst dann wird er zur Schönheit.

Ihr habt die Fläche, die ihr zum Rasen bestimmt, glatt geebnet, fahrt jetzt ein paar Fuhren Mist darauf, breitet den Mist gleichmäßig und streut viele Ballen Torfmull in reicher Verschwendung darüber, dann grabt das Ganze flach um, vermengt es mit der Erde, und dann glättet die Fläche ein zweites Mal. Sogar die Wasserwaage dürft ihr zu Rate ziehen. Nehmt ein langes Brett und legt die Wasserwaage darauf, daß nach keiner Seite hin ein Gefälle entsteht. So wohl vorbereitet und nachdem alle Arbeit getan ist, setzt euch zum Haus und betrachtet euer Werk. Ich verspreche euch, daß sich ein schöpferisches Glücksgefühl in euer Herz einschleicht.

Am nächsten Morgen fahrt ihr ein Stück hinaus in die freie Natur, dort, wo die Wälder beginnen und keine Zäune mehr sind, zu den Wiesenrändern und zu den Feldwegen um die Weiher herum. Ihr habt einen Spaten mitgenommen, einen vierkantigen, keinen rundgebogenen, und jetzt stecht ihr viereckige Grasnarben, die keinem gehören, flach ab. Nehmt nicht zu dicke Erdbrocken mit, vier Zentimeter Dicke genügen, aber sie müssen scharf gestochen sein und auch gleichmäßig dick. Diese Grasnarben, um die euch keiner neidet, denn ihr nehmt sie nur von Stellen, wo sie niemandem nützen, von Wegrändern, aus den Schatten der Bäume, von vorbereiteten Bauplätzen, wo ein Haus stehen soll, fahrt ihr jetzt in euern Garten und legt sie Stück neben Stück eng nebeneinander. Dann klopft und tretet ihr sie fest, Meter neben Meter, ganz gleichmäßig, daß ihre Ränder dicht schließen, und fahrt mit einer Walze ein paarmal darüber. Nach noch nicht vier Wochen, wenn der Himmel ein Einsehen hat und euch einen Landregen schenkt, sonst müßt ihr mit dem Schlauch nachhelfen, habt ihr den schönsten festangewachsenen Rasen, wenn auch keinen englischen, der ja sowieso in einer freien Landschaft fremd wirken würde. Ihr habt eine Wiese vorm Haus, und sie ist genauso viel wert wie ein Rasen. Wenn sie erst zweimal mit dem Rasenmesser kurz geschoren ist, ist sie von einem echten Rasenteppich nicht mehr zu unterscheiden. Zugegeben, es ist ein wenig Klee darin, auch Gänseblümchen ohne Zahl und andere Unkräuter, wie sie eben auf einer Wiese wachsen. Schert sie dafür einmal öfter, und je öfter ihr das tut, desto mehr verschwinden diese Fremdpflanzen von Schur zu Schur. Außerdem sieht man einem geschorenen Rasen nicht an, ob das satte Grün nun von einem Grashalm oder von einem Kleeblatt stammt. Im Gegenteil, meine Besucher freuten sich immer, wenn sie bei mir im Gras ein vierblättriges Kleeblatt fanden, Städter sind geradezu erpicht darauf, und manchen fand ich emsig danach suchend auf meiner Wiese knien.

Ich weiß, daß man diese Rasensoden auch frei Haus kaufen kann. Sie sind aus edlen Gräsern gesät, kommen meist aus England, und je edler die Gräser, desto teurer die kleinen Graswürfel. Man setzt sie weit auseinander, über zehn Zentimeter, und es dauert ein halbes Jahr, bis sie zusammenwachsen, wenn sie nicht die Hühner auskratzen und die Hunde ausscharren. Außerdem ist das Betreten dieses künftigen Rasens ein halbes Jahr verboten. Das kann man in Meran machen, wo ich es sah, weil dort Tag und Nacht ein Schutzmann postiert ist, der aufpaßt, daß kein Hund darüber hinwegfegt und kein Mensch seinen Weg durch Querfeldeinlaufen abkürzt. Da lobe ich mir meine alte Art, wo die Grasnarben vom ersten Tag an festgeklopft liegen und jeder Schritt auf ihnen das Anwachsen fördert. Nach vier Wochen schon kann man auf ihnen Fußball spielen, Purzelbäume schlagen, den Wagen wenden, seinen Drachen steigen lassen, eine

Spielwiese für die Kinder machen, selbst die Damen dürfen mit ihren Bleistiftabsätzen getrost darauf spazierengehen. Sie mögen es einmal auf einem so feinnervigen, empfindlichen angesäten englischen Rasen versuchen. Ich kenne Gartenbesitzer, die allen Ernstes verlangen, daß sich die Damen, die zu Gast bei ihnen sind, ihre Schuhe zuvor auszuziehen, ehe sie den Rasen betreten.

Ich kann die Rasenbesitzer verstehen. So einen englischen Rasen anzulegen . . . welche Kosten, welche Mühen! Ich lese es jetzt wieder in meinem alten Gartenbuch nach. Das beginnt schon mit der richtigen Auswahl der anzusäenden Grassorten. Man muß das Erdreich zur Prüfung einschicken, ob es ein Sandboden ist oder ein Lehmboden, ob er feucht ist oder trocken, nährstoffreich oder nährstoffarm, ob er frei vom gräserfeindlichen Kalk ist und in sonniger oder schattiger Lage, ob der Wind vom Osten bläst oder vom Süden, wie viele Regentage der Landstrich im Jahr hat, ob der künftige Rasen von einem Zaun umstanden ist und ob man täglich beispielsweise seinen Frühstückskaffee darauf zu trinken beabsichtigt. Nach diesen nicht ohne Mühen festzustellenden Erkenntnissen sendet man das Resultat seiner Forschung an den Arbeitskreis Rasen im Zentralverband des deutschen Gartenbaus und erhält von dort zunächst keinen Rat, sondern eine Rückfrage mit auszufüllendem Fragebogen:

a) Welchem Zweck soll der Rasen dienen?
b) Welche Pflege können Sie ihm zuteil werden lassen?
c) Sind Hunde im Haus?
d) Sind Hühner im Haus?
e) Haben Sie viele Gäste?
f) Pflegen Sie im Sommer zu vermieten?
g) Werden die Wühlmäuse bekämpft?
h) Beabsichtigen Sie, einen Plattenweg über ihn zu führen?
i) Sind die Ränder des Rasens baumbestanden?

Ich habe das ganze ABC des Fragebogens nicht mehr im Kopf, es lief einmal vom großen A bis zum großen Z und einmal vom kleinen a bis zum kleinen z, und dann folgten noch ein paar Fragen unter römischen Ziffern, aber nachdem ich ihn ausgefüllt hatte, erhielt ich kostenlos die Auskunft über die genaue Mischung und den prozentuellen Anteil jeder anzusäenden Grassorte, auch welche Saatmenge ich auf jeden Quadratmeter zu säen habe. Hier begann meine große Überraschung. Die meisten Menschen säen beim Gemüse zuviel und beim Rasen zuwenig. Es gibt Erdarten und Gartenböden, die bis zu 70, ja sogar 80 Gramm Samen auf den Quadratmeter zum guten Gelingen verlangen. Wer aber kauft für 1000 Quadratmeter, gar keine allzu große Fläche, auf einmal 160 Pfund Grassamen, das sind anderthalb Zentner! So steht es in diesem alten Gartenbuch: 70 bis 80 Gramm auf den Quadratmeter! Es steht aber auch darin, daß man bei gewissen Sorten und in gewissen günstigen Böden nur 40 Gramm braucht, in Glücksfällen sogar nur zwanzig Gramm. Aber auch das sind noch gewaltige Mengen, und ein guter Grassamen gehört nicht zu den billigsten Dingen.

Ich lese im Gartenbuch weiter, während die Zahl der Illustrationen wächst. Wie wird der Boden für eine Ansaat vorbereitet? Die Erde muß unkrautfrei sein. Das steht hier dick gedruckt. Und dann klein gedruckt die Vorschriften: Wir graben die Erde im Herbst grobschollig um und lassen sie in diesem Zustand den Winter über liegen. Im Frühjahr beginnen wir dann, die Schollen auseinanderzureißen, zu harken und glatt zu rechen. Dabei muß jede Unkrautwurzel aufgelesen werden, und das Harken ist so oft zu wiederholen, bis auch nicht die kleinste Unkrautwurzel mehr in der Erde ist. Dann bleibt die Fläche weitere zwei Monate unbebaut liegen. (Warum dies sein muß, verrät das Buch nicht.) Anschließend wird sie nochmals mit dem Rechen bearbeitet, und alle wider Erwarten doch noch aufgegangenen Unkräuter müssen abermals herausgezogen und eingesammelt werden. Erst dann kann die Saat beginnen. Und zwar nicht flott mit der ganzen

Hand, sondern nur mit zwei Fingern der *rechten* Hand. (So steht es in dem Buch. Linkshänder sind also offenbar für das Rasensäen ungeeignet.)

Am besten teilt man das ganze Saatgut in vier Viertel. Mit dem ersten Viertel besät man die Fläche der Länge lang von rechts nach links gehend, mit dem zweiten Viertel jetzt querfeldein wiederum von rechts nach links. Mit dem dritten Viertel gehen wir abermals die Längslinie, diesmal aber von links nach rechts und mit dem letzten Viertel wieder die Querlinie, ebenfalls von links nach rechts. Das ist anschaulich geschildert, das sieht man ein. Die Ränder sät man dichter, die Mitte wird sowieso ungleichmäßig, wenn man kein Zauberer ist.

Jetzt harkt man den Samen unter. Wie tief muß er liegen? Die beste Keimtiefe soll zwei Zentimeter sein, schreibt das Buch vor. Ich kann es mir nicht vorstellen, denn eine alte Gartenregel besagt, daß jedes Saatkorn nur so hoch mit Erde bedeckt sein darf, wie es selbst dick ist. Das wären in unserem Fall keine zwei Millimeter. Aber richten wir uns weiter nach dem Buch, nachdem wir schon so viel Mühe auf uns genommen haben. Wir bringen also die Saat in zwei Zentimeter Tiefe, das ist so tief, wie das erste Glied unseres Zeigefingers lang. So tief stopfe ich sonst nur Krokusse und Schneeglöckchen. Tut es ruhig und glaubt an das Lehrbuch! Ich darf aus meiner Erfahrung verraten, daß man den Samen auch obenauf liegenlassen, ihn nur flach einharken und festklopfen kann. Natürlich fressen ihn dann zum Teil die lieben Vögel und des Nachbars Hühner, ihnen ist wenn sie ein frisch umgegrabenes Saatbeet sehen, kein Zaun zu hoch, aber was können sie schon von unseren anderthalb Zentnern Grassamen aufpicken? Ob aber obenauf gesät oder in zwei Zentimeter Tiefe, auf jeden Fall müssen wir jetzt den seit dem vorigen Herbst grobschollig umgegrabenen, im Frühjahr nochmals zwei Monate brachliegenden und zweimal vom Unkraut abgelesenen Boden festwalzen und mit Trittbrettern festtreten. Das ist gar nicht so leicht, wie es sich anhört. Und sieht gar nicht so schön aus, wenn es fertig ist. Aber es hat wenigstens Mühe gemacht und Schweiß gekostet, und das gehört nun einmal zu den Gartenfreuden, die Mühe und der Schweiß. Schenke uns jetzt der Himmel einen leisen Regen und an jedem Morgen einen fröhlichen Tau! Denn im gegenwärtigen Zustand unseres besäten Bodens dürfen wir nicht wässern oder gießen oder gar mit dem Schlauch spritzen. Sonst verschlämmen wir das Saatgut, und es entstehen kahle und fette Stellen im unbeabsichtigten Nebeneinander. Dann hätten wir auch gleich mit der vollen Hand säen können und nicht nur mit zwei Fingern. Erst dann, wenn unser künftiger Rasen nicht nur in unserer Phantasie den ersten grünen Schimmer zeigt, sondern schon ein gesundes kräftiges Grün, erst dann dürfen wir uns ihm mit Wasser nähern.

Der Rasen wächst. Alles ist gutgegangen. Schon stehen die jungen Halme vier Zentimeter hoch, an manchen Stellen noch ein wenig schütter wie der Bartwuchs eines Jünglings. Zu diesem Zeitpunkt müssen wir die Walze noch einmal aus dem Schuppen holen und den ganzen Rasen rücksichtslos zusammenwalzen. Es tut uns in der Seele weh, die jungen Halme, für die wir so viel Arbeit aufwandten, jetzt, wo sie sich endlich zeigen und der Sonne zuwachsen, einfach niederzuwalzen. Aber es muß sein, sagt das Buch. Warum es sein muß, sagt es nicht. Auch diese Tortur übersteht der Rasen. Er richtet sich wieder auf, wächst sieben Zentimeter, bald acht, jetzt ist es an der Zeit, die Sense zu schleifen und ihn zum ersten Mal mit der Hand zu mähen. Das Mähgut lassen wir an Ort und Stelle liegen. Es verbessert den Boden. Auch ein zweites Mal mähen wir noch mit der Hand. Erst beim dritten Mal dürfen wir unseren elektrischen Rasenmäher anwenden. Erst jetzt darf er sich über den Rasen hermachen, über unsere junge Wiese. Und am besten zweimal in der Woche, das schadet weder ihm noch ihr.

Ich klappe das Buch zu. Ich habe zum Schluß ein paar Gräser an den Rand gezeichnet, junge Gräser, die im lustigen Ringelreihen zur Sonne emporwachsen, Grasfräuleins, die einen Tautropfen wie einen Busen tragen und verschämt an sich hinunterblicken, junge Ritter, die ihre Halmspitzen wie einen Degen kreuzen, und anderen spielerischen Unsinn meiner Feder noch dazu. Auch miesepetrig blickende Grastanten zeichnete ich, die über ein Unkraut neben sich die Nase rümpfen, und Grasmütter, die ihren kleinen Halmen, die sich ängstlich vor dem herannahenden Rasenmäher duckten, zuriefen: „Das ist gleich vorbei und tut gar nicht weh!" Einen speziellen Grashalm zeichnete ich noch, der wuchs ganz für sich allein hinauf ins Uferlose des Himmels, er wurde immer größer und größer und sah auf die anderen hinab, die in der Menge zurückgeblieben waren. Er wuchs in die große Einsamkeit hinein, die Bäume erkannten ihn nicht als ihresgleichen an und sprachen nicht mit ihm, auch beneidete er sie umgekehrt, weil sie weiße und rosafarbene Blüten trugen, und an ihm wollte keine einzige wachsen. Da wurde unser Grashalm, der es so weit nach oben gebracht hatte, sehr traurig und sah sehnsüchtig zurück zu den anderen, die sich zu seinen Füßen ihrer Fröhlichkeit hingaben, da kam ein Käfer an ihm hochgekrochen und zog ihn durch sein Gewicht wieder zu den Seinen hinunter. Und wenn er nicht gestorben ist, so grünt er heute noch.

Aenne bringt mir eine Tasse Hühnerbrühe.
Sie fragt:
„Wie geht die Arbeit vorwärts, Florian?"
Ich versuche, den Blick ihrer Augen einzufangen.
„Hast du jetzt eine Minute Zeit für mich?"
Aenne sagt:
„Die Suppe ist sehr heiß! Sei vorsichtig!"

Elftes Kapitel

Am Nachmittag arbeite ich im Garten. Aenne und Alfred sind spazierengegangen. Ich bin sehr allein und kneife die Tomaten aus. Das ist eine lästige Beschäftigung und muß jede Woche wiederholt werden. Aus jedem Blattwinkel kommt ein Seitentrieb, gleich mit einer Blüte und einem Fruchtstand, und gehört entfernt. Nach meiner Erfahrung sind Tomaten nur dann ertragreich, wenn wir sie einstämmig ziehen, sie sich also nicht nach Gutdünken verbreitern dürfen. Man kann sie auf diese Weise auch enger setzen, nur dürfen sie keine Nebenzweige bilden. Zwar fruchtet auch jeder Seitentrieb, aber sie nehmen sich gegenseitig die Sonne weg, und ohne Sonne bekommt die Tomate keine Süße. Wir erhalten sonst einen schweren Behang von hundert grünen Früchten, die bis zum Herbst nicht reifen. Der größte Teil der Ernte ist beim ersten Frost noch grün an der Staude. Natürlich kann man die grünen Früchte im Winter ans Fenster auf der Südseite des Hauses legen, auch jede einzelne in Zeitungspapier wickeln, sie bekommen dann eine Notreife, aber das Beste, was man nach meiner Erfahrung mit grünen Tomaten machen kann, so viele Rezepte es auch geben mag, ist immer noch, sie einfach wegzuwerfen, so schwer uns auch jedes Jahr der Entschluß fällt. Um eine gute Mittelernte zu erzielen, sollen alle Früchte nur an einem geraden Stamm hängen. Es nützt auch nichts, wenn wir bei Herbstbeginn alle Blätter wegschneiden, was manche gern tun, um die Früchte der prallen Sonne auszusetzen. Die Tomaten verlieren dadurch ihr Aroma und ihren typischen Tomatengeschmack.

Ich weiß nicht, warum ich mich immer wieder verleiten lasse, jedes Jahr in meinem Garten Tomaten anzubauen. Wenn sie in meinem Garten beginnen, langsam reif zu werden, kosten sie auf den Märkten nur wenige Pfennig. Zur Zeit der Tomatenschwemme bekommt man beim Einkauf von einem Pfund Sommerbirnen zwei Pfund Tomaten gratis dazu.

Es ist so ähnlich wie mit den Gurken, die im Sommer auch keiner mag, weil wir uns daran gewöhnt haben, schon im März und April Gurkensalat zu essen. Aber wir pflanzen in unseren Gärten nach wie vor Gurken und Tomaten, vielleicht nur deswegen, weil sie so fröhlich wachsen, wir können ihnen beim Wachsen zusehen, und das macht vielleicht mehr Spaß als der Nutzen und die Ernte. Natürlich ist ein möglichst mit einem Glasfenster bedecktes Gurkenbeet mit den ersten grünen Gurken eine Augenweide, natürlich ist es immer wieder eine Lebensfreude besonderer Art, die erste Gurke aus dem Garten hereinzuholen, ein sichtbarer Erfolg unserer Gartenmühe und unseres Wissens, nämlich, daß man es bei den Gurken umgekehrt machen muß als wie bei den Tomaten: Hier kneift man den Haupttrieb nach dem dritten Blatt ab und läßt die Seitentriebe sich entwickeln und fruchten, so bedeckt eine Pflanze bald zwei Meter rings um sich. Die erste Gurke wird im Triumph eingeholt, da steht das Haus des Gärtners Spalier, aber wenn dann im kurzen Nacheinander aus den einzelnen Gurken volle Körbe Gurken werden, dann fragt man sich, wohin mit dem Segen? Denn draußen reifen täglich neue Gurken, und die gestern und vorgestern geernteten sind im Haus noch nicht aufgebraucht. Wir können sie einlegen, gewiß, mit Lorbeerblatt, Salz und reichlich Dill und dann sie mit einem Stein beschweren, aber sie gären in diesem Sud schnell, schon nach sieben Tagen, und dann beginnen sie, weniger gut zu riechen. Die soeben noch neuen sauren Gurken, eine Köstlichkeit für jeden Gaumen, werden zu alten sauren Gurken, und was eine echte alte saure Gurke ist, die soll der Teufel selber essen.

Ach, geht mir doch mit dem ganzen Gemüse im Garten! Das ist nichts als eine Wichtigmacherei! Gespart hat noch keiner einen Pfennig dabei, und wenn er den teuren Samen und die Mühe rechnet, die ihm das Anlegen eines Gemüsebeetes macht, das Umgraben, das Glattrechen, die Unterbringung des alten Dunges, das Behäufeln, das Lockern der Erde, das

Zupfen des Unkrautes, das Auslichten und das Tragen der schweren Gießkannen zweimal täglich von der Regentonne bis zu den Beeten, da kommt er auf keinen Stundenlohn von mehr als drei Pfennig. Es gibt nur zwei Dinge im Garten, die sich für einen Haushalt rentieren: Das sind die ersten Radieschen von der bewährten Sorte Non plus ultra, möglichst schon im Februar unter Glas gesetzt, und grüne Buschbohnen, fadenlos, auf alle freien Beete. Kohlrabi, Blumenkohl, Weißkraut, Rotkraut und Wirsing wachsen mit vielen Ausfällen heran, ich sah nur selten ein gleichmäßig bestandenes Beet in den Privatgärten. Um einen Blumenkohl, der festgeschlossen wächst, stehen vier, die ihre Rose spreizen. Da nützt es nichts, die großen Blätter abdeckend um den kleinen weißen Kopf umzubrechen, wie es die Gartenbücher anraten. Die Kohlrabis müssen wir als kleine Köpfe ernten, denn sie sind über Nacht hart und holzig. Die Zuckererbsen ergeben ausgekernt knapp eine Mahlzeit, in einer Gemüsedose von 98 Pfennig sind mehr Erbsen, als auf einem Zweimeterbeet wachsen. Vom Spinat kann man nur zweimal ernten, indessen liegen auf den Märkten Berge von Spinat, verlockend frisch und großblättrig, ja sogar von einem saftigeren Grün, als wir ihn auf unseren Beeten hervorzaubern können. Nur bei den Radieschen kommt keines so zart und frisch auf den Tisch wie die vor fünf Minuten aus unseren Beeten im März gezupften, die Märzradieschen sind von einer Würze und Süße ohnegleichen, aber man muß sie täglich gießen, dann bekommen sie den unvergleichlichen Geschmack, daß wir sie sogar ohne Salz essen können. Der Garten, das Frühjahr und die Märzradieschen, das gehört zusammen wie die ersten Krokusse auf der Wiese, die Osterglocken und die gelben Forsythien, die sich im Winde wiegen.

Zum Sommer gehören die grünen Bohnen. Grüne Bohnen kann man nicht für Geld kaufen. Sie sollen frisch gepflückt in den Topf kommen, keine zwölf Stunden alt werden, es ist einfach eine andere Mahlzeit, als die in den Läden gekauften Bohnen. Sie halten den Transport vom Beet auf den Markt nicht aus, nicht die Hände des Bohnenpflückers, es müssen unsere eigenen oder die unserer Frau sein. Ich weiß nicht, warum es so ist, aber es ist so. Nehmt nur fadenlose Sorten, verzichtet auch auf die gelbhäutigen, sie tragen alle reich, überreich, der Segen geht nicht aus, und wenn ihr, wie ich, immer in der Folge von vier Wochen ein neues Bohnenbeet anlegt, so habt ihr den ganzen Sommer mit dem köstlichen Gemüse ausgesorgt. Aber legt die Bohnen nicht vor Mai, und legt sie nicht tiefer, als daß sie gerade noch die Glocken vom Kirchturm läuten hören können. Dann habt ihr weiter nichts zu tun, als sie einmal zu behäufeln, sie halten sich unter ihrem geschlossenen Blätterdach selbst unkrautfrei, ein Gärtner verdient keinen Garten, wenn er nicht Bohnen anbaut.

Von anderem Gemüse brauche ich euch nichts zu erzählen. Schwarzwurzeln brauchen zwei Jahre, mit Porree ist es ähnlich in den kurzen Sommern unseres Landes, Spargel, die Erfüllung eines Gärtnertraumes, gedeiht nicht überall, wenn man auch als Besessener den Versuch getrost wagen sollte. Karotten, nun ja, wer will, mag sie immerhin ansäen, um eine Möhre zur Suppenwürze schnell aus dem Garten hereinholen zu können, auch ein Blatt vom Sellerie, von dem drei Pflanzen genügen, den ganzen Sommer über eine köstliche Suppe zu kochen. Die Knollen zum Salat kauft ihr im Herbst billig, im Gemüsebeet fressen sie euch an Humus und Dünger arm. Von Zwiebeln empfehle ich euch die schnellwachsenden und besser schmeckenden Schalotten, sie zeigen bald das erste Grün und vermehren sich durch Teilung. Aus einer Schalottenzwiebel werden zehn prächtige Zwiebeln und nicht nur eine wie bei den üblichen Steckzwiebeln, hier gibt es nie eine Mißernte, und sie sind auch in der Küche für die Hausfrau eine wahre Freude. Mögt ihr Rhabarber, so gönne ich euch gern das Vergnügen, vier, fünf Stauden an den Rand eurer Beete zu setzen. Aber brecht noch keinen Stiel im ersten Jahr nach der Pflanzung, er verträgt es nicht und wächst euch sonst nie zu einem Prachtexemplar heran. Daß ihr den Rhabarber nicht schneiden dürft, sondern nur mit einer Drehung des kräftigen Stengels am Ansatz herausbrechen, das lernt man schon als Kind in der ABC-Schule des Gartenlebens.

Ich bin mit der Arbeit an den Tomaten fertig, habe mit Bast den Stamm an den Stab festgebunden, das gehört bei den Frohwüchsigen auch zu den wöchentlichen Aufgaben, meine Finger sind mit gelbbraunen Flecken beschmutzt, wie sie der Saft aus den Tomatentrieben hervorruft, und will mich gerade zum Beet der roten Rüben begeben, die anzubauen ich kein Jahr unterlasse. Es mag ein Aberglaube sein, aber die vorgekochten in den Beuteln und Konservendosen schmecken mir nicht, und die frischen von den Gärtnern haben das ganze Jahr über einen horrenden Preis. Vielleicht machen mir auch nur die roten Blätter auf den Beeten Spaß. Meine roten Rüben wachsen jedes Jahr kräftig heran, ich habe ihnen ein gutes Beet gegeben, das im alten Dung steht, denn frischen vertragen sie ja nicht.

„Florian!"

Ich muß mich getäuscht haben. Wer soll mich rufen?

„Florian! Wo bist du?"

Es ist Aennes Stimme. Ich blicke nach oben, zum Haus. Aenne sucht mich. Ich denke, sie ist spazierengegangen?

„Ja. Hier. Was gibt's?"

„Es ist Geld für dich gekommen."

„Am Nachmittag?"

„Telegraphisch."

„Ich komme hinauf."

Es gibt eine Überraschung. Es ist das sonderbarste Geld, das ich je eingenommen habe. Es kommt von der „Glückspost" aus Wien. Ich habe für diese Zeitschrift vor Jahren den Kopf gezeichnet, unter dem die „Glückspost" seitdem erscheint. Ein Honorar habe ich damals nicht erhalten, sie konnten oder wollten es nicht zahlen. Aber sie versprachen mir, als Ersatz dafür ein Achtellos in der Österreichischen Klassenlotterie für mich zu spielen, solange mein Titel die

Zeitschrift krönt. Ich hatte völlig vergessen, daß ich sozusagen in Wien ein Eisen im Feuer hatte, und heute brachte mir nun der Depeschenbote eine Anweisung auf vierhundert Mark. Am hellen Nachmittag, wo man immer nur Geld ausgibt und nie eines einnimmt. Er zahlte mir die vierhundert Mark in Fünfmarkstücken aus. Warum er es in klingender Münze brachte, 80 runde Silberlinge, werde ich wohl nie erfahren. Vielleicht rechnete er damit, daß ich in meiner Freude, einen Lotteriegewinn gemacht zu haben, ihm einen der Silberlinge schenkte. Ich tat es auch, denn er sprach mir seine Gratulation aus, und ich hatte, während ich unterschrieb, gelbe Finger, wie man sie von der Arbeit bei den Tomaten bekommt. Er aber hatte saubere, frisch gewaschene sozusagen, und das bringt einen Mann dem anderen gegenüber immer in Verlegenheit.

Wieso ist Aenne im Haus? Und wo ist Alfred?

Als der Depeschenbote gegangen ist, stapfe ich ins Haus zurück. Aenne steht im Zimmer, den Rücken zur Tür, und sieht aus dem Fenster. Sie scheint auf mich zu warten.

Ich spiele den Gleichgültigen.

„Das Verlobungsessen ist gerettet“, sage ich und baue die Fünfmarkstücke in vier kleinen Türmen auf den Rand der Kommode.

„Welches Essen?“

„Das ich zu deiner Verlobung zu geben beabsichtige.“

„Du willst den Tag noch feiern?“

„Am Tag, wo du aus dem Haus gehst, gebe ich ein kleines Fest!“

„Manchmal verstehe ich dich nicht.“

„Da ist nicht viel zu verstehen“, sage ich. „Du warst zwei Jahre bei mir, du hast dich hier im Hause verlobt, es ist meine Pflicht als Hausvater, dir zum Abschied ein festliches Mahl zu bereiten.“

Mit einem Ruck dreht sie sich zu mir herum.

„Mehr hast du nicht zu sagen?“

„Hätte es jetzt noch einen Sinn?“

„Das Ganze ist ein Mißverständnis."

„Ach", sage ich, „darüber wollen wir nicht rechten. Es ist besser, wir lassen diese Dinge unausgesprochen."

„Ich will aber mit dir darüber reden!"

„Was? Jetzt noch?"

„Es ist die letzte Möglichkeit."

„Wenn ein Zug einmal abgefahren ist, dann ist er abgefahren."

„Er ist aber noch nicht abgefahren."

„Dann ist er vielleicht nur noch nicht aus der Halle. Aber ich bin inzwischen längst vom Bahnsteig weggegangen."

Sie tritt auf mich zu, als wollte sie mir das Gesicht zerkratzen.

„Immer deine Überheblichkeit!"

„Was soll ich tun? Weinen?"

„Du und weinen!"

„Eben! Es würde gar nicht zu mir passen."

„Wenn du nur weißt, was zu dir paßt!"

„Ich will dir einmal etwas sagen, Aenne", ich ziehe mir mit dem rechten Fuß einen Stuhl heran und lasse mich auf ihn fallen, „ganz abgesehen davon, daß ich mir jetzt die Hände waschen muß, im gemeinsamen Bad, auch wenn du deine Seife und dein Zahnputzglas daraus entfernt hast, so beweisen doch eure Mondscheinserenaden und eure Sternenbetrachtungen und deine Spaziergänge mit Alfred – wo ist er übrigens?"

„Ich habe ihn in die Stadt geschickt."

„Allein?"

„Er läßt sich die Haare schneiden."

„Aha! Während ich mir das Haar schneiden ließ, sprachst du mit ihm, und während er sich das Haar schneiden läßt, ist ein Gespräch mit mir an der Tagesordnung."

„Du weißt genau, warum alles so gekommen ist."

„Wenn ich es wüßte, wäre mir wahrscheinlich leichter, und ich trüge es mit mehr Fassung."

„Du hast nie die Fassung verloren. Alfred hat mir erzählt, wie du es aufgenommen hast."

„Wie hätte ich mich verhalten sollen?“

„Anders.“

„Wie anders?“

„Du hast sogar gelacht. Als ob dich das Ganze gar nichts anginge. Dann hast du noch zu ihm gesagt, daß ich großartig zu ihm passe und daß du dir für ihn keine bessere Frau vorstellen kannst.“

Ich schlage ein Bein über das andere. Das ist eine Pose, hinter der man am besten seine Erregung versteckt.

„Ich kann mir für keinen Mann der Welt eine bessere Frau vorstellen als dich“, sage ich, „nimm es als Kompliment! Außerdem lautete meine Formulierung anders. Ich habe zu ihm gesagt, daß für ihn jede Frau die richtige ist, also auch du, nachdem er schon entschlossen war, dich zu ehelichen. Darf ich mir jetzt die Hände waschen?“

Ich stehe auf, gehe ins Bad hinüber. Aenne folgt mir. Sie bleibt in der Tür stehen, während ich den Wasserhahn am Waschbecken aufdrehe und die Hände einzuseifen beginne.

„Das hast du früher schon immer getan“, sage ich.

„Was soll ich immer getan haben?“

„In der Tür gestanden, während ich mich duschte oder rasierte oder mir die Hände wusch.“

„Daß du es überhaupt noch weißt!“

„Ich weiß noch anderes.“

„Ich sehe es dir an.“

„Die Idee mit der Verlobung . . .“

„. . . stammt von mir, willst du sagen?“

„Du wolltest nur wissen, wie ich darauf reagiere. Es muß für dich eine arge Enttäuschung gewesen sein. Ich habe nicht getobt, ich habe nicht den Tisch umgeworfen, ich bin Alfred nicht an die Kehle gefahren, ich bin nicht in blinde Eifersucht gefallen, wie du es gehofft hast –“

„Das habe ich von dir auch nicht erwartet.“

„Was hast du dann erwartet?“

„Daß du erkennst, was ich dir bedeute. Daß wir so nicht weiter zusammenleben können.“

„Aha! Diese Erkenntnis wollte ich gerade vermeiden. Ich habe nicht die Absicht, weder damals noch heute, an der bisherigen Form unseres Zusammenlebens auch nur das geringste zu ändern. Wo ist das Handtuch?“

Sie reicht es mir. Das hat sie schon früher immer getan. Sie steht in der Tür und hält das Handtuch. Auch jetzt hat sie es wieder an sich genommen, als ob sich nichts zwischen uns geändert hätte.

„Hier, Florian“, sagt sie.

„Danke!“

Ich trockne mir die Hände ab und knöpfe die Manschetten zu. Aenne nimmt das Handtuch und breitet es über den Handtuchhalter.

„Du brauchst eine Magd“, sagt sie.

„Ja. Eine Magd als Geliebte. Vielleicht ist es das. So wie du draußen am Zaun standest. Wie ich dich auf den Heuhaufen warf und dir das Kleid aufriß. Der Wäschekorb, den du trägst, mit beiden Händen, und keine Hand frei hast, dich zu wehren – dieses, daß du stehenbleibst am Tisch, während ich sitze und dich zu mir niederziehe, daß du Kirschen pflückst am Baum, und ich komme zu dir hinauf, kaum, daß der Ast uns trägt! Daß du im Regen aus dem Garten kommst, den Rock über den Kopf gezogen, daß deine Haut heiß und naß ist von der Arbeit des Umgrabens, und ich reiße dich in meine Arme, und wir stehen zusammen unter der Dusche –“

„Ist es nur deswegen?“

„Ich weiß es nicht. Ich weiß nur, daß ich nicht anders leben kann und daß ich nie heiraten werde. Ich kann mir einfach nicht vorstellen, eine Ehefrau zu besitzen, die Verantwortung für sie zu tragen, daß das tägliche Brot auf dem Tisch steht, daß genug Wäsche im Haus ist, zwei Betten nebeneinanderstehen – was kümmert es mich jetzt, ob ich heute in einer goldenen Kutsche fahre und morgen in Schulden ersticke? Wenn du willst, zerreiße ich alles, was ich bisher gezeichnet habe, und setze mich mit dem Bettlerhut in der Hand unter die Kirchentür. Ich will frei sein, verstehst du das? Frei mit dem Recht, zu leben, zu lieben, störrisch zu sein wie ein Maulesel, den keine hundert Stockschläge vorwärts treiben können . . ."

„Es macht dir nichts aus, wenn ich dich verlasse?"

„Du warst mir eine ideale Geliebte, eine ideale Ehefrau gibt es nicht."

„Das ist eine Redensart."

„Ich will auch die Freiheit besitzen, eine Redensart zu gebrauchen."

„Du wirst eine andere Magd nach mir nehmen?"

„Ja. Warum nicht?"

„Sie wird in meinem Bett schlafen?"

„Tausendundeine Nacht, wenn sie so ist wie du."

„O Florian!" sagt Aenne.

„Ach, Aenne!" sage ich. „Warum ist alles so gekommen?"

Das Gespräch mit Aenne hat mich sehr erregt. Ich gehe auf sie zu, um sie in meine Arme zu schließen, sie hebt schon ihr Gesicht dem meinen entgegen, dann weicht sie im letzten Augenblick, der nicht länger dauert, als wenn eine Schwalbe am Fenster vorbeifliegt, zurück und sagt:

„Ich muß die Wäsche hereinholen. Ich habe alles noch einmal durchgewaschen, auch deine und Alfreds Hemden, in vier Tagen reise ich."

„Am Sonntag schon?"

„Ich bin auch an einem Sonntag gekommen."

„Wohin fahrt ihr?"

„Zu Alfreds Mutter. Wir haben ihr schon geschrieben."

Ich ziehe einen Bleistift aus der Tasche.

„Gib mir die Adresse, falls etwas nachzuschicken ist."

Sie nennt sie mir:

„Frau Professor Noack, Königstein im Taunus, Aachener Allee 9."

Ich höre das Gartentor, schaue hinaus und sehe Alfred kommen. Er pfeift den Hauspfiff. Dreimal hoch und einmal tief. Dreimal E und einmal C. Sogar den hat er von mir übernommen.

„Die Stimme deines Herrn!" sage ich.

Aenne eilt hinaus. Ich will dem glücklichen Bräutigam jetzt nicht begegnen. Ich verschwinde in mein Arbeitszimmer. Am liebsten möchte ich alles zusammenschlagen. Keinen Stein auf dem anderen lassen. Die Beete zertreten, die Erdbeeren herausreißen, jeden Baum umschlagen. Unseren Nußbaum, den wir gepflanzt haben, zuerst. Vielleicht verkaufe ich auch das Haus und den Garten.

Wie stellt sich Aenne das vor? Am Sonntag das Bündel schnüren und weggehen? Die Klinke der Tür in der Hand und „Leb wohl! Ich danke dir für alles! Es war eine schöne Zeit!" Er wird daneben stehen, linkisch, den Koffer in der Hand. „Es waren angenehme Ferien bei Ihnen!" Dann quietscht die Gartentür, während ich ins Haus zurückgehe, und ich weiß jetzt, sie sind gegangen. Sie wird nie wieder durch dieses Tor hereinkommen, nie wieder mit mir den kleinen, mit dunklen Basaltsteinen belegten Pfad zwischen den Rosenhochstämmen entlanggehen und die Rosen in den langen, schmalen Korb legen, die ich ihr von den Bäumchen schneide. Die schönsten Knospen lasse ich stehen. Ich finde sie am Baum schöner als in der Vase.

Einmal setzte Aenne den Korb zur Erde.

„Ich muß dir jetzt einen Kuß geben, Florian. Die Rosen wollen uns dabei zusehen."

Als ob die Rosen an unserer Liebe Anteil nehmen! Aber sie blühten noch nie so schön und reich wie in diesen beiden Sommern, in denen Aenne bei mir war. Vielleicht macht es ihnen wirklich etwas aus, wenn sie die Liebe spüren.

Vielleicht ist jetzt, da mich Aenne verläßt, der Augenblick gekommen, mein Vorhaben im Rosengarten auszuführen. Noch habe ich nicht das Geld dazu, aber etwas muß geschehen, mich abzulenken und meine Phantasie in neue Bahnen zu lenken, wenn ich allein bin und – geradezu verwerflich, ich mag im Augenblick noch nicht daran denken, solange die andere noch im Haus ist, aber ich muß eine Mausefalle aufstellen, in der sich eine fängt, die wie Aenne am Zaun stehenbleibt und von dem Anblick, der sich ihr bietet, verwirrt wird. Ich habe meinen Garten noch nie so betrachtet, als Mittel zum Zweck, aber jetzt, wo ich in der Not des Verlassenseins bin –

Ich habe eine Idee, einen Plan, an sich eine Ketzerei, aber es ist die Erfüllung eines Traumes, den zu Ende zu träumen noch keiner gewagt hat und wie er schöner nicht geträumt werden kann. Je mehr ich darüber nachdenke, desto schneller klopft mein Herz. Ich brauch' das gar nicht als Mausefalle, da sollen junge Mädchen am Zaun stehen, wie viele es sein wollen, blonde, braune, dunkellockige und rothaarige, so schön können sie gar nicht sein wie mein Garten, wenn ich ihn so gestalte, wie ich es mir ausmale.

Ich habe eine Doppelreihe von sechzig Rosenhochstämmen, rechts und links von einem kleinen Weg, der mit dunklen Basaltplatten belegt ist. Diese dunklen, unregelmäßigen Platten, die im Regen und bei jedem Tau am Morgen schwarz glänzen und wie eine Kostbarkeit schimmern, daß ich diesen kleinen Pfad den königlichen nenne, so bettelmännisch auch mein Haus daneben steht, sind mir durch einen Zufall zugespielt worden. In meiner Nähe, keine achthundert Meter vom Zaun, lag eine eingefallene Flachsstube, in der früher die Bauern den Flachs brachen. Das verfallene Gebäude lag schon viele Jahrzehnte ohne Dach, nur noch mit drei Wänden, die vierte war eingestürzt, Holunderstauden wuchsen dazwischen, Brombeeren und Schlinggewächse. Dem Besitzer dieser Flachsstube war sie im Weg, und als ich ihn bat, sie auf eigene Kosten abreißen zu dürfen und die Steine in meinen Garten zu fahren, gab er mir gern die Bewilligung, es kostete mich keinen Pfennig. Unter diesen Steinen, die ich vorfand, fand ich nun eine große Anzahl von flachen Platten aus Basalt. Wie sie je hierhergekommen waren, wo sich kein Basaltsteinbruch weit und breit in der Gegend befand, wird sich nie aufklären lassen. Diese dunklen Steinplatten trug ich zu einem Weg zusammen von oft einem Meter Breite, und ich habe große Freude an ihnen. Rechts und links von diesem Weg pflanzte ich Rosenhochstämme aller Sorten, weiße, gelbe, dunkelrote, ziegelrote, rosafarbene, die First Love vor allem, auch mehrfarbige wie die vielgepriesene Cleopatra, die mir manchen Kummer macht und gern die kranke Königin spielt, oder die herrlich geformte weiße Virgo, wahrhaft einer Jungfrau gleich in ihrer keuschen Form und dem zarten Weiß ihrer Blüte, zum Unterschied von den weißen Dickmadames. Alle diese überraschend blühwilligen Sorten und auch die Konrad Adenauer, die es sich immer lange überlegt, bevor sie eine Rose hergibt, stehen heute in zwei Reihen nebeneinander, vom Zaun her einzusehen wie von meinem Fenster aus, und erfreuen mich schon viele Sommer. Ebenso das langgestreckte Rosenbeet vom Gartentor bis zur Haustür mit seinen hundert Buschrosen, von der dunklen Baccarat angefangen bis zur graziösen Queen Elizabeth und dahinter die bis in den Winter hinein blühende Sorte Schneewittchen und die gelbe Zitronenfalter. Rosen über Rosen, die Luft ist erfüllt vom süßen Duft, es blühen zur Rosenzeit täglich bei mir mehr Rosen auf als im Rosengärtlein von Bamberg, das als Sehenswürdigkeit gilt.

Scheltet mich nicht den Undankbaren, wenn ich vorhabe, alle Rosenbäume und Rosenbüsche, die heute bei mir blühen, aus meinem Garten zu verbannen. Es ist ein verrückter Gedanke, ich weiß es, der Gott aller Rosen wird mich vielleicht dafür strafen, aber ich habe mich so in eine Idee verrannt, daß ich nicht mehr aus ihr heraus kann.

Es begann ganz harmlos. Ich hatte diesen Sommer die Begegnung mit der schönsten Rose der Welt. Es war ein Zufall. Ich pflanze jedes Jahr in meinem Garten ein paar Rosen nach, am liebsten im Herbst, weil ich mir einbilde, sie wachsen besser an. Aber das ist nur eine Einbildung, und ich tue es wider besseres Wissen. Denn wie im Herbst nichts wächst, also auch nicht die Wurzeln, während im Frühjahr die Rose in der Krone und in den Wurzeln kräftig treibt und ihre Wurzelspitzen weit in das Erdreich hineinschickt, so lasse ich doch nicht von meiner alten Gewohnheit. Ich habe meine Rosen sowieso für den Winter einzubetten, ihre Kronen und Veredlungen unter einem Erdhügel zu schützen, ehe sie unter das Schneebett schlüpfen, daß ich die Neuanpflanzungen zur gleichen Stunde vornehme. Ich habe noch eine Gewohnheit, und betrachtet mich deswegen bitte nicht als Verschwender: Macht euch eine Rose keine rechte Freude, sei es, daß sie nicht gesund und kräftig heranwächst oder eine der verschiedenen Rosenunarten zeigt, denen ihr nur schwer beikommen könnt, grabt sie aus. Für den Preis von einem Glas Wein, für den Wert einer Kinokarte ist eine neue Rose leicht gekauft. Habt darum ein Herz, und verabschiedet euch ohne großes Federlesen von der unvollkommenen. Ein Garten soll Freude machen. Hat euch eine Rose einen Sommer lang geärgert, heraus mit ihr! Sie hat schönere Schwestern. Schon auf die Freierschaft zu gehen und die Kataloge nach neuen Schönheiten abzusuchen ist ein Vergnügen besonderer Art.

Ich bin durch einen Zufall der schönsten Rose der Welt begegnet. Super Star nennt sie sich, und sie hatte einen bevorzugten Platz, eine ganze Seite im Katalog ihres Züchters. Nun gut, dachte ich mir, eine Neuzüchtung wie viele, auch dem bunten Foto, das die mit so vielen Vorzügen angepriesene Rose im Bild zeigte, maß ich wenig Glauben bei. Im Garten blühen die Rosen anders als im farbenfreudigen Katalog. Ich denke mit Schaudern an die Blaue Rose, die im Katalog ein tiefes Veilchenblau zeigte und dann im Garten für das teure Geld, das sie kostete – lacht getrost, ich bin auch auf sie hereingefallen! –, kränklich und blaß dahinvegetierte. Aber wir Rosennarren glauben so gern den Versprechungen, die man uns macht. Da erzählt einer von einem bildhübschen Mädchen, das an der Kinokasse eines Vorstadttheaters sitzt, und schon besteigen wir die Straßenbahn und fahren hinaus. Einem Rosennarren geht es nicht anders. Ich bestellte also, verlockt und verführt, man kann es nicht anders nennen, zwei Bäumchen von dieser Rose Super Star und pflanzte sie am Rande meines Beetes ein. Hätte ich es nie getan! Wahrscheinlich hatte mein Schutzengel an diesem kühlen Herbsttag, als ich am Kamin saß und den Bestellschein ausfüllte, seinen Day off, denn anders ist es nicht zu verstehen, daß ich seitdem und selbst heute, wo ich andere Sorgen haben sollte, vier Tage vor Aennes Weggehen, wieder ganz erfüllt bin von der Frage, ob ich meinen Plan Wirklichkeit werden lassen soll und damit nicht den Zorn der Götter, die meinen Garten wie keinen zweiten betreuen, heraufbeschwöre.

Rundheraus: Ich habe mich in die Super Star verliebt, so verliebt, daß in meinem Herzen kein Raum mehr für die Schönheit einer anderen Rose ist. Wie soll ich sie beschreiben? Glaubt man einem bis über beide Ohren Verliebten, wie ich es bin? Wo soll ich mit ihren Vorzügen beginnen? Sage ich, sie ist gesund wie der Pfarrer Kneipp, so hinkt der Vergleich schon. Aber ich kenne keinen gesünderen Menschen als den Pfarrer Kneipp, und ich kenne keine gesündere Rose als die Super Star. Das kräftige besondere Grün ihrer festen Blätter, die gesunden und langen Triebe, die edelgeformten, spitz zulaufenden Knospen und Blüten von einer Farbe, die nicht ihresgleichen hat, ein weithin leuchtendes Rot, wie ich es noch nie bei einer anderen Rose auch nur ähnlich gesehen habe, die Blüten von einer überwältigenden Größe und die Krone wie ein Brautbukett, fünfundvierzig Rosen auf langen Stielen blühten an einem Tag im Juli, und schon trieb sie von allen Zweigen neue Knospen, bis in den Herbst hinein – ich habe so eine Rose noch nicht erlebt, sie ist das Vollkommenste an allen Tugenden, die eine Rose besitzen kann. Aber es ist nicht nur ihr Anblick allein, der uns überwältigt. Sie besitzt einen süßen, weithin ausstrahlenden Duft, den man mit nichts vergleichen kann, Flieder, Maiglöckchen, Freesien, Veilchen und Rose in einem. Er verwirrt unsere Sinne, daß es nicht genügt, ihn einzuatmen, daß wir den Mund öffnen, weil wir glauben, ihn trinken zu können. Nennt mich getrost einen Narren, aber ich bin dieser Rose so verfallen, daß ich sie küsse, meine Lippen zärtlich um ihre Blütenblätter schließe und daß ich glaube, so wie sie werden später im Himmel die Engel riechen, wenn sie eng um mich sitzen und mich mit Manna und Ambrosia füttern.

Bei keiner anderen Rose geschah mir diese Verwirrung der Gefühle, obwohl ich mit meinen Rosen manches tat, was ein anderer bleibenläßt. So pflege ich mir von jeher rote Rosenblütenblätter in den grünen Kopfsalat zu schneiden, nicht nur der Schönheit wegen und um meine Gäste zu verblüffen, versucht es selbst einmal mit der roten Baccarat, der einzigen Rose, die man essen kann. Auch lege ich gern das Blatt einer Rosenblüte in ein großes Kognakglas und lasse langsam den angewärmten Kognak darüber rinnen, und das Glas ist erfüllt von Rosenduft und Zärtlichkeit. Ich lernte diesen Brauch in Baden-Baden kennen, als ich dort mit meinem Verleger dieses Gartenbuches saß, der mich heute wegen der Illustrationen drängt, der mir ein Jahr nach diesen Rosenblättern im Kognak anzüglich schrieb, daß er von meinem Eifer beim Kognaktrinken auf seine Kosten auf meinen Eifer beim Zeichnen geschlossen habe und er heute über seinen Irrtum tief enttäuscht sei.

Doch vernehmt, was ich vorhabe. Eigentlich erst seit dem Tag, als ich erfuhr, daß Aenne mich verläßt, um alle Erinnerungen an sie auszureißen. Ich möchte im Herbst alle Blumen meines Gartens, die Stauden, die Hecken, die Rosen ausgraben, so schön sie im einzelnen sind und so sehr mein Herz an ihnen hängt. Dann sollen an ihrer Stelle überall in meinem Garten nur die hellroten Super Stars erblühen, ein ganzer Garten von Rosen in einer Sorte, 80 Hochstämme und 100 Büsche. Wohin das Auge blickt, soll es nur diese eine Rose sehen. Es werden im Juli dreitausend Rosen einer Sorte, der schönsten Sorte der Welt, zur gleichen Stunde blühen, von einer Farbe, in jenem leuchtenden Rot, das nicht seinesgleichen hat, ihr Duft wird mein Haus und meinen Garten erfüllen, und wenn der Wind darüber hinwegstreicht, wird er ihren süßen Duft über die Wiesen und Wege tragen, und die Leute werden am Zaun stehenbleiben und sagen: „Hier wohnt ein Narr!“ Aber sie werden den Hut dabei ziehen, aus Respekt vor der Schönheit, und werden ihn in der Hand behalten und ihn erst dann wieder aufsetzen, wenn sie weitergehen.

Nehmen wir einen Bleistift zur Hand, um auszurechnen, ob wir es uns leisten können. 80 Hochstämme und 100 Buschrosen der Super Star in dieser Menge bezogen – es kommen über 500 Mark zusammen, und dabei lüge ich mir noch in die Tasche. Wenn ich genau rechne, werden es achthundert Mark sein. Ein Vermögen für die Laune eines Gärtners, aber es ist jedenfalls kein Tausender. Es ist weniger, als ein Motorrad kostet, der fünfte Teil eines neuen Wagens, nicht mehr als ein neuer Anzug und ein neuer Mantel, weniger als eine bescheidene Urlaubsreise, es soll sogar Menschen geben, die mit Kaviar und Sekt eine größere Zeche machen. Und dafür so viel überirdische Schönheit auf einem kleinen Fleck eines irdischen Gartens! Ich glaube, wenn ich das Geld einmal beisammenhabe, werde ich nicht widerstehen können. Außerdem gibt ein Rosenzüchter einem Narren wie mir auch Kredit. Vielleicht erblüht daraus für viele Menschen ein völlig neues Gartengefühl, den Garten nur mit einer einzigen Rosensorte zu bepflanzen. Ich weiß, wie sie alle mit neuen Gärten anfangen. Von den Rosen wählen sie von jeder bewährten Sorte zwei Stück, man will alle Farben im Garten haben, alle Rosendüfte, denn jede Rose – und das ist wenig bekannt – hat einen anderen Duft. Später setzen sie Jahr für Jahr zwei Stämmen nach, wieder von einer anderen Sorte, es ist ein buntes Blühen, eine Palette. Man geht von Rosenstock zu Rosenstock und sagt bei einer roten Rose: „Schaut her! Wie schön gerade diese Rose ist!“, und wenige Schritte weiter steht die Virgo, und man sagt: „Gibt es etwas Edleres?“, und wieder wenige Schritte daneben zeigt die First Love ihr rosafarbenes Schöngesicht. Man hat ja einen Garten, um ihn mit hundertfacher Schönheit zu füllen, und will alles darin haben, was an schönen Blumen in einem Garten blühen kann. Blauen Flieder, weißen Jasmin, dunklen und rosafarbenen Rittersporn, Akelei, Phlox, Lilien, Narzissen, Tulpen, Iris und Löwenmäulchen und Stiefmütterchen und Zinnien nicht zu vergessen, die großen Nelken und die kleinen Vergißmeinnichts – in jeder Ecke unseres Gartens erblüht zu allen Jahreszeiten eine neue Blume für uns auf, begrüßt uns ein neuer Duft. So sind sie, alle Gärten, die ich sah. Und da kommt nun ein Narr wie ich und sagt: Reißt alles aus und bepflanzt den Garten nur mit einer einzigen Sorte Rosen! Aber habt ihr euch schon einmal überlegt, daß keine Blume einen längeren Flor hat als höchstens drei Wochen? Manche zeigen nur 4 Tage ihre Blüten wie der Krokus, manche 10 Tage wie die englische Iris, der Rittersporn baut seinen blauen Dom nur für 3 Wochen auf, und wenn ein Wetter über ihn hinwegzieht, ist seine Schönheit früher zerstört. Der weiße Flieder färbt sich schon nach 14 Tagen schwarz, die Gladiolen verblühen nach 10 Tagen, die weißen Lilien haben eine kurze hohe Zeit, aber die Rose blüht unermüdlich das ganze Jahr, vom Juni bis zum ersten Schnee. Es ist die dankbarste Gartenblume überhaupt. Wenn ihre Hauptblütezeit vorbei ist, blüht sie ein zweites Mal im Herbst, und viele Rosen hören überhaupt nicht auf, immer wieder neue Knospen und Blüten hervorzuzaubern. Warum soll ich dann nicht, schon aus dieser Überlegung heraus, der schönsten Rose von allen, der gesündesten Rose von allen, der blühfreudigsten Rose von allen, einen ganzen Garten überlassen?

Ich weiß, ich werde nie das Herz haben, meine alten Sträucher und Zierbäume, die ich für ein Menschenalter mit meinen Händen gepflanzt habe, die Fliederhecken und die Pfingstrosen und die Irisrabatten und wie sonst meine Freunde im Garten noch heißen mögen, auszugraben und zu verbannen. Man hat nicht den Mut zu diesen Dingen. Auch im Garten ist die Freundschaft und die Treue eine Tugend. Warum läßt du uns hier nicht weiterblühen und wachsen, Florian? Ich höre meine Schwertlilien so zu mir sprechen, die Akeleidamen werden ihre Köpfe mit dem Pferdeschwanz hinten verständnislos schütteln, ich höre die Prunusse knarren und schimpfen, die Jasmingerten erregt rauschen, die Kastanien wettern, selbst die Veilchen, die ich ja in der Erde lassen könnte, um ihrer nahen Nachbarschaft mit anderen Blumen weinen . . . nein, je mehr ich darüber nachdenke, desto weiter rücke ich von dem Gedanken ab, so schön die Erfüllung meines Traumes gewesen wäre. Ich weiß, daß in den Tagen, wie ich sie jetzt durchmache, wo die Zerstörungslust in mir wütet, wo man, wie ich schon sagte, keinen Stein auf dem anderen lassen möchte, nur weil ein Mädchen uns zum Abschied die Hand reicht, man alle Tassen nicht so geordnet in den Schrank stellt, wie man sie sonst im Schrank hat. Es ist eine Ausgeburt meiner Phantasie, eine Art Fieber, einen Farbzirkus aus meinem Garten zu machen. Die Leute werden nicht am Zaun stehenbleiben, und wenn sie es tun, werden sie die Fäuste ballen und ihren Hut nach mir werfen, nach einem, der seinen Garten dekoriert wie ein Auslagendekorateur ein Schaufenster. Ich komme allmählich wieder zur Besinnung. Das ist gut so. Eins und eins ist immer noch zwei, man zerstört nicht einen Garten mutwillig, den man in langen Jahren aus dem Nichts geschaffen hat. Was bleibt denn von eines Mannes Leben zum Schluß übrig, wie man so gern sagt: eine Mauer, die er gebaut hat, ein Baum, den er gepflanzt hat, ein Kind, das er gezeugt hat. Zum Teufel, das habe ich völlig vergessen! Wieso habe ich kein Kind, das meinen Garten erben, in mein Haus einziehen wird, Verwalter meines bescheidenen Nachlasses ist und die Erinnerung an mich, den verrückten Großvater, später meinen Enkeln weitergibt? Siedendheiß fällt es mir ein. Sterbe ich ohne Kind, so verkauft der Nachlaßverwalter meinen geliebten Garten für ein Butterbrot, und wer weiß, wer in ihn einzieht und für wen ich meine Bäume pflanzte, den Brunnen grub, die alte Madonna am Haus anbrachte, wer meine Kirschen pflückt, meine Äpfel erntet, den ersten Rhabarber bricht und wer nach mir aus dem Fenster nach dem Wetter schaut. Sogar das Namensschild nehmen sie draußen am Tor ab, und das Haus, das meinen Namen trägt, wie es sich eingebürgert hat, wird wieder namenlos und trägt nur die alte Hausnummer 72. Ich muß sofort etwas dazu tun, daß sich dies nie ereignet. Ich hole einen Briefumschlag, setze mich an meinen Tisch und schreibe auf den Umschlag:

„Frau Professor Noack, Königstein im Taunus, Aachener Allee 9 . . ."

Zwölftes Kapitel

Die Tante ist da. Alfreds Mutter. Sie kam gestern abend mit dem Nachtzug. Ich holte sie von der Bahn ab. Alfred und Aenne wissen nichts davon. Ich bringe die Tante im Roten Schwan unter, sie soll erst morgen wie zufällig bei uns erscheinen.

Tante Manuela – ich habe ihr den Namen nicht gegeben, verzeiht, daß er so ausgefallen klingt – scheint eine großartige Frau zu sein. Nicht äußerlich, dazu ähnelt sie zu sehr Alfred. Schließlich ist sie seine Mutter, und in diesem Fall fiel der Apfel nicht weit vom Stamm. Sie ist von großer Statur, überragt mich um einen halben Kopf. Ich muß von unten zu ihr hinaufsprechen. Wenn sie sitzt, geht es leichter. Jetzt sitzen wir zusammen in der Gaststube zum Roten Schwan. Der Wirt hat ein Einsehen und kocht uns noch zu dieser späten Stunde auf. Ich esse zur Gesellschaft mit. Es spricht sich leichter.

„Aenne weiß nicht, daß Sie kommen."

„Sie haben es geschrieben."

„Es soll eine Überraschung für die beiden werden."

Der Wirt bringt eine Flasche Wein. Wenn er schon um diese Stunde für uns noch einmal in die Küche geht, muß er auch in den Keller gehen dürfen. Das haben die Wirte gern.

Die Tante ist ein wenig steif, fast einsilbig, möchte ich sagen. Sie traut dem Landfrieden nicht und mustert mich immer, wenn sie glaubt, daß ich wegsehe, mißtrauisch von der Seite. „Sie sind überraschend jung", sagt sie unvermittelt.

„Fünfunddreißig", sage ich.

„Eben! Aenne hatte mir damals geschrieben, daß sie bei einem älteren Herrn in Stellung ist."

„Für Aenne bin ich ja auch ein relativ älterer Herr."

„In ihren späteren Briefen hatte ich nicht den Eindruck."

Die Tante weiß mehr, als sie sagt.

„Nun, jetzt, da Aenne mit Ihrem Sohn verlobt ist und ihn heiraten will –"

„Sie schrieben mir, daß am Samstag eine Verlobungsfeier stattfinden soll."

„Ja", sage ich, „mein Abschied zugleich von Ihrer Nichte, die immerhin zwei Jahre in meinem Haus lebte."

„Lebten noch andere Menschen mit Ihnen zusammen in Ihrem Haus?"

„Weniger", sage ich, „gelegentlich einmal ein Besucher, aber das kam nicht oft vor."

Der Wirt bringt das Essen herein. Er hat uns zwei Koteletts gebraten und stellt eine große Salatschüssel daneben.

„Guten Appetit!" sagt er.

„Danke", sagt die Tante.

Dann sieht sie mich an, wartet ein wenig, nimmt ein Kotelett von der Platte und legt es mir auf den Teller.

„Ich nehme an, Sie sind gewöhnt, daß man Sie bedient."

„Sagen wir, daß man mich verwöhnt."

„Es kommt auf das gleiche heraus. Ein Mann verwöhnt entweder eine Frau und legt ihr vor, oder die Frau legt ihm vor. Einer sollte es tun."

Ich bemühe mich, den Schaden wiedergutzumachen, und fülle ihren Salatteller. Natürlich fällt mir die Hälfte auf das Tischtuch. Sie läßt es schweigend geschehen und legt die danebengefallenen Blätter auf ihren Teller. Während wir zu essen beginnen, fragt sie:

„Was sind Sie eigentlich von Beruf?"
„Hat es Ihnen Aenne nicht geschrieben?"
„Davon nichts."
„Es hätte sich auch nicht gelohnt, davon zu berichten. Ich zeichne gelegentlich Karikaturen für Zeitungen und Bücher."
„Wie weit sind Sie mit dem Gartenbuch?"
„Das hat sie Ihnen geschrieben?"
„Aenne nicht, Alfred."
„Und was hat Alfred sonst noch geschrieben?"
„Daß Aenne am besten nach Hause kommen soll."
„Nichts von seiner Verlobung?"
„Ich erfuhr davon erst durch Ihren Brief."
„Was sagen Sie dazu?"
„Was soll man dazu sagen? Aenne hat immer getan, was sie wollte, ihr ganzes Leben lang. Man konnte ihr nichts ausreden, was sie sich in den Kopf gesetzt hatte. Wegen einer Kleinigkeit ist sie vor zwei Jahren von mir weg, dann bekam ich eine Karte von ihr: ‚Bin bei einem älteren Herrn im Garten tätig.' Ich nahm allerdings an, der ältere Herr wäre wirklich ein älterer Herr gewesen."
„Wie alt hätten Sie mich vorgezogen?"
„Nun, sagen wir: sechzig."
„Und was sollen jüngere Leute Ihrer Meinung nach tun, die einen Garten haben und mit der Arbeit nicht fertig werden?"
„Heiraten", sagt die Tante und legt den Knochen vom Kotelett auf den Teller zurück, „nehmen Sie ihn getrost auch in die Hand, das beste Fleisch ist am Knochen."
Ich finde es höchst lästig, einen Knochen abzuknabbern.
Aber gegen die Tante gibt es keinen Widerspruch.
Jetzt, wo sie hier vor mir sitzt, weiß ich gar nicht, ob es sehr klug von mir war, sie herzubitten.
„Ich werde jetzt schlafen gehen, den Wein nehme ich mit auf mein Zimmer", sagt die Tante, stöpselt die Flasche zu, steht auf, und dann ist sie wieder so groß, daß sie oben gar nicht aufhört, zumal sie völlig glatt ist. „Wann ist für morgen mein überraschender Besuch erwünscht?"

„Wollen Sie zum Frühstück kommen?“

„Nicht gern“, sagt die Tante, „ich möchte erst gern ein wenig durch den Ort gehen und herumhören. Man erfährt dabei manchmal ganz interessante Dinge, und ich gehöre nun einmal zu den neugierigen Leuten.“

Ich bringe die Tante in ihr Zimmer hinauf und trage ihr den Koffer. Ich muß noch schnell an Wohlwollen einbringen, was ich vermag. Wenn die Tante erst morgen durch den Ort geht und sich Geschichten erzählen läßt . . .

Am nächsten Morgen bin ich früher munter als sonst. Die Gedanken wecken mich wie zwitschernde Vögel. Das ganze Haus schläft noch. Ich stehe gegen sechs Uhr auf und gehe in den Garten.

Aenne sieht aus dem Fenster.

„Sie sind schon auf, Herr Geiger?“

Aha! Da muß noch einer am Fenster stehen und sie hören, sonst würde sie anders zu mir sprechen. Richtig, Alfred im Pyjama reckt seinen Kragen aus der Apfelkammer.

„Morgen, Kinder!“ rufe ich hinauf. „Welch ein herrliches Wetter!“

„Wollen Sie jetzt schon Ihr Frühstück?“

„Nein“, sage ich, „ich habe mir schon Kaffee in der Küche aufgesetzt. Ich muß mich jetzt langsam daran gewöhnen, mein Frühstück selbst zuzubereiten.“

Das mußte ich sagen. Es soll ihr einen Stich geben. Nach zwei Jahren gemeinsamen Frühstückens.

Ich steige in den unteren Garten, daß ich vom Haus nicht mehr zu sehen bin. Ich habe Gartenschere und Schäufelchen bei mir, beide liegen immer am Fensterbrett neben der Haustür, kein Schritt in den Garten hinaus ohne diese beiden treuen Gesellen. Heute habe ich ein Tütchen Stiefmütterchensamen mitgenommen und eine Prise Goldlack. Es ist an der Zeit, den Frühlingsblumenflor anzusäen. Ich wiederhole es jedes Jahr in den Augusttagen. Meist an einem Tag, an dem sich etwas Besonderes ereignet hat. Wenn im nächsten Jahr die Stiefmütterchen hier blühen werden, kann ich bei ihrem

Anblick sagen: „Als ich sie säte, kam die Tante an. Das war der Tag vor Aennes Verlobung." Als ich vor zwei Jahren die Glockenblumen säte, die großblütigen blauen, die ihre Glokken nach oben stellen, konnte ich im nächsten Jahr zu Aenne sagen, als wir ihre blauen Kelche mit Wein füllten: „Die Glockenblumen säte ich an deinem ersten Morgen in meinem Hause an."

Das sind so meine kleinen Hauskalender, meine Gedenktage in der Woche. Der heutige Tag, ein Samstag, wird wahrscheinlich ein Feiertag werden. Mit Donner und Wetter zu Beginn, denn wenn die Tante am Vormittag kommt, wird es viel Wind geben. Ein bewegter Tag jedenfalls, und was uns der Abend bringen wird, wer vermag es vorauszusagen? Auf jeden Fall halte ich diesen Tag für richtig, um meine Stiefmütterchen für das kommende Jahr auszusäen und vielleicht den Goldlack dazu.

Ich bin gespannt, ob mir diesmal der Goldlack aufblüht. Ich hatte bisher jedes Jahr mit ihm rechten Ärger. Ich liebe diese kurzlebigen Pflanzen um des samtenen Geruchs ihrer Blüten willen. Aber er will mir nicht gelingen. Ich kaufe den besten Samen, ich säe im Schatten, ich pikiere in der Sonne, ich versetze die Pflanzen gerecht auf mein schönstes Beet, im Herbst schon oder im Frühjahr, ich habe beides probiert, sie stehen stattlich und gesund in der Erde, ihr Anblick ist eine Freude. Solange ich einen Garten habe, habe ich auch jedes Frühjahr Goldlack in ihm stehen, aber noch nie hat er bei mir geblüht. Er entwickelt sich, er entwickelt sich prächtig, ich werde mir diesmal ganze Sträuße Goldlack ins Zimmer schneiden können, ich jubiliere vorzeitig, aber er zeigt keine Blüten. Er wächst ins Kraut, in die Höhe, in die Breite, verzweigt sich und verästelt sich, der Sommer geht vorüber und – nun gut, denke ich, das ist vielleicht Goldlack besonderer Art, wahrscheinlich braucht er diesen Sommer noch zu seiner Entwicklung und blüht erst im nächsten Jahr, er steht ja so gesund und kräftig, im September, im Oktober, eine ganze Rabatte, so viel Platz nimmt er jetzt ein, das muß im nächsten Jahr eine wahre Pracht werden. Aber wenn ich dann im nächsten Frühjahr zu diesem Beet trete, sind alle Pflanzen tot. Nicht eine einzige hat den Winter überlebt. Sie sind nicht erfroren, Goldlack erfriert nicht, sie haben nur aufgehört zu leben. Der Goldlack ist die zweijährigste Pflanze, die es gibt. Er überlebt aus Prinzip nur einen einzigen Sommer, ob er nun geblüht hat oder nicht.

Ich bin ihm noch nicht hinter die Schliche gekommen, wie er es macht, daß er sich mitten aus dem Leben davonstiehlt, ohne Dankeschön für alle meine Mühe zu sagen oder mir wenigstens vom ganzen langen Beet ein Sträußlein in die Hand zu drücken. Aber ich versuche es heuer zum zehnten Male. Vielleicht, im Jubiläumsjahr . . .

Ich habe noch so ein Kummerkind im Garten. „Stell auf den Tisch die duftenden Reseden!“ Ich bin nie dazu gekommen, sie auf den Tisch zu stellen. Säe ich sie an Ort und Stelle, behagt ihnen vielleicht der Boden nicht. Säe ich den Samen in Töpfe, vertragen die Pflanzen nicht das Umsetzen. Ich habe Reseden nach allen Himmelsrichtungen geneigt zu säen versucht, in den schützenden Schatten, in die pralle Sonne, vielleicht haben den Samen die Würmer gefressen oder die Schnecken die ersten Triebe, oder eine Henne vom Nachbar hat sie mir ausgescharrt, es gibt eben Blumen, wo ein Menschenleben zu kurz ist, sie einmal vollendet in seinem Garten blühen zu sehen. Ich will nicht lügen, einmal, vor Jahren, blühte mir ein kleines Beet mit grünen Reseden auf, ich hatte schon die ersten vier, fünf wohlriechenden Stämmlein wie eine Kostbarkeit ins Haus getragen, da zog sich am Himmel ein Unwetter zusammen, und ein Wolkenbruch, wie er seit 100 Jahren hierzulande nicht vorgekommen war, mit Hagelkörnern so groß wie Hühnereier, fiel genau auf meinen Garten und noch weitere neun Gärten ringsum, daß alle meine Bäume und auch die Kastanien der Allee, an der unsere Gärten lagen, von einer Stunde auf die andere ohne alle Blätter dastanden, mitten im Sommer, ihre leeren schwarzen

Arme zum Himmel gestreckt, und daß meine Blumenterrassen eingeschlämmt waren, einen Viertelmeter hoch. Es hatte nur genau zehn Gärten getroffen, wie das bei solchen Unwettern ja oft der Fall zu sein pflegt, aber hier lagen die Hageleier so hoch, daß ich sie mit der Schaufel wegschippen mußte, und nur wenige hundert Meter von meinem Zaun entfernt waren alle Pflanzen und Blumen stehen geblieben, schwer eingenäßt zwar, aber doch gesund geblieben, daß sie sich abschütteln konnten und weiterblühten. Auch diese Minuten gibt es im Leben eines jeden Gartenmenschen, da er sein Gesicht zum Himmel aufhebt und wütend fragt, ob da oben denn einer von allen guten Göttern verlassen gewesen sei. Aber dann geht man schon wieder ans Werk und versucht zu retten, was zu retten ist, man hat einfach keine Zeit, mit dem Himmel zu hadern. Mit der Arbeit, die sofort anfällt, wird unser Rücken von selber schnell wieder krumm und sieht von oben nach Demut aus. Das ist gut so. Denn was sollen die da oben anfangen mit einem, der die Fäuste schüttelt? Wir würden uns schön umschauen, wenn sie uns einmal ein ganzes Jahr lang keinen Frühling schickten und keinen Sommer. Wer das Gute entgegennimmt, muß auch einmal einen Stoß in die Magengrube vertragen können.

Meine Reseden sah ich also nicht wieder, aber dafür blühten in diesem Sommer meine Waldcyclamen besonders üppig, die ich unter den Maiglöckchen versteckt hatte, eine kleine Ecke Waldçyclamen, die die Maiglöckchen im Blühen ablösten und die man gar nicht anzusehen braucht, sondern man soll nur an ihnen vorübergehen und die Süße des Duftes einatmen. Oder man soll am Abend auf dem großen Stein neben ihnen sitzen, Aenne und ich taten es oft, am Abend hüllte uns der Geruch der unscheinbaren Waldcyclamen ein wie ein warmer Mantel über uns zwei geworfen, ein Duft, der sich unseren Küssen mitteilte, sich in Aennes Haar verfing und in der Haut ihres Halses. Darum vergeßt mir nicht die bescheidenen Waldcyclamen, in Ischl und im Salzkammergut blühen oft im Herbst Hunderte unter dem alten Laub der

Bäume. Man kann keine Sträuße von ihnen binden, aber drei, vier ihrer winzigen Blüten in ein fingerhuthohes Gläslein neben das Bett gestellt oder auch, wenn ihr wollt, an Regentagen ins Zimmer neben das Sahnekännchen am Frühstückstisch, glaubt mir, der Honig schmeckt an diesen Tagen zärtlicher auf eurem Brot, und sogar der Gutenmorgenkuß der Kaffeeköchin, wenn ihr ihn bei euch eingeführt habt, ist bei Cyclamenduft von besonderem Anreiz.

So stehe ich nun an diesem Morgen in meinem Garten, gehe an den rosafarbenen Cyclamen vorüber, die gerade beginnen, ihre ersten Blüten zu öffnen. Natürlich hat sich wieder Unkraut zwischen ihnen breitgemacht. Ich zupfe es heraus. Wo Maiglöckchen unter der Erde mit ihren spitzen Wurzelspeeren kreuz und quer wandern, kann man nicht mit der Handgabel umgraben, da muß man schon mit seinen Fingerspitzen zugreifen und zupfen und ziehen und nochmals tiefer zufassen, aber ich brauche Luft um meine Cyclamen, die ja sonst nichts von mir verlangen, keine Sonne, keinen Dünger, nur einmal im Jahr kurz vor der Blüte ein wenig Platz ringsum. Das gehört ja zu des Gärtners Freuden und zu des Gärtners Leid, daß er immer, wenn er durch seinen Garten geht, unterwegs die Unkräutlein herauszupft. Es ist nicht das Unkraut allein, was dabei herausgeht, auch die Sorgen aus seinem Herzen, die trüben Gedanken zupft er mit der gleichen Bewegung weg. Das Unkraut, das ich hier bei meinen Cyclamen herauszupfe, läßt mich sogar einen Augenblick lang Aenne vergessen. Ihr mögt mir diese Dinge glauben oder nicht, aber einen nervösen Unkrautzupfer hat es auf der ganzen Welt noch nicht gegeben. Man könnte behaupten, Unkrautzupfen sei eines Mannes unwürdig, er solle lieber Schlachten schlagen oder Brücken und Häuser bauen oder Bücher schreiben oder den Kindern das Einmaleins beibringen, aber Gott wird schon gewußt haben, warum er uns die Unkräutlein in unseren Garten gesetzt hat. Sie dienen nichts anderem, als unsere Gedanken abzulenken und unsere Traurigkeit zu mindern, die

Angst zu verkleinern, und während ich hier so stehe bei meinen Cyclamen und gerade an einer tiefsitzenden Brennesselwurzel zerre, ist es mir auf einmal ganz gleichgültig geworden, was die Tante im Ort erfährt. Wenn sie kommt, werden wir weitersehen. Im Moment ist mir die Brennesselwurzel wichtiger.

Ich habe eine kleine Tüte mit Stiefmütterchensamen in der Tasche. Sie kam vorige Woche mit der Post. Ich hatte den Samen diesmal ohne Katalog bestellt, wie man das bei Einzelnachbestellungen im Sommer gern tut, und nur auf eine Postkarte geschrieben: „Bitte vom Besten! Riesenblumige Schweizer Riesen, neue Farben, doppelt sortiert, Elite!" Ich dachte mir, nimmst dieses Jahr nicht allzuviel, und bestellte 10 Gramm, nicht viel mehr als eine Prise. Der Samen kam prompt an. Mit ihm die Nachnahme über vierundzwanzig Mark. Ich rieb meine Augen. Vierundzwanzig Mark? Wofür? Ich vermutete einen Irrtum, bestimmt war es ein Irrtum, es konnte nicht anders sein. Ich löste die Nachnahme ein, die sicher zwei Mark vierzig lauten sollte, sicher haben sie im Sommer eine Aushilfskraft, einen Lehrling, der das Komma falsch gesetzt hat. Ich mußte mir keine Sorgen machen. Ich bin dort ein alter Kunde und esse mit dem Inhaber der Firma jede Woche einmal zu Mittag, der Irrtum wird sich also leicht herausstellen. Vierundzwanzig Mark für knappe 10 Gramm Stiefmütterchensamen kann nur ein Irrtum sein. Wenn ich für vierundzwanzig Mark im Frühjahr bei einem kleinen Gärtner die Stiefmütterchen mit Blüten und Knospen kaufe, bekomme ich für dieses Geld 120 Stück, eine gewaltige Menge. Ich drückte also dem Briefträger den Betrag und noch ein Trinkgeld in die Hand und öffnete das Briefkuvert, das den Samen enthielt. Ich zog Samen und Rechnung zugleich heraus. In der Tat, auf der Rechnung stand: 10 Gramm Schweizer Riesen, Elite gem. DM 24,00. Und darunter, unterstrichen: Franko! Daß so einem dummen Ding von Aushilfskraft nicht aufgefallen war, daß das Komma falsch saß! Nun, das Ganze war kein

Beinbruch, ich setzte mich hin und schrieb der Samenhandlung. Postwendend kam die Antwort: „Wie Sie sich bitte aus beiliegender Preisliste überzeugen wollen, hatte unsere Rechnung ihre Richtigkeit. Der Preis von 10 Gramm Pensees (Stiefmütterchen) Schweizer Riesen beträgt DM 24,00, deren Empfang wir Ihnen dankend bestätigen. Stets mit Vorliebe für Sie beschäftigt . . ."

Das kann ich mir vorstellen! Einen Vertrottelten, der jeden Tag für vierundzwanzig Mark Stiefmütterchensamen kauft, finden sie auch nicht so schnell wieder. Nun gut, bestellt ist bestellt, eines Mannes Wort ist eines Mannes Wort. Ich sagte Aenne nichts davon, denn man will ja zum Schaden nicht auch noch den Spott kassieren. Ich trete also zu dem gestern vorbereiteten Saatbeet. Es ist inzwischen sieben Uhr geworden, und in den Tälern ringsum läuten sie den Samstag ein. Sie läuten ihn zweimal ein, früh um sieben und nachmittags um vier Uhr. Um vier Uhr werde ich ein wenig klüger sein als jetzt, da ist Aennes Tante, die Frau Professor Noack aus Königstein im Taunus, Aachener Allee 9, schon dagewesen, das Schlimmste ist dann überstanden. Ich hole mir den Eisenrechen von oben und ein wenig feinen Putzsand, eine Handvoll. Ich rauhe mir das Beet noch einmal auf und reche es wieder glatt, ziehe mit dem Rechenstiel winzige Rillen längslang, nicht tiefer, als wie man mit dem Kamm den Scheitel zieht. Dann mische ich den Stiefmütterchensamen mit dem feinen Putzsand, die vierfache Menge Sand auf 10 Gramm Samen, damit er sich beim Ausstreuen gleichmäßig verteilt, eine Art zu säen, wie ich es bei den Karotten gelernt habe. Früher gab ich noch eine Prise Salz dazu, dann sah man genau auf der dunklen Erde die weiße dünne Linie des Salzes, und ehe ich die Saatrinnen schloß, steckte ich jeweils 20 Zentimeter auseinander ein paar einzelne Radieschensamen in die Reihen, ein Vorteil besonderer Art, den man langkeimenden Samen wie bei Petersilie, roten Rüben und Möhren immer anwenden soll. Radieschen keimen schnell, und wir können mit ihrer Hilfe schon vor dem Aufgehen der Saat die Erde zwischen den Reihen unkrautfrei halten. Nachdem auch dies getan war, nahm ich nicht wieder den Rechen zur Hand, sondern holte mir ein Anklopfbrett, ein rechteckiges, starkes Brett mit einem Griff von oben, und klopfte die Erde fest an, damit sie sich eng um das Saatkorn schließt. Während ich noch dabei bin, die letzten Handgriffe zu tun, höre ich Aenne:

„Herr Geiger, kommen Sie zum Frühstück herauf?"

„Aenne, bitte, kommen Sie zu mir herunter!"

„Ich habe die Kaffeekanne in der Hand."

„Ich möchte Ihnen gern etwas zeigen."

Aenne kommt. Ich deute auf das fertige Beet.

„Wenn du im nächsten Jahr längst eine verheiratete Frau bist, sollen sie mich an unseren letzten Tag erinnern."

„Was hast du gesät?"

„Stiefmütterchen."

Sie greift in die Tasche ihres Rocks.

„Du bist mir zuvorgekommen, Florian. Ich habe gestern auch Stiefmütterchensamen gekauft und wollte ihn heute heimlich aussäen, damit sie dich im nächsten Jahr an mich erinnern."

Sie zeigt mir ihr kleines Portionstütchen. Sie hat es vom Drogisten, und es kostet wie aufgedruckt vierzig Pfennig. Es sind auch Schweizer Riesen, aber nur dunkelblaue.

„Du hast immer noch nichts von mir gelernt, Aenne", sage ich, um meine Rührung zu verbergen, „dunkelblaue Stiefmütterchen von einer Farbe kann man nur vor eine weißgekalkte Wand setzen. Nur auf dem Weiß des Hintergrundes hebt sich das Dunkelblau gut ab. Im freien Garten sind bunte Farben lustiger."

„Ich will aber gar nicht, daß es nächstes Jahr hier lustig aussehen soll."

„Wer ein Haus verläßt, kann nicht mehr die Lieder bestimmen, die man in ihm singt."

Wir gehen hinauf. Aenne hat den Frühstückstisch unter unserem Nußbaum gedeckt.

„Viel Schatten gibt er noch nicht", sagt sie, „aber wenn man bedenkt, daß wir ihn zusammen gepflanzt haben –"

„Wann wird er die ersten Nüsse tragen?" fragt Alfred.

„Wenn Aennes erste Kinder zur Welt kommen, wahrscheinlich", sage ich, „in einem Jahr, in dem es viele Nüsse gibt, werden die meisten Buben geboren."

„Ein Aberglaube!"

„Alles ist Aberglaube. Auch die Liebe. Oder ist es etwa kein Aberglaube, wenn einer glaubt, daß es auf der ganzen Welt kein zweites Mädchen gibt, mit dem er glücklich werden kann? Das kann man Ihnen als Aennes Verlobten in diesem Zustand natürlich schwer ausreden –"

„Euer Kaffee wird kalt", sagt Aenne.

Alfred hebt seine Tasse mir entgegen, als wolle er mir zutrinken.

„Ich habe mich bei Ihnen sehr zu bedanken, Herr Geiger!"

Ich mache den Unfug mit.

Ich schwinge ihm meine Tasse entgegen.

„Darauf wollen wir anstoßen", sage ich, „aber das Dankeschön lassen Sie getrost im Rock. Es war mir eine Freude, Ihnen ein paar geruhsame Ferientage gemacht zu haben."

„Ich hoffe, ich konnte Ihnen auch einigermaßen von Nutzen sein."

„Doch", sage ich, „von großem Nutzen sogar. Sie haben Ordnung ins Haus gebracht."

Er sieht mich verwundert an. Vielleicht lag es an meinem Tonfall.

„Das verstehe ich nicht."

„Auch nicht nötig", sage ich.

Aenne hat mir ein Brötchen gestrichen, mit Brombeermarmelade, die sie im vorigen Sommer eingekocht hat.

„Unser letztes Glas, Herr Geiger", sagt sie.

„Die Brombeeren tragen jedes Jahr. Die Marmelade wird also in diesem Haus nie ausgehen."

Ich will sie verletzen. Es gelingt mir mit diesem Satz auch.

„Sie werden das nette Mädchen erst anlernen müssen“, sagt sie, schärfer, als es ihre Art ist.

„Am Anfang sind sie alle willig. Ich werde öfter zu ihr in die Küche kommen, dann lernt sie es schnell.“

Alfred nimmt keine Rücksicht darauf, daß dies unser letztes Glas mit der von Aenne eingekochten Marmelade ist. Er macht geradezu ganze Fruchthäufchen auf sein Brot.

„Sie ist vorzüglich“, sagt er kauend.

„Sie wird bald vorzüglich gewesen sein, wenn du sie ohne Verstand so in dich hineinschlingst“, sagt Aenne und nimmt ihm das Glas weg. „Wir wollen mit Ihnen etwas besprechen, Herr Geiger. Willst du reden, Alfred?“

„Sprich du!“

Aenne versucht, gleichgültig zu erscheinen. Sie sagt, als ob sie die belangloseste Sache der Welt erzählen würde:

„Ich habe alle meine Sachen schon gepackt, Herr Geiger. Hätten Sie die große Liebenswürdigkeit, uns mit Ihrem Wagen zur Bahn zu fahren?“

„Das ist doch selbstverständlich. Wann soll die Reise losgehen? Morgen früh?“

„Nein. Heute mittag.“

„Aber –“

Mir verschlägt es die Rede.

Beinahe falle ich ins Stottern.

„Und unsere Feier heute abend?“

„Alfred und ich sind der Meinung, daß sie besser nicht stattfindet.“

„Warum nicht, wenn mir diese Frage noch gestattet ist?“

Jetzt mischt sich Alfred ins Gespräch:

„Das ist schnell gesagt, Herr Geiger. Erstens sind sonntags die Züge sehr überfüllt, zweitens wollen wir uns gern noch einen Tag in Salzburg aufhalten, ich kenne Salzburg noch nicht, wer weiß, wann ich wieder in diese Gegend komme, und drittens . . .“

„. . . und drittens“, ergänzt Aenne schnell, „eine sogenannte Verlobungsfeier, wie Sie sie planen, unter den gegebenen Umständen, mit bereits gepackten Koffern –“

„Ich habe aber eine Überraschung für Sie, Aenne.“

„Gerade diese Überraschung ist es, die ich fürchte.“

„Es ist ein Geschenk.“

„Ich möchte aber keins –“

„Laß Herrn Geiger ausreden, Aenne!“ sagt Alfred.

„Nein“, sagt Aenne bestimmt, „ich habe das Geschenk bereits gesehen. Ich möchte nicht, daß es von Ihnen kommt.“

Ich bin überrascht. Das ist nicht möglich.

„Sie haben es gesehen?“

„In Ihrem Zimmer, als ich heute aufräumte.“

„Es lag in der Kommode unter der Wäsche.“

„Ich habe Ihr Bett frisch bezogen. Dabei fand ich es.“

Ich deute auf Alfred.

„Weiß er davon?“

„Nein. Natürlich nicht.“

Alfred spitzt die Ohren.

„Was ist es?“

Aenne nimmt schnell meine Hand.

„Sagen Sie es ihm nicht, ich will nicht, daß er es erfährt.“

„Ich wußte nicht, daß du Geheimnisse mit Herrn Geiger hast!“

„Es ist kein Geheimnis. Aber Herr Geiger scheint uns offenbar als seine Kinder zu betrachten und mehr Fürsorge für uns zu treffen, als wir ihm einräumen möchten. Deswegen möchte ich heute nachmittag fahren.“

„Ist das der Grund?“

„Nein. Das ist nur der Anlaß. Alfred und ich sind schon seit fünf Tagen fest entschlossen, unsere Verlobungsfeier nicht in Ihrem Hause zu verleben.“

Mein Gott, jetzt fällt mir die Tante ein!

Die Tante, die im Roten Schwan sitzt und jede Minute hier auftauchen kann!

„Es können immerhin Ereignisse eintreten“, sage ich, „die Ihren Entschluß ändern werden.“

„In drei Stunden verlassen wir das Haus."

„Sie werden es nicht verlassen. Kurz heraus gesagt: Wir bekommen Besuch."

„Besuch?"

„Ich habe einen Gast zu eurer Verlobung eingeladen."

„Den wir kennen?" fragt Alfred.

„Sie besonders. Es ist Ihre Mutter."

„Alfreds Mutter?"

„Ja."

„Sie wird nicht kommen."

„Sie ist schon da."

Aenne ist aufgesprungen. Alfred ist vor Staunen auf seinem Stuhl zusammengesackt. So äußern sich die Temperamente.

„Wo ist sie?"

Ich sage:

„Sie sitzt im Schwan und hat die Absicht, ein wenig die Stadt zu durchstreifen und bei den Leuten herumzuhören, ob Sie bei mir gut aufgehoben waren."

Dreizehntes Kapitel

Seit einer Stunde ist die Tante im Haus. Ich war immer der Meinung gewesen, die Leute im Ort mögen mich. Ich zahlte bar, was ich kaufte, ich hatte keine Schulden, ich verführte die Männer nicht zu nächtlichen Trinkgelagen, ich gewann nicht beim Kartenspiel, ich stand nicht an den Theken, ich vergaß sofort, was man mir erzählte, ich machte mich nicht zum Sprachrohr für Gerüchte, ich fand für jeden Übeltäter eine Ausrede, ich wartete nicht ab, bis mich einer grüßte, ich zog den Hut zuerst, ich fuhr mit meinem Wagen bei Regenwetter nicht durch Pfützen, ich hielt den Leuten, die mir begegneten oder nach mir kamen, die Tür offen, ich trat zurück, wenn einer gern vor mir zum Schalter wollte, ich gab, wenn der Bürgermeister sammelte, ich gab, wenn es galt, eine neue

Kirchenglocke zu kaufen, ich gab für die Feuerwehr, für den alten Sportverein, für das neue Schwimmbad.

Natürlich hatte ich auch meine hundert Fehler, mehr sogar, aber ich bemühte mich, gerade in der engen Nachbarschaft eines kleinen Ortes ein geregeltes Leben zu führen. Aber offenbar hatten die zwei Jahre, die ich mit Aenne lebte, den Felsen meiner Beliebtheit kräftig angenagt. Es hatte alles so nett begonnen, die Leute hatten sich am Anfang sogar gefreut, daß ich nicht mehr so einsam leben mußte, daß ich jemanden zur Arbeit in meinem Garten gefunden hatte. Wenn wir zusammen ausgingen, ins Kino oder ins Café, was zwar selten, aber am Anfang öfter vorkam, hatten uns die Leute freundlich gegrüßt, sich Aenne vorstellen lassen, oder ich durfte den älteren Damen Aenne vorstellen, sie hatten ihr die Hand geschüttelt und sie gebeten, daß wir an ihrem Tisch Platz nehmen. Aber im Laufe der Zeit, ich hatte es gar nicht gemerkt, muß doch eine Änderung eingetreten sein. Nicht äußerlich, da waren sie alle so reizend zu uns wie früher, aber vielleicht ist es hier so wie bei den Kurpackungen der Schönheitsmittel und Kräftigungstropfen, die man kostenlos eine Weile ins Haus geliefert bekommt, man muß dann entweder fest bestellen oder auf die Weiterlieferung verzichten. Da ich nicht auf die Weiterlieferung verzichtet hatte, zwei Jahre lang nicht, sondern immer noch sozusagen auf Probe mit Aenne lebte, in dem Glauben der Menschen wenigstens, denn nach außen hin drang nichts aus unseren vier Wänden hinaus, mußte offenbar allen denen, die auf Lebzeiten eine unauflösbare Verpflichtung eingegangen waren, die Sache gegen die bessere Einsicht gelaufen sein. Denn die Tante hörte im ganzen Ort kein gutes Wort über mich. Als man dann gar noch erfuhr – und die Tante hielt damit nicht zurück –, daß sie die leibliche Tante des jungen Mädchens wäre, das im Geigerhaus seit zwei Jahren zu Besuch weilte, erfuhr sie im Laufe eines Vormittags alle Geschichten über Aenne und mich, die im Ort im Umlauf waren. Da wurden die harmlosesten Vorfälle zu Affären. Herr Miesbach, der Drogist, vor allem schnitt mir jede Existenzberechtigung ab, erzählte wahre Schauergeschichten, wie ich mich in einer Bar in Stuttgart aufgeführt hätte, und daß er immer noch vorhabe, eine Klage gegen mich einzubringen, denn ich hätte damals auf höchst unreelle Weise mich in den Besitz von wertvollen Wirtschaftsgütern gebracht, die eigentlich ihm zugestanden hätten. Und was Aenne, das junge Mädchen, betreffe, die bei mir wohne, so hätte er sich schon manchmal über manche Tees manche Gedanken gemacht, die ich bei ihm eingekauft habe. Dabei war alles Lüge. Nie hatten Aenne und ich bei ihm auch nur die kleinste Tüte Tee eingekauft, wir waren keine Teetrinker, und wenn uns der Magen weh tat, weil wir zuviel gegessen hatten, hielten wir uns lieber an ein Kirschwasser. Vom Bürgermeister erfuhr die Tante, daß schon manche Beschwerden hie und da eingelaufen seien, man sollte einmal bei mir nach dem Rechten sehen, aber es sei keine Handhabe zum Einschreiten gegen mich dagewesen, denn ob einer eine ältere Köchin in sein Haus einstelle oder ein blutjunges Mädchen, ihm seine Suppe zu kochen, wenn sie sie nur vorzüglich kochte, so sei das seine Sache. Nicht einmal den Chef konnte man gegen mich ausspielen, denn Aenne war nicht meine Angestellte, sondern sie war als Besuch angemeldet. Trotzdem, so sagte der Bürgermeister zur Tante, da sie nun einmal hier sei, wäre es vielleicht das beste, wenn sie Aenne wieder mit nach Hause nehme. Wenn man auch nichts Gewisses wisse, ganz gewiß wisse man nichts. „Ein Skandal!“ sagt die Tante, als wir allein sind. Was ich mir denn vorgestellt hätte, als ich ihr schrieb und sie gebeten hatte, hierherzukommen. Ob ich geglaubt hätte, daß meine Untaten, die sich offenbar über volle zwei Jahre erstreckten, nicht ans Tageslicht kommen würden.

„Liebe Frau Professor“, antworte ich, „was geschehen ist, ist nun einmal geschehen. Mein Garten ist das Paradies, und da hat schon damals der liebe Gott nicht viel gegen die Sünde ausrichten können. Er hat die beiden wohl aus dem Garten Eden hinausgeworfen, aber er hat sie doch zusammengelassen.“

„Sie geben es also zu?“

„Ich gebe zu, daß die Leute dies erzählen. Ich gebe nicht zu, daß die Erzählungen auf Wahrheit beruhen.“

„Wo Rauch ist, ist Feuer!“

„Ein kleines bißchen wird es schon gebrannt haben.“

„Sie leugnen es nicht einmal?“

„Liebe Tante –“

„Nennen Sie mich nicht Ihre Tante. Ich bin für Sie immer noch Frau Professor Noack!“

„Ich weiß. Königstein im Taunus, Aachener Allee 9.“

Ich kann einfach nicht anders. Das Verhör ist mir zu dumm. Jahrelang bin ich mit Aenne prächtig ausgekommen, jahrelang habe ich überhaupt nichts von der Existenz dieser Tante gewußt, auf einmal ist sie da, durch meine Schuld allerdings, aber deswegen besteht die Welt doch weiter.

„Liebe Frau Professor“, sage ich, „ich habe noch dringende Arbeiten liegen –“

„So kommen Sie bei mir nicht weg!“ sagt die Tante und hält mich am Rockärmel fest. „Wie ist das mit Alfred? Wie haben Sie meinen Sohn dazu bekommen, daß er Ihnen jetzt Aenne abnimmt? Wie geschickt haben Sie das angestellt?“

„Ist Aenne Ihnen etwa als Schwiegertochter nicht willkommen?“

„Das steht auf einem anderen Blatt.“

„Dann wollen wir es auf ein Blatt schreiben, gnädige Frau.“

„Als ob Sie das zu entscheiden hätten!“

„Nun, ein wenig Entscheidung steht mir immer noch frei“, sage ich, „ich habe gestern, ehe ich Sie von der Bahn abholte, beim Juwelier einen Verlobungsring gekauft. Aenne hat ihn bereits entdeckt, obwohl ich ihn sehr gut versteckt hatte. Nun glaubt sie, ich hätte ihn für Alfred gekauft.“

„Wie kommen Sie dazu? Wenn mein Sohn sich verloben will, so wird er wie jeder Mann den Verlobungsring für seine Braut selber kaufen.“

„Der Meinung bin ich auch“, sage ich.

Die Tante bekommt plötzlich große Augen.

„Sie wollen doch damit nicht sagen –“

Ich lege meinen Arm um die Tante und gebe ihr einen Kuß auf die Wange, so sehr sie sich auch sträubt und mich einen Verrückten schimpft.

„Aber bitte“, sage ich, „erzählen Sie keinem Menschen von Ihrem niederträchtigen Verdacht, in dem Sie mich haben . . .“

Am Nachmittag arbeite ich weiter an meinem Gartenbuch. Ich habe jetzt allen Grund, die Arbeit rasch zu Ende zu bringen. Die Arbeit geht mir gut von der Hand. Die Wicken, die ich zeichne, tragen alle Aennes Gesicht. Wicken haben immer glückliche Gesichter, aber meine Wicken heute besonders.

Ich muß im Buch nachlesen, damit ich nichts falsch mache.

„Wicken sät man an Ort und Stelle“, steht hier.

Welch ein Dummkopf, der so etwas schreibt! Ich habe es auch getan, in meinen Gartenanfangszeiten, an Ort und Stelle gesät. Ich wußte damals noch nicht, daß Wickensamen für Vögel das sind, was für uns gebratene Täubchen und leckere Forellen. Sie greifen dafür tief in die Erde, wie wir in den Beutel, um dieser Delikatesse teilhaftig zu werden. Jedes Jahr habe ich nachsäen müssen, und immer wieder gab es Lücken im Beet, die doppelt abscheulich aussahen, weil ich die Reihe gleich nach der Saat gestengelt hatte, also dürres Tannenreisig von beträchtlicher Höhe in die Erde steckte, an dem die Wicken emporranken sollten. Man tut das am besten gleich nach der Saat, um später die feinen Wurzeln nicht zu verletzen.

Heute habe ich längst gelernt, es anders zu machen, und ich habe den schönsten Wickengarten weit und breit und immer nur in einer Farbe, dieses Jahr in einem dunklen Blau. Denn bunte Farben an einer Wickenwand sehen unordentlich aus, gar noch mit den weißen Tönen dazwischen und den verwaschenen hellblauen. Im zeitigen Frühjahr, am liebsten im Februar, nehme ich mir kleine Blumentöpfe, fülle sie bis zur

Hälfte mit Erde und stupfe vier Wickenkörner hinein. Dann drücke ich die Töpfe in ein Beet, nebeneinander, und warte, bis die Wicken erscheinen. Sie erscheinen so flach gesät schnell und wachsen noch schneller bis zum Rand des Topfes. Jetzt fülle ich die Töpfe mit gesiebter Erde bis obenan, so daß die dünnen Stengel der Wicken in Erde eingebettet sind, was dem Behäufeln im freien Land ähnlich ist, und nun beginnt ein fröhliches Wachsen, die weißen Wurzeln durchziehen den ganzen Topf und bilden einen festen Wurzelballen. Jetzt kann ich sie, ohne ihr Wachstum zu stören, an Ort und Stelle aussetzen, ich brauche auch kein Tannenreisig mehr, denn seitdem es Wickenwände aus festem und gefällig aussehendem Drahtgeflecht gibt, die mit einem leichten Druck fest in der Erde zu verankern sind, herrscht Ordnung in dem früher so unordentlich anmutenden Wickenbeet. Meine so vorbehandelten Wicken blühen früher als in anderen Gärten, und es ist eine alte Weisheit, daß im Februar gesäte reicher und größer blühen als Wicken, die wir erst im März und April in die Erde geben.

Noch eines: Baut Wicken sparsam an, wenn ihr einen Rat annehmen wollt. Wählt nur ein kleines Stück eures Gartens, nur ein kleines Stück am Zaun entlang. Wicken blühen so überreich, daß ihr nicht nachkommt, alle Blüten zu pflücken, so viele Vasen könnt ihr gar nicht in euren Zimmern aufstellen. Laßt ihr aber auch nur eine einzige Wicke draußen im Garten an eurer Wickenwand verblühen, ohne sie abzuschneiden, ehe sie welkt und Samen ansetzt, ist mit einem Schlag die ganze Wickenlust zu Ende. Nicht eine einzige Blüte bildet sich mehr, die Wicke hat ihre Aufgabe erfüllt, sie blüht nur, bis eine Blüte Samen trägt, wie ein Vogel nur singt, bis er sich sein Nest gebaut hat. Eine Wicke blüht ununterbrochen vom Juni bis in den Winter hinein, ein wahrer Blütenregen, aber eine einzige Wicke, die zum Samen reift, läutet den ganzen Blumenblütenzauber über Nacht ab.

Die Engländer kultivieren in ihren großen Parks die Wicken auf besondere Art. Große runde geschwungene Körbe von einem Meter Umfang, oben spitz zulaufend, stehen mitten in den grünen Rasenflächen und sind von der Erde hoch ringsum über und über mit Wicken bewachsen, jeder Korb in einer anderen Farbe, in Rot, in Weiß, in Hellblau, in Dunkelblau, in Gelb, in Violett, in Silber, und leuchten weithin von ihren Standorten über den grünen, kurzgeschorenen Rasen. Ich sah sie zur hohen Zeit der Wickenblüte und frage mich nur, wer pflückt hier die Blüten, die nicht verblühen dürfen, täglich ab? Ich bin auf des Rätsels Lösung gekommen, denn sie brauchten eine Brigade von Gärtnern, dieser Aufgabe von den oft zwanzig, dreißig großen Körben nachzukommen. Da bleibe ich, so überwältigend dieser Anblick für mich war, lieber bei meiner kleinen Wickenwand aus Draht, die mir einen Sommer lang meine Vasen und mein Zimmer mit dem Honigduft der Wicke füllt.

Während ich in meinem Buch weiterblättere und das nächste Kapitel von den Gladiolen und Montbretien aufschlage und mich gerade anschicke, diesen Absatz mit dem Zeichenstift ein wenig liebloser zu behandeln, denn nicht einmal auf einem Ölgemälde und auf alten Stilleben ist die Gladiole eine begehrte Pflanze für den Maler, geschweige für den Zeichenstift eines Illustrators, so fügen sich die Gladiolen auch landschaftlich in kein Gartenbild ein, denke ich über meine Beziehungen zu Gladiolen nach. Am Anfang setzte ich sie in die bunten Blumenrabatten in die Nähe des Hauses, für jedermann sichtbar, stengelte sie oft gar noch oder gab sie zwischen die Iris in der Annahme, daß ihre Blätter zusammenpassen. Aber Gladiolen sind ein unverträgliches Volk. Ein Beet mit Gladiolen sei in den Gemüsegarten verbannt, wenn sie ihre Blütezeit zwischen den abgeernteten Erdbeeren verleben, ist ihnen am wohlsten. Uns auch uns Gartennarren, denn sie blühen zu unterschiedlichen Zeiten auf, wachsen kreuz und quer, und wenn sie ihre erste Blüte unten am hohen Stamm öffnen, gehören sie in die Vase geschnitten. Können wir ihnen guten Gewissens am Weg ein Beet geben? Am Weg entlang, auf dem Präsentierteller des Gartens, auf dem unser Haus steht, wo die dichten Löwenmäulchen ein Farbfanal bilden, der rote Phlox seine Rabatte zieht und die eigenwillig kalt anmutenden Zinnen ihre altmodischen Farbenspiele entfalten? Nein, dazu ist uns der Platz am Haus, auf dem Präsentierteller, wie ich ihn nannte, zu schade. Andererseits wollen wir nicht auf eine unserer schönsten Gartenblumen verzichten, die ohne Krankheit heranwachsen, nicht von Läusen befallen werden und ohne Ausfälle blühen. Sie gehören zu den dankbarsten Schnittblumen, und ein Sommer ohne Gladiolensträuße ist kein Juni, Juli und August. Sie machen keine Mühe. Im April, besser noch im März, drücken wir die Zwiebeln 10 Zentimeter tief in die Erde, und im Herbst ziehen wir sie heraus. Damit ist alles geschehen, was mit Gladiolen geschehen kann. Sie sind dankbar, sie kommen jedes Jahr wieder, sie degenerieren nicht, sie vermehren sich sogar und sind schon im nächsten Jahr blühwillig – der Krämer im Dorf hält sie ebenso feil wie die Warenhäuser in großen Städten, und wer ein übriges tun will, kauft jedes Jahr hundert Zwiebeln der neuesten Farben und Sorten vom Züchter dazu, die Veilchenblaue, die Rosenrote, die Nachtschwarze, die Getigerte, die Gefleckte, die Zitronengelbe, die Orangenrote – man kann ihren Flor über den ganzen Sommer ausdehnen, indem man sie in Abständen von März bis Juni in die Erde bringt. Pflanzt sie in reicher Verschwendung, die Dankbare, die es euch ermöglicht, Freunde und Nachbarn mit Vasenblumen zu erfreuen, ihnen lange Sträuße aus dem Garten mitzugeben, sie ihnen bei allen Anlässen, Kindstaufen, Verlobungen, Geburtstagen, zum Ferienbeginn und zum Urlaubsende ins Haus zu schicken. In ein wenig nasses Zeitungspapier gewickelt, überstehen sie selbst große Reisen, einer meiner Gladiolensträuße ging nach London und einer von ihnen selbst bis nach Finnland.

Aber wie soll ich, der im Garten nicht weiß, was mit ihnen anzufangen ist und sie in die Gemüsebeete verbanne, mit dem Zeichenstift mit ihnen fertig werden? Ich könnte eine Handvoll Gladiolenzwiebeln, so wie sie aus der Tüte fallen, an den Rand zeichnen und sie sich gegenseitig ihre lustigen Erlebnisse vom vorigen Sommer erzählen lassen, denn die Blüten oben erzählen ja ihren Zwiebeln unter der Erde alles, was sie da oben sehen und hören. Denn wer schon im Sonnenschein stehen darf, sich im Winde wiegen, das Lied der Vögel hören und dem Spiel der Katzen zuschauen, der muß auch den Alten daheim und da unten, die nicht hinauskommen, berichten, was in der großen Welt vorgeht.

Ich blättere im alten Gartenbuch weiter, und ehe ich zu den Dahlien komme, die in einem kleinen Garten nichts verloren, im großen Park aber vor den hohen Hecken im genügenden Abstand alles zu suchen haben, bleibt mein Blick an den Montbretien hängen, den armen Schwestern der Gladiolen. Sie sind in allem zu kurz gekommen. Ihnen fehlen die prächtigen Farben, die bunten Glockenhüte, mit denen sich ihre reichen Schwestern schmücken, ihre spitzen Blätter sind wie spitze Nasen, mißtrauisch und neidig, nun ja, wenn man gar nicht einmal ein anderes Kleid zum Anziehen hat als immer nur das alte Rotbraune – ich kann mir nicht helfen, sie sehen verärgert aus, und ihr Ärger steckt an. Selbst die Züchter, wenn sie sie anpreisen, schreiben nur: „Montbretien zum Verwildern! Montbretien als Einfassung für Blumenbeete! Montbretien am Rand vor Gehölzgruppen!“ – Kein einziger Züchter weist ihnen ein eigenes Blumenbeet an, das muß doch mit der Zeit die Montbretien verbittern. Sie brauchen nur nebenan zu schauen, wie sich die Freesien spreizen und wie sie angeben, das alte gelbe Kleid tragen sie nur noch selten, heute muß es schon ein veilchenblaues oder ein himmelblaues, ein himbeerrotes oder morgenrotfarbiges sein. Dann protzen sie noch mit dem Duft und tragen mehr Parfüm auf ihrer Haut, als sich eine Rose oder eine Nelke trauen würde, während die armen schmalbrüstigen Montbretien nicht einmal so viel haben, um eine Hummel zu verlocken. Glücklicherweise ist Gott gerecht und hat den Freesien nur eine schwache Gesundheit geschenkt, sie sind gegen jeden Windhauch anfällig, und ein Gartenbesitzer hat nicht viel Freude an ihnen. Wer Freesien liebt, fahre nach Spanien oder auf Capri hinunter. Die Reisekosten sind billiger als der Aufwand, Freesien in unseren Gärten heimisch zu machen.

Die Montbretien haben mich mit ihrer schlechten Laune angesteckt. Mir fällt ein, was die Tante erzählt hat. Daß der Drogist, Herr Miesbach, nicht mein Freund ist, nachdem er mir zuerst seine Freundschaft mehr als ein anderer angetragen hat, ist nicht verwunderlich. Er führt Wanzenpulver und benützt es leider nicht gegen sich selbst. Aber daß auch anderen Menschen im Ort meine Zurückgezogenheit mit Aenne nicht zusagt, daß sie mir meine Idylle neiden, obwohl wir doch keinem von ihnen etwas zuleide tun und jeder von uns aus nach seiner Fasson selig werden kann, kränkt mich mehr, als ich sagen kann. An sich könnte es mir gleichgültig sein, was die Leute über uns erzählen, aber so viel gebündelter Klatsch auf einmal, wie man ihn Aennes Tante auf ihrem Morgenspaziergang in die Tasche steckte, verdammt noch einmal, der will verdaut sein! Höchste Zeit also, daß ich mich anschickte, die Dinge in Ordnung zu bringen. Heute sind es noch kleine Bosheiten, Witzchen, die man reißt, schmunzelnde Anzüglichkeiten, ein uns nur Nachschauen, aber morgen schon kann es ein Finger sein, mit dem man auf uns weist. Da genügt ein kleiner Anlaß, da brauche ich nur mit dem Wagen einen Zaun zu streifen oder einen Wäschepfahl umzustoßen, an dem sie ihre weiße Wäsche aufgehangen haben, da braucht Aenne nur den Metzger zu bitten, den Daumen auf der Waage nicht mitzuwiegen oder dem Krämer, sieben faule Eier von dem gekauften Dutzend wiederzubringen, nicht auszudenken und vorauszusehen, welches Gespräch sich daraus entwickeln wird. Davor muß ich Aenne schützen. Aber nicht nur Aenne, auch mein Haus und meinen Garten. Sie sollen von meinem Haus nicht sagen dürfen, es wäre ein liederliches Haus. Sie sollen meine Fensterläden nicht beschimpfen, daß sie etwas zu verbergen haben, was das Licht scheut. Ein Haus kommt schnell in Verruf, und es dauert meist ein Jahrhundert, das Haus kann inzwischen zehn Hausherren gehabt haben, der liederliche Vorbesitzer liegt schon achtzig Jahre unter der Erde, ehe das Haus sich aus der ihm überkommenen Schade wieder aufzurichten vermag. Die Haustür ist das Symbol. Eine Haustür, und sei es die zur kleinsten Hütte, durch die man nicht mit Respekt tritt, ist nicht wert, daß einer auch nur anklopft, bevor er hineingeht.

Vielleicht nehme ich es im Augenblick wichtiger, als es wichtig genommen zu werden verdient. Vielleicht ist es noch zu neu für mich, keine acht Stunden in meinem Herzen, seitdem es mir die Tante erzählt hat. Vielleicht hat auch Alfred den Anlaß gegeben, seit er bei uns wohnt. Sie sind zusammen spazierengegangen. Die Leute, wenn sie sie sehen, werden sich fragen: Wachablösung? Oder auch: Sind dort Kämmerchen zu vermieten? Sie werden glauben, ich habe den Laufpaß bekommen, und Leute mit Laufpässen jagt man gern. Ich hätte mich auf die ganze Sache nicht einlassen sollen. Mein Instinkt hatte mich gewarnt. Das erste Nein hätte mir manchen Ärger erspart. Ich sitze in der Tinte, ich habe sie noch verdickt, weil ich die Tante ins Land bitten mußte, die Verlobung mit Alfred hatte mir nicht genügt. Auch da wäre noch der Moment gewesen, Schluß zu gebieten. Verlobt euch, so viel ihr wollt, aber nicht in meinem Haus! Aber ich mußte in diesem Spiel noch mitspielen, auf der Verliererseite, und den Leuten im Ort ein Schauspiel bieten. Beim Schach weiß ich nach den ersten zehn Zügen, wie die Partie steht. Aber offenbar bin ich es nicht, der hier die Dame in der Hand hält. Ich bin nur eine Figur, das Rössel, das versucht, durch seine Springerei dem Spiel eine andere Wendung zu geben. Ich habe von Anfang an alles verkehrt gemacht. Ich hätte Alfred am ersten Tag die Tür weisen müssen. Aber da saß mir das schlechte Gewissen im Genick, da versteckte ich meine Liebe zu Aenne, nannte sie Sie und warf in der nächsten Minute die Tür zu – schon das hätte mir zu denken geben müssen. Damit hatte ich ja schon zugegeben, daß ich etwas zu verbergen hatte. Wir liebten uns. Das ist an sich nichts Schlechtes. Warum versteckten wir uns dann? Warum sagten wir nicht: Hier ist nur Platz für zwei? Es muß doch etwas daran sein, daß einer, der ein wenig vom geraden Weg abbiegt – und das haben wir getan, wir können es drehen und wenden, wie wir wollen, der gerade Weg heißt: „Ich liebe dich! Willst du meine Frau werden?“ –, jedem falschen Wegweiser folgt, wenn er an eine Weggabelung kommt. Heute sehe ich es ein, jetzt, während sie unten in der Küche das Verlobungsessen richten, ihre Koffer gepackt haben, um morgen früh davonzubrausen. Gerade, daß ich sie noch mit Tantes Zureden soweit bekam, daß sie wenigstens ihren letzten Abend mit mir feiern und mir die letzte Chance geben. Aber will ich die Chance überhaupt? Ist nicht Unwiderrufliches geschehen, hat nicht der Mond in den Nächten ihnen gehört und das Sternbild der Kassiopeia, das einmal uns verband? Ich habe im Augenblick einen großen Zorn in mir, gegen mich und gegen Aenne und gegen Alfred und gegen die Tante und gegen jedermann, daß ich den Zeichenstift nehme, ihn zerbreche und gegen die Wand schleudere.

So geht es nicht. Ich nehme einen zweiten Stift aus dem Etui und beginne, ein Stachelbeerbäumchen zu malen, ein Stachelbeerbäumchen, über und über mit Stacheln besetzt, und wo die Beeren hängen sollten, hängen lauter Tränen der Wut. Aber sie sind ja Stachelbeeren ähnlich. Nur ich weiß, daß es Tränen sind.

Aenne ist zu mir heraufgekommen.

„Hast du Tante nicht gesehen, Florian?“

„Was ist mit ihr?“

„Tante ist verschwunden.“

Eine Tante kann nicht verschwinden. Eine Nähnadel vielleicht, ein Fingerhut auch, aber eine ganze Tante niemals.

Aenne schaut mich mißtrauisch an.

„Hattet ihr einen Streit?“

„Soweit ich mich erinnere – nein.“

„Sie war so sonderbar zu mir."

„Vielleicht hat ihr nicht behagt, was sie im Ort über uns erfahren hat."

„Hat sie etwas erfahren?"

„Eine ganze Menge. Wahrheiten und Lügen."

„Du glaubst?"

„Ich bin überzeugt", sage ich. „Die Liste meiner Schandtaten –"

„Deine Schandtaten waren einmal die meinen."

„In grauer Vorzeit. Vor acht Tagen. Ich erinnere mich kaum."

„Wie du nur so etwas sagen kannst!"

„Wenn ich mich recht erinnere, ist heute der Tag deiner Verlobung. Da pflegt man den Platz vor dem Tempel zu fegen. Ich tue es."

„Du hast es erst so weit gebracht!"

„Ich?" frage ich.

„Warum hast du ihm nicht nein gesagt?"

„Mit welchem Recht?"

„Mit dem Recht, das ich dir gegeben habe. Du wußtest, ich liebe dich! Du hattest tausend Beweise von mir. Du warst der erste Mann in meinem Leben. Auch das wußtest du! Aber dem Herrn gefiel es, bei der ersten Tür, die sich öffnete, aus seinen Verpflichtungen hinauszuschlüpfen."

„So siehst du es. Ich sehe es anders."

„Ich möchte wissen, wie man es anders sehen kann!"

„Da kommt ein Kerl daher, er ist jünger, er ist besser gewachsen, mager wie ein Hund, der schlecht gefüttert wurde – aber Abwechslung macht lustig. Lustig in der Küche, das Gekicher jeden Tag, lustig, wenn es darum ging, gemeinsame Erinnerungen aufzufrischen, doppelt lustig wahrscheinlich auch an dem Tag, an dem ich mir die Haare schneiden ließ. Ich will dir etwas sagen, Aenne: Jeder Mann merkt, wenn ein Mädchen einen anderen liebt. Da ist sie für ihn wie auf einer fernen Insel. Da führt kein Steg hinüber und kein Boot."

„Wie poetisch du dich auszudrücken verstehst!"

Aenne ist völlig verwandelt.

Eine Rebellin! Werde ich an unserem Tag eine Überraschung mit ihr erleben?

„Sprich weiter!“ sagt sie und sieht mich spöttisch an.

„Da gibt es nichts mehr zu sagen. Wenn ein Mädchen wie du einen Mann wie ihn vorzieht, wenn sie sich nicht entblößt, mir mit ihm Hermann und Dorothea vorzuspielen, wenn sie nicht die paar Tage warten kann, bis sie aus dem Haus ist, sondern mit ihm Hand in Hand spazierengehen muß, im Mondschein sitzt, und das in demselben Haus und in demselben Garten, der einmal unser Liebesnest war – ich weiß nicht, was es dann noch viel zu sagen gibt.“

Aenne antwortet:

„Wenn ein Mann ein Mädchen immer wieder deutlich merken läßt, daß er sich zu schade ist, sie zu heiraten – wenn ein Mann in der Minute, wo er merkt, daß auch nur die Möglichkeit besteht, sie zu verlieren, nichts anderes im Kopf hat, als seine Haltung zu bewahren, den großen Mann zu spielen, über den Dingen zu stehen, ja, noch solche Albernheiten fertigbringt, ein Verlobungsessen zu arrangieren und eine alte Dame, die er nicht kennt, zur Ausstattung der Schau einzuladen –“

„Wenn ein Mädchen einen Mann, den es zu lieben vorgibt und den es zu heiraten beabsichtigt, einem jungen ahnungslosen Menschen nicht so viel Ehrlichkeit entgegenbringt, ihm zu sagen, daß hier nicht der Ort für Liebesidylle sei, weil hier schon einmal der Schauplatz ähnlicher Attraktionen war – wenn sie ihm nicht, ehe sie sich verlobt, glatt und offen sagt: Ich habe mich geirrt, dieser Mann war zwei Jahre mein Liebhaber.“

„Ich habe es ihm gesagt.“

Ich springe auf.

„Das ist nicht wahr!“

„So wahr ich vor dir stehe!“

„Er weiß es?“

„Er weiß alles.“

Ich schnappe nach Luft.

„Und er schlägt mir nicht den Schädel ein? Er sitzt mir trotzdem bei Tisch gegenüber, reicht mir die Schüssel und lächelt mir zu? Was ist das für ein Monstrum von Mann? Hat denn dieser Kerl nicht das geringste Ehrgefühl im Leib? Und so etwas willst du heiraten?"

„Ich werde ihn heiraten."

„Dazu gehört ein besonderer Appetit."

„Du meinst, du wärst besser?"

„Ich stehe nicht zur Debatte."

„Und ob du zur Debatte stehst! Ihm wirfst du vor, daß er weiß, daß du mein Liebhaber warst. Du aber glaubst, daß er jetzt mein Liebhaber ist, und sitzt ihm gegenüber und reichst ihm die Schüssel und lächelst ihm zu."

„Soll ich ihm den Schädel einschlagen?"

„Genau das!"

„Lächerlich!"

„Der Herr könnte sich dabei die Finger schmutzig machen, oder die Krawatte könnte ihm verrutschen."

„Ich trage keine Krawatten."

„Willst du mich nicht verstehen, oder bist du wirklich so dumm? Und so etwas wollte ich heiraten!"

Ich verliere völlig die Beherrschung.

„Als es dir nicht gelang –"

„Eben! Als ich einsehen mußte –"

Sie sagt es, als ob sie keinen Wert mehr darauf legt.

„Hältst du heute abend eigentlich eine Rede?"

„Ich denke nicht daran."

„Es hätte zu dir gepaßt."

„Was gibt es zum Essen?"

„Einen Karpfen."

„Dann besteht Hoffnung?"

„Hoffnung? Welche Hoffnung?"

„Daß Alfred an einer Gräte erstickt."

„Willst du, daß er erstickt?"

„Wenn du wüßtest, wie völlig gleichgültig mir das ist."

Aenne geht auf die Tür zu.
„Ich kam wegen der Tante."
„Eben! Und die Tante ist verschwunden."
„Wahrscheinlich ist sie noch einmal in den Ort gegangen."
„Wahrscheinlich."
„Warum aber?"
„Vielleicht kauft sie die Fahrkarten für die Heimreise. Oder ein Geschenk für den feierlichen Anlaß."
„Was ist mit deinem Geschenk, Florian?"
„Ich kann mich nicht erinnern."
„Du hast einen Ring gekauft."
„Nun ja, irgend etwas."
„Ich habe ihn gesehen."
„Gefällt er dir?"
„Ich werde ihn nicht annehmen."
„Dann bleibe ich in deiner Schuld, und das ist mir sehr unangenehm. Du warst zwei Jahre bei mir – "
„Ich habe dem Herrn treu gedient –"
„Über alle Maßen treu. Es ist also selbstverständlich, daß ich mich ein wenig dankbar erweise. Das ist so üblich auf der Welt. Ich hatte geglaubt, ich mache dir damit eine Freude."
„Eine Freude!" sagt Aenne verbittert.
„Er ist immerhin von einigem Wert. Der Smaragd ist zwar nicht sehr groß, aber er ist echt."
„Als ob es darauf ankäme!"
„Wenn man ihn einmal versetzt, weil sich die Zeiten ändern –"
„Ich fürchte, Florian, daß sich auch für dich die Zeiten ändern können. Dann ist es ganz gut, daß du einen Ring für meine Nachfolgerin im Vorrat hast."
Und plötzlich hart, zornig:
„Ich nehme ihn nicht! Ich hatte hier, was ich brauchte. Mehr will ich nicht. Zieh ihn dir durch die Nase!"
Wie schön Aenne ist, wenn sie so voll Zorn steht.
Ich bekomme meine gute Laune wieder.
„Um auf die Tante zurückzukommen", sage ich.

„Ach, die Tante!“

„Sie ist verschwunden. Wir brauchen die Tante zur Verlobung. Seit wann vermißt ihr sie?“

„Ich war in der Küche und habe ein wenig für heute abend vorbereitet. Alfred hat Rosen für den Tisch geschnitten.“

„Was?“

Die Rosen sind mir jetzt wichtiger als die ganze Tante.

„Alfred schneidet Rosen?“ frage ich entsetzt.

„Er sagt, er weiß, wie man es macht.“

„Und wenn er hundert Jahre alt wird, wird er nicht wissen, wie man das macht! Das ist eine Wissenschaft, eine Kunst!“

„Du übertreibst!“

„Hat er nicht schon genug Schaden hier angerichtet?!“ schreie ich. Mit den Rosen verstehe ich keinen Spaß. Da werde ich zum Rabauken, wenn einer bei mir Rosen schneidet.

„Er soll sofort damit aufhören! Sag es ihm!“

„Ich glaube, er ist längst damit fertig.“

Sie geht von der Tür zum Fenster.

Sie deutet hinunter.

„Du siehst, ich habe recht.“

Alfred steht mitten auf dem Rasen und hat beide Arme voll langstieliger Rosen. Alle von einer Sorte. Lauter Super Stars. Ich bleibe entsetzt mit offenem Munde stehen. Als ich mich umwende, ist Aenne aus dem Zimmer verschwunden.

Vierzehntes Kapitel

Die Tante ist immer noch nicht da. Es ist acht Uhr. Das Essen ist gar. Der Karpfen schmort in der Pfanne. Der Tisch ist gedeckt. Ein großer Strauß roter Rosen steht in der Mitte, und Aennes Teller ist mit Rosen umkränzt. Das war Alfreds Tat. Auch mir hat er eine Rose auf die Serviette gelegt und sich ebenfalls. Bravo!

Als es halb neun wird und die Tante immer noch nicht erschienen ist und der Karpfen in der Pfanne es allmählich übelzunehmen beginnt, noch nicht auf den Tisch getragen zu werden, rufen wir im Roten Schwan an.

„Wie heißt die Dame?"

„Frau Professor Noack. Ich glaube, sie bewohnt Zimmer Nummer 7."

„Ja. Die Dame wohnt hier."

„Sie ist noch nicht abgereist?"

„Nein. Noch nicht abgereist."

„Ist sie im Hotel?"

„Ich werde nachsehen."

Es scheint der Hausdiener zu sein, mit dem ich telefoniere. Jetzt kommt die Wirtin zum Telefon.

„Wer spricht denn dort?"

„Mein Name ist Geiger."

„Guten Abend, Herr Geiger! Ja, die Dame wohnt bei uns."

„Ist sie im Haus?"

„Nein. Wir haben sie heute den ganzen Tag seit dem Frühstück nicht zu sehen bekommen. Aber ihr Gepäck steht noch im Zimmer."

„Danke! Rufen Sie mich bitte an, wenn sie kommt!"

„Gern, Herr Geiger."

Aenne hat eine Suppe gemacht, die langsam einkocht.

„Wollen wir nicht wenigstens mit der Suppe anfangen?"

„Können wir das tun?"

„Ob Mutter etwas zugestoßen ist?" fragt Alfred.

Ich beruhige ihn. „In unserem kleinen Ort wüßten wir es längst. Es sieht eher so aus, als wollte Ihre Frau Mutter nicht an der Verlobung teilnehmen."

„Warum nicht?"

„Mütter sind oft seltsam."

„Ich bringe die Suppe herein", sagt Aenne.

Aber sie läßt sich Zeit.

Alfred und ich haben die Kognakflasche zwischen uns gestellt.

„Auf Ihren Garten!“ sagt Alfred.

„Danke! Werden Sie später auch einmal einen Garten haben?“

„Garten ist nichts als Aberglaube.“

„Können Sie diesen Satz erklären?“

„Ganz leicht. Jeder, der einen Garten hat, glaubt, sein Garten ist der gepflegteste, seine Blumen blühen am schönsten und er hat ihn so angelegt, daß er ihm fast keine Arbeit macht. In Wirklichkeit aber weiß er vor Arbeit nicht ein noch aus, wird nie mit dem Unkraut fertig, er ist angehängt von früh bis abends und ist nichts als sein Sklave. Sein Garten erlaubt ihm nicht, das Meer zu sehen, ins Gebirge zu fahren, eine Seereise zu machen. Denn wenn die Reisezeit ist, braucht ihn sein Garten am notwendigsten.“

„Mag sein“, sage ich, „so habe ich es noch nicht betrachtet. Aber es wachsen ihm in so naher Verbindung mit der Natur eine Menge Freuden zu. Er erlebt den Frühling ganz anders als ein Mensch ohne Garten.“

„Gewiß! Ein Mensch ohne Garten geht im Frühling spazieren, sitzt in der Sonne und freut sich an den im Frühling blühenden Bäumen. Ein Mensch mit Garten aber hat keine Zeit, die Bäume zu betrachten und in der Sonne zu sitzen, er muß umgraben, auspflanzen, Rosen beschneiden, säen, setzen, zusammenrechen, Maulwurfshügel abtragen und die blühenden Blüten vor Frost schützen.“

„Im Sommer –“

„Im Sommer geht ein Mann ohne Garten schwimmen, segeln, rudern, paddeln, Tennis spielen, spazieren – ein Mann im Garten muß gießen, pikieren, Unkraut zupfen, Rasen mähen, Wege säubern, Disteln stechen, Blattläuse bekämpfen, Obst ausdünnen, gegen Mehltau spritzen . . .“

Aenne bringt die Suppe.

Wir setzen uns um den Tisch.

Ich koste. Schaue durchs Fenster.

„Es sieht nach Regen aus.“

„Schmeckt auch so“, sagt Alfred.

Aenne wirft ihm einen bitterbösen Blick zu.

„Was sollte ich denn tun? Ich habe sie natürlich verdünnen müssen. Es ist nicht meine Schuld, daß wir so spät essen."

Ich sehe auf die Uhr. Es ist neun.

„Würden Sie bitte den Wein hereinbringen, Alfred", sage ich, während Aenne die Suppenteller wieder einsammelt und hinausträgt.

„Den weißen oder den roten?"

„Den weißen. Zum Fisch immer Weißwein."

„Auch ein Aberglaube."

„Sie haben es heute mit dem Aberglauben."

„An einem Tag wie diesem –"

„Es kann doch nichts schiefgehen. Oder?"

„Aenne geht sehr schwer hier weg. Manchmal frage ich mich –", sagt Alfred.

„Fragen Sie sich nicht zuviel! Springen Sie ab! Hinein ins kalte Wasser! Wenn Sie erst einmal darin sind – schwimmen kann jeder."

„Ich hole jetzt den Wein."

„Ja. Tun Sie es!"

Wir haben uns alle ein wenig festlich angezogen. Aenne trägt das Kleid, das ich ihr geschenkt habe. Damals in der Stadt, das war an dem Tag, als wir aus der Straßenbahn ausstiegen und uns in dem fremden Hausgang küßten, habe ich es ihr gekauft. Wir sahen das Kleid im Fenster.

„Das müßte dir gut stehen, Aenne."

„Um Gottes willen! Siehst du den Preis?"

„Gefällt es dir?"

„Sehr."

„Dann gefällt mir auch der Preis. Komm!"

Wir gehen in den Laden. Es ist ein Salon. Das riecht man gleich, wenn man hereinkommt. In einem Salon sind die Verkäuferinnen parfümiert.

„Meiner Frau gefällt das Kleid im Fenster", sage ich.

Aennes Gesicht läuft rot an. Das habe ich noch nie gesagt. Es gehört zum Übermut des Tages.

„Wir nehmen es gern aus dem Fenster, mein Herr."
Sie hebt den roten Vorhang zu einem kleinen Umkleidekabinett.
„Darf ich bitten, gnädige Frau?"
„Kann mein Mann nicht mitkommen?" fragt Aenne.
„Es wird ein wenig eng. Aber wir können ja den Vorhang offenlassen."
Sie lassen den Vorhang offen. Ich sehe nichts Neues, aber hier in diesem Rahmen mit der roten Seidentapete als Hintergrund? Meine Magd, denke ich, meine geliebte Magd, meine über alles geliebte Magd! Meine Gärtnerin! Geliebtes Mädchen, das meine Hemden bügelt!

Wir kaufen das Kleid! Es ist aus reiner Seide. Am liebsten hätte es Aenne gleich anbehalten, aber es ist mehr für den Abend, sehr für den Abend sogar. Aenne hat es immer nur angezogen, wenn wir daheim alleine waren. Alfred sieht es heute zum ersten Male. Es verwirrt ihn einigermaßen. Es ist tief unter dem Arm ausgeschnitten. Ich weiß nicht, ob man heute noch so etwas trägt, es kann nicht jede Frau tragen. Dazu gehören Vorbedingungen, beglückende Vorbedingungen.
Alfred bringt den Wein.
Aenne stellt die Gläser auf den Tisch. Die altrosafarbenen aus Rubinglas mit den zarten Stielen. Ich habe nur vier Stück davon.
„Sind die Gläser recht?" fragt Aenne.
„Dem festlichen Anlaß zuliebe", sage ich.
Ich nehme die Flasche aus Alfreds Hand und fülle die Gläser.
„Wir wollen nicht auf die Tante warten", sage ich, „bitte, setzt euch!"
Sie setzen sich um den für vier Personen gedeckten Tisch. Es ist ein feierlicher Moment.
„Mein Gott, der Karpfen!" ruft Aenne und springt auf.
Sie läuft in die Küche.

„Was ist mit dem Karpfen?“ rufe ich ihr nach.

„Ich hatte ihn wieder warm gestellt.“

„Und?“

„Er brutzelt. Er verbrutzelt!“

Sie schiebt den Karpfen vom Herd, dann kommt sie wieder herein und setzt sich mir gegenüber. Ich stehe auf, klopfe ans Glas, Aenne und Alfred blicken mich an, Alfred nimmt Aennes Hand unter dem Tisch, ich sehe es, ich sehe es auch, wie Aenne ihm die Hand zuerst entziehen will und dann doch läßt.

„Liebe Aenne! Lieber Alfred!“ sage ich. „Es kommt im Leben meist alles anders, als man denkt. Daß wir in diesem Haus heute eine Verlobung feiern können, in einem Haus, das kein Elternhaus ist, in dem kein Vater seine Tochter hergibt und einem jungen Mann anvertraut, sondern ehe eine Art Herberge, wie ich mein Haus immer betrachtet habe, ein Dach für mich und alle, die für kürzer oder länger zu mir kommen wollen . . .“

Ich höre Stimmen vorm Fenster. Lebhafte Stimmen, vom Alkohol angeregte Stimmen. Kein Zweifel, vor dem Fenster stehen Menschen und schauen ins Zimmer. Sie pressen ihre Gesichter gegen die Scheiben. Ich erkenne die Tante. Aber wer sind die zwei, die sie mitgebracht hat? Es sind zwei Männer, keine Frage. Ihre Gesichter kann ich nicht erkennen. Da sind sie auch schon vom Fenster verschwunden, ich stehe immer noch am Tisch, in meiner Rede unterbrochen, wir blicken alle zur Tür, die aufgestoßen wird, von meinem Nachbarn, jetzt erkenne ich ihn, so heftig aufgestoßen wird, daß sie, da er sie nicht festhält, zurückfliegt und gegen die Wand schlägt. Er selbst bleibt in der Tür stehen, zieht den Bauch ein und sagt zu Alfreds Mutter: „Ladies first!“

Sie sind sehr vergnügt, übervergnügt, möchte ich sagen.

Das Gesicht des dritten ist mir bekannt, ich komme aber im Moment nicht darauf, woher ich ihn kenne. Auch ihn läßt mein Nachbar an sich vorbei, dann dreht er sich selbst durch die Tür und ruft halb singend:

„Wir gratulieren! Wir sind die Gratulanten!“

„Wir hatten schon Sorgen um dich“, sagt Alfred zu seiner Mutter, die zum Spiegel getreten ist und ihren Hut absetzt.

„Unkraut vergeht nicht!“ antwortet lachend die Mutter, aber das ist wohl eigentlich keine rechte Antwort in diesem Augenblick. „Ich hatte noch etwas Dringendes zu erledigen. Wie spät ist es denn geworden?“

„Wir haben schon mit dem Essen angefangen“, sagt Aenne.

Ich habe meinem Nachbarn, der nicht mehr sicher auf seinen Beinen zu sein scheint, schnell einen Stuhl hingeschoben, er aber läßt sich auf das Sofa fallen, schüttelt mir die Hand und sagt:

„Glückspilz!“

Der dritte, etwas rotbäckig, ein Mann von ungefähr fünfzig Jahren, der einzige, der nüchtern zu sein scheint, aber es ist bei ihm wohl nur die Gewohnheit des täglichen Weins, sagt entschuldigend zu mir:

„Ich weiß nicht, ob wir willkommen sind. Aber die gnädige Frau bestand darauf, uns mitzubringen.“

„Sie sind willkommen“, sage ich, „ich hoffe, wir haben genug Stühle.“

Die Tante, eine Hutnadel zwischen den Zähnen:

„Wenn nicht, sitzen wir auf dem Sofa!“

„Jawohl!“ bestätigt mein Nachbar, ein Gutsbesitzer von nebenan, der bereits dort sitzt.

Der Rotbäckige, der eine Aktentasche unter dem Arm trägt, betrachtet mich schweigend. Dann sagt er:

„Ich habe die Empfindung, Sie erinnern sich nicht mehr an mich, Herr Geiger.“

„Ich bitte tausendmal um Verzeihung –“

„Notar Bittermann“, sagt er, „wir haben uns allerdings erst einmal gesehen. Sie waren vor fünf Jahren zum Verbriefen bei mir, als Sie dieses Grundstück gekauft haben.“

„Dann bitte ich nochmals um Verzeihung“, sage ich.

„Keine Ursache. Leichenfrauen und Notare sieht man meist nur einmal im Leben.“

Er hat doch getrunken. Solche Vergleiche entstammen keinem nüchternen Schädel.

„Wer ist denn der glückliche Bräutigam?" ruft mein Nachbar vom Sofa her. „Sie?"

Er deutet auf mich. Ich deute auf Alfred.

„Er. Kennen Sie sich nicht?"

„Doch. Das ist Ihr Besuch."

„Ja", sage ich, „er kam zu Besuch."

„Und blieb."

„Und blieb."

„Und geht?"

„Geht morgen."

„Mit ihr?"

Er deutet auf Aenne. Wiederholt:

„Mit ihr?"

„Er hat es so vor."

Mein Nachbar lacht, als wären wir im Einverständnis. Sozusagen: Du bist ein Tausendsassa, immer auf der Butterbrotseite, bin gespannt, wer ihre Nachfolgerin wird, wen du uns morgen daherbringst, du Herr Künstler, du Bruder, du leichtlebiger!

„Meine Herren!" sage ich, „Liebe Gäste –"

Ich sage es mit erhobener Stimme, um des allgemeinen Trubels Herr zu werden. Tante steht noch immer vor dem Spiegel und versucht, ihr Haar in Ordnung zu bringen. Der Notar hat die Flasche vom Tisch gehoben und betrachtet anerkennend das Etikett, während Alfred aus dem Nebenzimmer noch zwei Stühle hereinbringt.

„Liebe Festgäste!" wiederhole ich. „Wollen Sie uns bitte die Freude machen, an diesem Tisch Platz zu nehmen? Gnädige Frau, Frau Professor, wenn Sie sich bitte mir gegenüber setzen wollen, die zwei jungen Leute setzen sich bitte auf die linke Seite und hier rechts Herr Notar Bittermann und mein lieber Nachbar – der Karpfen wird nämlich sonst alt und häßlich."

„Wir sind nicht zum Essen hergekommen", sagt mein Nachbar, während er Platz nimmt.

Aenne hat inzwischen zwei neue Teller hereingebracht.

„Wir haben nicht genug Fischbestecke!“ flüsterte sie mir zu, während sie ihr und Alfreds Besteck nimmt und zu den Tellern der Gäste legt, während ich zwei weitere Gläser auf den Tisch stelle und sie fülle. Die Tante, die mir gegenüber Platz genommen hat, sagt plötzlich:

„Gibt es keine Suppe?“

„Die Suppe haben wir leider bereits gegessen.“

Das erinnert die Tante. Sie sagt:

„Ihr müßt entschuldigen, daß wir uns ein wenig verspätet haben.“

„Je später der Abend, desto schöner die Gäste“, sagt mein Nachbar neben mir.

„Apropos Gäste!“ sagt die Tante. „Ich hoffe, Sie haben nichts dagegen, Herr Geiger, daß ich die Herren mitgebracht habe. Ein Fest ist ein Fest, und je festlicher es dabei zugeht –“

„Daran haben Sie gutgetan, Frau Professor“, sage ich und stehe auf, „ich war gerade im Begriff eine Ansprache zu halten, und jetzt, da sich mein Zuhörerkreis mehr als verdoppelt hat, möge auch meine Rede doppelte Bedeutung bekommen.“ Ich sehe, wie mein Nachbar, der Gutsbesitzer, sein Glas ergeift und es in einem Zug leert.

Ich lächle ihn an, fülle sein Glas, stelle es aber diesmal neben mich, zu meiner Linken, damit er es voll zur Hand hat, wenn es gilt, auf das Wohl des Brautpaares anzustoßen.

„Meine Damen und Herren!“ sage ich. „Mein Haus, ein kleines bescheidenes Zuhause, das nicht einmal genug Fischbestecke hat, um sechs Gäste zugleich zu bewirten, nicht sechs gleiche Gläser, nicht sechs gleiche Teller, schickt sich an, eine Verlobung zu feiern. Und ich bin der Festredner. Das ist gar kein so leichter Entschluß für einen Mann, einen Junggesellen und Hagestolz, also einen von jener Sorte, der im Leben noch nie daran gedacht hat, sich zu binden und die Verantwortung für einen zweiten Menschen zu übernehmen. Er soll nun dieses Glück preisen, und man erwartet von ihm, daß er die rechten Worte findet.“

„Bravo! Bravo!"

Mein Nachbar klatscht in die Hände.

Der Notar neben ihm flüstert beschwichtigend:

„Schon gut! Still!"

Der Gutsbesitzer tastet nach seinem Glas, es steht aber zu weit von ihm entfernt, und ich schiebe es noch ein wenig weiter nach links. „Wenn ich mich also zu einer Festrede aufschwinge, die mir gar nicht aus dem Herzen kommen kann, weil es in meinem Herzen anders aussieht, nämlich: Ich stehe auf dem Standpunkt, daß zwei Menschen, die sich wahrhaft lieben, keine äußere Bindung brauchen, daß sie einfach untrennbar zusammengehören, ohne Standesamt, ohne Kirche, ohne –"

Mir verschlägt es die Rede.

Mir fällt siedendheiß etwas ein.

Ich durchwühle die Taschen meines Rockes.

Der Ring! Ich habe den Ring vergessen!

„Bitte allerseits um Entschuldigung!" sage ich verwirrt. „Ich bin sofort wieder da."

Ich stürze aus dem Zimmer, eile die Treppen hinauf, reiße die Lade der Kommode auf, nehme das Schmucketui an mich und bin schon wieder unten am Tisch, ehe die anderen noch dazu kamen, ein Wort zu sagen. „Kleines Zwischenspiel!" sage ich und fahre in meiner Rede fort: „. . . daß sie zusammengehören auch ohne Standesamt, ohne Kirche und ohne Ring. Sie sind wie Pflanzen draußen im Garten, die zusammengewachsen sind, ein Veilchen in eine Iris verwachsen, man kann sie nicht mehr voneinander trennen. Da stand ein Veilchen und wuchs allmählich zur Schwertlilie hinüber, in die Schwertlilie hinein, die Schwertlilie wußte gar nicht, wie ihr geschah, auch das Veilchen hatte sich am Anfang nichts dabei gedacht, aber auf einmal sind sie zwei untrennbare Gefährten geworden, für immer, bis sie einer am Jüngsten Tag umsticht, zusammen umsticht . . . so sehe ich wenigstens die Liebe."

„Zur Sache!" ruft die Tante. „Der Karpfen!"

Ich verneige mich vor der Tante.

„Nehmen wir Rücksicht auf den Fisch in der Pfanne, und fassen wir uns kurz“, sage ich, „wir sind heute hier zusammengekommen, eine Verlobung zu feiern. Vor mir sitzt ein Mädchen, jung, schön, anmutig, das zwei Jahre in meinem Haus gelebt hat. Zwei Jahre, so eng Tag für Tag nebeneinander, das ist eine lange Zeit. Sie war der Mensch, der mir einen guten Morgen wünschte, sie war es, die jeden Abend als letzte gute Nacht zu mir sagte. Wenn sie morgen früh mein Haus verläßt, wie sie es vorhat, mein Haus und meinen Garten, in den sie hineingewachsen ist wie eben jenes Veilchen in die Schwertlilie, so bleibt mir wenig Wahl, was ich ihr zum Abschied sagen soll. Es gibt eigentlich nur ein Wort, ein einziges. Ich habe Angst, es auszusprechen. Nicht weil es mir an Mut fehlt, sondern weil ich einem Menschen damit weh tun muß. Aber ich bin nicht allein. Der Tisch, jeder Stuhl, jedes Glas in diesem Raum, jeder Baum in meinem Garten, jeder Rosenbusch und jede Blume, wir sind so viele, die ihre Stimme mit der meinen vereinen, wenn ich zu Aenne sage: Bleib! Bleib bei mir, Aenne! Denk an den Garten, wie alle Blumen dir erschrocken nachschauen werden, wenn du aus dem Tor gehst, wie sie traurig ihre Köpfe hängen lassen werden, weil du nicht mehr zu ihnen sprichst, wie verzweifelt die alten Bäume ihre Äste in den Himmel strecken werden, als könnten sie Hilfe gegen die menschliche Unvernunft von oben herbeiflehen, du hast ein Herz in sie hineingeschnitzt und ich meines daneben, das ist wie ein Schwur – denk an das Haus, wie es dir aus seinen Fenstern nachblickt.“

Aenne ist aufgestanden.

Sie sieht mich mit offenem Gesicht an.

„Es ist natürlich alles nicht wahr, wenn du es nicht sehen willst“, sage ich, „die Blumen werden nach wie vor ihr Gesicht der Sonne zuwenden und nicht zum Gartentor nach Norden blicken, die Bäume sind in dieser Jahreszeit viel zu sehr damit beschäftigt, ihre Früchte zu wiegen und sie mit dem Saft ihrer Zweige zu stillen, und das Haus wird nicht mit einem Fenster zucken, wenn du für immer aus ihm hinausgehst, nicht einmal die Haustür wird einen Ton von sich geben. Aber eines wird sein, ob du es sehen willst oder nicht: Das Haus und der Garten können dich verlieren, ich kann es nicht. Ich weiß es seit einer Woche und hätte es seit zwei Jahren wissen müssen. Es war nie eine andere Frau in meinem Leben, es wird nie wieder eine andere Frau in meinem Leben sein, ich brauche dich wie die Luft zum Atmen, für dich bin ich bereit, den Weg zum Standesamt und den Weg zur Kirche zu gehen. Ich frage dich, Aenne: Willst du meine Frau werden?"

Man stelle sich die dummen Gesichter ringsum vor.

Mein eigenes sieht nicht viel klüger in diesem Moment aus.

Zu Alfred wage ich nicht hinzusehen.

Nur die Tante blinzelt mir vergnügt zu.

Aenne blickt mich heiter an. Als hätte es gar nicht anders sein können.

Ich trete auf sie zu.

„Jetzt hast du es erreicht", sage ich.

Sie hebt leise die Hand.

„Dummkopf!" sagt sie.

„Und deine Antwort?"

„Nein."

„Aber –"

„Nein", sagt Aenne, „ich werde niemals deine Frau werden."

Das scheint ein höchst interessanter Abend zu werden. Für die andern. Ach so, denke ich, vielleicht liegt es daran, der Ring.

In meiner großen Verwirrung greife ich in die Tasche.

Ich ziehe das Etui heraus, um Aenne den Ring anzustecken.

Meine Finger greifen ins Leere.

Ich starre in das Etui. Der Ring ist verschwunden.

Ich muß dreimal ansetzen:

„Wo – wo – wo ist der Ring?"

„Ich habe ihn dem Juwelier zurückgegeben."

„Warum? Kannst du mir das sagen?"

„Du hast etwas vergessen. Das Datum eingravieren zu lassen.“

„Das heutige?“

„Nein. Das Datum des Tages, an dem ich zu dir kam und am Zaun stand.“

„Das Datum von damals?“

Aenne sieht mich an.

„Du hast mich gefragt, Florian, vor allen Leuten, ob ich deine Frau werden will.“

„Ja.“

„Ich antworte dir, vor allen Leuten: Ich bin deine Frau seit zwei Jahren.“

„Können wir jetzt endlich trinken?“ fragt der Gutsbesitzer.

Die Tante nickt ihm zu und greift nach ihrem Glas:

„Nichts hindert uns mehr an der Fröhlichkeit! Prosit!“

Ich gehe mit meinem Glas zu Alfred.

„Tragen Sie es mir bitte nicht nach!“ sage ich zu ihm.

Ich bin noch ganz benommen von allem, was hinter mir liegt.

Er lacht mich an.

„Machen Sie sich keine Gedanken!“ sagt er.

Mir erscheint seine Heiterkeit nicht recht geheuer.

„Es scheint Sie doch gewaltig mitzunehmen“, sage ich und schaue ihn besorgt an.

Da höre ich, was ich nie für möglich gehalten habe:

„Der Plan mit der Verlobung stammt von Aenne.“

Aenne protestiert:

„Du hast es vorgeschlagen!“

„Weil ich mir das nicht länger mit ansehen konnte!“

Ich verstehe immer noch nichts.

Manchmal ordnen sich meine Gedanken erst langsam.

„Was konnten Sie nicht länger mit ansehen?“ frage ich.

„Ihre Zechprellerei“, antwortet Alfred, „auch in der Liebe muß die Zeche bezahlt werden.“

„Sie wußten alles?“

„Von der ersten Minute an.“

„Dann bin ich also in eine Falle gegangen?“

Aenne sagt:

„Willst du wieder heraus, Florian?“

Ich überlege es mir eine Minute. Ich überlege es mir wirklich. Dann ziehe ich Aenne an mich und küsse sie endlich, endlich, endlich wieder.

„Ich bin froh, daß ich darin sitze.“

Während ich sie küsse, merke ich zu meiner Überraschung, daß es etwas ganz anderes, etwas viel Schöneres ist, ein Mädchen zu küssen, das unsere Frau werden wird, als ein Mädchen, bei dem unser Entschluß noch nicht feststeht. Offenbar prämieren die Götter die Tugend und beschenken uns reicher, als wir ahnen.

Jetzt kommen der Notar und der Gutsbesitzer, mein Nachbar, mit ihren Gläsern zu uns, um uns Glück zu wünschen.

„Viel Glück!“ sagt der Notar.

„Auf weitere gute Nachbarschaft!“ sagt mein Nachbar.

„Danke“, sage ich und gehe mit meinem Glas zur Tante hinüber, die am Tisch sitzen geblieben ist und ihre große Handtasche streichelt.

„Verbrecher!“ sagt sie liebevoll zu mir.

„Darf ich dir einen Kuß geben?“

„Brosamen vom Tisch der Reichen!“ sagt die Tante, läßt es sich aber gefallen. „Wann werdet ihr heiraten?“

„Bald, sehr bald.“

„Beeilt euch! Ich war heute schon beim Pfarrer.“

Ich sehe sie erstaunt an.

„Beim Pfarrer?“

„Ich war auch auf dem Standesamt“, sagt die Tante.

„Was hast du noch alles getan?“

„Euch ein Hochzeitsgeschenk gekauft.“

„Heute schon?“

„Ich bekam es günstig“, sagt die Tante. „Hier ist es.“

Sie öffnet ihre altmodische große Tasche und zieht ein Schriftstück heraus. „Notarielle Beurkundung“ steht darauf.

Darunter das heutige Datum und die Unterschriften des Notars, des Gutsbesitzers und zuletzt „Frau Professor Manuela Noack, geborene Zins“.

Ich starre auf das Papier, das mir die Tante hinhält.

Es ist eine Kaufurkunde über 100 Quadratmeter Grund, die die Tante Aenne geschenkt hat. Aber sonderbare 100 Meter. Einen Meter in der Breite und hundert Meter in der Länge. Was kann man damit anfangen? Ich schaue auf das Papier, auf die Tante, auf den Notar.

„Ich dachte, du wirst dich freuen. Ein Gärtner kann nie genug Grund und Boden haben.“

„Ja, aber –“, sage ich. Ich betrachte nochmals die Zeichnung, die Planskizze, die dem Kaufvertrag angeheftet ist.

„Stimmt etwas nicht?“ fragt die Tante.

„Diese 100 Quadratmeter –“

„Was ist mit ihnen?“

„Sie liegen auf der anderen Seite der großen Obstwiese vom Nachbarn, dreihundert Meter von meinem Zaun.“

„Wirklich?“

„Wie komme ich hin? Ich habe keinen Weg und keine Zufahrt.“

„Fahr einfach über die große Wiese“, sagt die Tante.

Ich blicke auf meinen Nachbarn, ziemlich hilflos.

„Mein Nachbar wäre wohl kaum damit einverstanden.“

„Das kommt darauf an, wer dein Nachbar ist.“

„Nun, er“, sage ich und deute auf ihn.

„Ab heute nicht mehr“, sagt die Tante, „dein neuer Nachbar ist Aenne.“

„Aenne? Diese Aenne? Das Mädchen, das ich heiraten will?“

„Sie hat den ganzen Grund, die große Obstwiese, den Fischweiher, das Forellenwasser und die zwei großen Gewächshäuser heute nachmittag durch mich gekauft.“

Ich fasse mir an den Kopf.

„Ihr seid ja wahnsinnig! Aenne hat doch kein Geld. Aenne ist arm wie eine Kirchenmaus.“

„Hast du ihm das erzählt?“ fragt die Tante.

Aenne lacht.

„Er hat mich nie danach gefragt.“

„Ich dachte, er heiratet dich deswegen.“

„Das wollte ich eben vermeiden.“

Jetzt wird es mir allmählich außer dem Spaß. Ich stehe hier, im Blickpunkt aller, sie verhandeln meine Haut, als ob sie schon ihnen gehört.

„Aenne hat von ihrem verstorbenen Vater ein großes Vermögen geerbt. Es beträgt mit den zugewachsenen Zinsen –“

„Ich will nichts hören!“ schreie ich. „Schluß mit der Komödie! Meine Verlobung ist natürlich hinfällig!“

„Ich habe dein Wort“, sagt Aenne.

„Das gilt nicht!“

„Ich habe deine Liebe.“

Dagegen kann ich nicht mehr aufbegehren. Meine Liebe hat sie. Daran ist nicht zu rütteln.

„Nachbarin!“ sage ich und beutele sie. „Nachbarin! Nachbarin!“

„Geliebter Nachbar!“ sagt sie.

Das alte Gartenbuch ist zu Ende gezeichnet. Es hat mir doch viel Spaß gemacht, und ein ganzes Jahr meines Lebens ist in ihm eingeschlossen. Mein Verleger scheint zufrieden zu sein: Er winkt mir mit einem neuen Auftrag. Ich werde ihn annehmen, meinen ersten Auftrag als Ehemann, und diesmal schneller fertig werden, denn ein Ehemann hat keine Zeit, sich Zeit zu lassen.

Der Herbst hält seinen Einzug. Wir haben geheiratet, Aenne und ich. In unserem alten Garten gibt es reichlich Arbeit, die Rosen müssen eingebettet werden, die Gladiolen sind aus der Erde zu nehmen, neue Tulpen zu setzen, und die Beete sind grobschollig umzugraben. Im neuen Obstgarten nebenan müssen zur gleichen Zeit allein 94 breitausladende Apfelbäume abgeerntet werden, Zentner über Zentner von Reinetten, Boskops, Goldparmänen und die gelben Zitronenäpfel, der Fischweiher wartet mit seiner Ernte der schweren dreisömmerigen Karpfen. Ich stehe an den Weiden meines angeheirateten Forellenwassers und berate mit Aenne, ob ich hier nicht Krebse heimisch werden lassen könnte, für das Gras unserer großen Obstwiese könnten wir jetzt eine Kuh aufstellen, wir hätten immer frische Milch, aus meinen Äpfeln könnte ich auch einen herrlichen Calvados brennen, wenn ich nur jemanden wüßte, der mir heimlich ein Brenngeschirr verkauft – die zwei großen Glashäuser will ich für den Winter herrichten, meine Geranien vermehren, Salat bauen, natürlich werde ich auch Champignons züchten, ein alter Wunschtraum von mir – Pläne über Pläne, mein geliebter neuer Garten, mein doppelt geliebter alter Garten, dem ich den neuen verdanke. Aber es sind ja nicht die Blumen, die Wiesen, die Sträucher, die Rosen, die Bäume allein, die zu betreuen sind. Zu jedem Garten gehört auch noch der Himmel über ihm. Vergeßt das nie, wenn ihr einen Garten kauft: Zu jedem Garten gehört auch der Himmel, und auch er muß täglich mit Lobsingen und Danksagungen neu beschickt werden.

Ich tue es stündlich . . .